테미스 2

테미스 2

초판 1쇄 인쇄 2015년 8월 1일
초판 1쇄 발행 2015년 8월 5일

지은이 박문서, 신동숙
펴낸곳 서울대학교출판문화원
펴낸이 성낙인

본문삽화 김정헌, 최인아
책임편집 신선규
디자인 장혜원

출판등록 제15-3호

주소 151-742 서울 관악구 관악로 1
대표전화 02-880-5252 | 팩스 02-888-4148
마케팅팀(주문상담) 02-889-4424, 02-880-7995
이메일 snubook@snu.ac.kr
홈페이지 www.snupress.com

ISBN 978-89-521-1697-0 03810

테미스 2

박문서·신동숙

서울대학교출판문화원

저자의 말

건설 산업에 대한 대중의 이해를 돕고 건설에 관한 관심과 긍정적 인식을 불러일으키고자 『테미스』 1권을 쓴 지 어느덧 5년이라는 시간이 흘렀습니다. 소설이라는 형식을 통해 실제 건설 산업의 생동감과 현장감을 잘 담아냈다는 1권에 대한 평가를 바탕으로 좀 더 현장 중심의 이야기를 담고자 하였습니다. 건설 현장의 매 순간들은 도전의 연속입니다. 이를 극복하고 해결해 가는 능력이 성공의 열쇠이며, 건설에서도 다른 무엇보다 '사람'이 가장 중요하다는 메시지를 담았습니다.

젊은 청춘들은 불확실성 때문에 고민하고 괴로워하곤 하지만 그만큼 그들이 가진 가능성도 클 것입니다. 나이를 먹을수록 불확실성은 줄어들지만 그만큼 가능성도 줄어드는 것을 느낄 때 오히려 젊은이들의 고민이 부러워집니다. 내가 가지지 못한 것을 크게 보기보다는 내가 가진 것의 긍정적인 면을 제대로 볼 수 있기를 바라는 마음입니다.

시놉시스 작성과 자료 수집에 도움을 준 서울대학교 건설기술연구실의 김석영, 이보경, 고태우, 황성주 연구원과 생생한 현장 얘기를 들려준 대림산업 김영준 부장님과 정원지 과장님, 삼성물산 김재호 전무님, 대우건설 양동현 차장님, 양동기 상무님, 손보식 교수님, 이사범 교수님, KSD 컨소시엄 장영배 대표님, 최병주 연구원, 그리고 소설을 읽고 모니터를 해준 이슬비, 김현수, 조주연, 권나현, 문효수, 김정화 연구원에게 진심으로 감사의 말을 전합니다.

이번 작업의 시작과 끝은 서울대학교 건설기술연구실이었습니다. 연구실 김문한 명예교수님, 이현수 교수님께 각별한 감사를 드립니다.

2015년 7월

차례

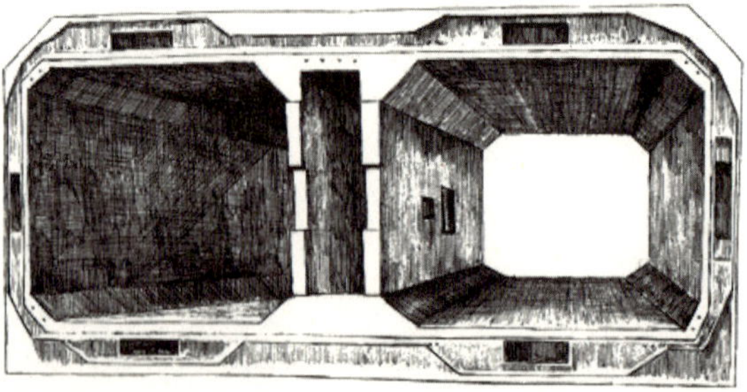

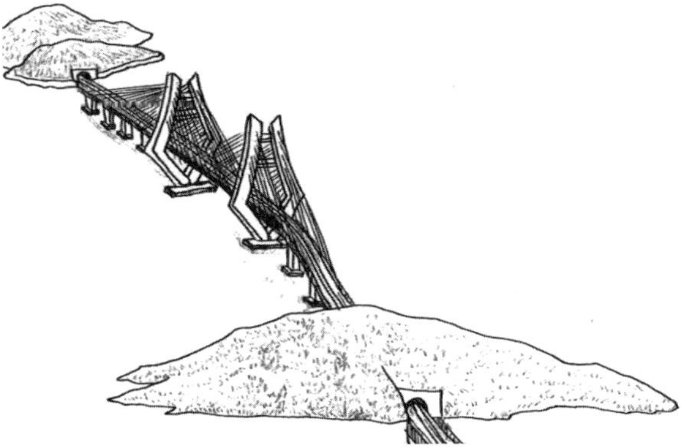

본 소설에 등장하는 인명과 사건은 실제와 아무런 관련이 없습니다.

시간여행

1

수교는 저절로 감기는 눈꺼풀과 싸우며 끝없이 펼쳐진 눈밭을 걸어가고 있었다. 내내 눈보라를 헤치며 걸어왔던 탓에 다리가 생각처럼 움직이지 않았고, 그저 주저앉고 싶었다.

'여기서 끝인가…….'

수교는 침몰하는 배처럼 몸이 가라앉는 것을 느끼며, 문뜩 안나푸르나를 다녀온 후배의 말을 떠올렸다.

"산에서 조난당한 사람 대부분이 마을 근처에 와서 죽어요. 마을이 보이기 시작하면 긴장을 확 풀어 버리는 거죠. 정말 몇 걸음만 가면 구조될 수 있는데 말이죠."

수교는 시계탑이 나올 때가 됐다는 생각을 해본다. 그 순간 거짓말처럼 우뚝 서 있는 시계탑이 저 멀리 보이기 시작했다.

수교는 시계탑의 등장이 반가우면서도 한편으로는 불안했다. 우주의 모든 시간을 관장하는 바로 그 시계탑이었다. 그는 서둘러 걷기 시작했다.

시계탑에 가까워질수록 눈밭 위에 발자국들이 어지럽게 흩어져 있었다. 그러나 시계탑 주변은 고요했고, 사람 그림자는 찾아볼 수 없었다.

'이게 다 누구의 발자국이지?'

수교는 너무 춥고 피곤해진 탓에 궁금증을 풀기보다는

어서 빨리 시곗바늘을 돌려놓고 이곳을 벗어나고 싶었다.

수교는 다시 걷기 시작했다. 이제 팔만 뻗으면 시계탑의 귀퉁이를 만질 수 있을 것 같은데 팔이 얼어붙은 듯 움직이지 않았다.

"여기서 이러시면 안 됩니다!"

시계탑 뒤에서 홀연히 나타난 군인이 수교를 향해 소리쳤다.

수교가 시계탑에 올라가려고 하자 군인은 그에게 총을 겨누며 말했다.

"손대지 마십시오."

"시간을 꼭 돌려야만 하는 사정이 있습니다. 오죽하면 이 먼 곳까지 찾아왔겠습니까?"

"이건 누구도 만질 수 없습니다!"

수교는 군인과 한참 실랑이했지만, 군인은 시계탑을 가로막은 채 꿈쩍도 하지 않았다. 수교는 눈밭에 무수히 찍힌 발자국들이 시계탑을 찾아왔다가 거절당하고 돌아간 사람들의 흔적일 것으로 생각했다.

시간이 얼마나 흘렀을까, 시계탑 주변에는 다시 시간을 돌리고 싶어하는 사람들이 모여들고 있었다.

"아이가 제 눈앞에서 죽었어요. 제발 일주일 전으로 시간을 돌리게 해주세요. 제 목숨을 가져가셔도 좋아요. 뭐든 시키는 대로 하겠습니다. 제발…… 이렇게 부탁합니다."

아이 엄마는 아이의 손을 꼭 잡고 있었던 횡단보도 앞, 일주일 전으로 시간을 돌리게 해달라며 오열했다.

"저는 제 목숨에 미련이 없는 사람입니다. 망가진 간 때문에 10년간 너무 힘들고 고통스러웠으니까요. 하지만 어머니와 가족들을 위해 살아야 합니다."

간 이식을 위해 기증순서를 기다리고 있는 중년의 가장은 간 이식을 받고 건강한 삶을 살고 있을 미래로 시간을 돌리고 싶어했다.

"300명의 목숨이 달린 문제입니다."

하루 늦어진 수금 때문에 회사가 부도나 버린 사업가는 입금이 예정된 다음날로 시간을 돌리게 해달라며 애걸 중이었다.

다들 절실했고 반드시 시간을 돌려 괴로운 현실을 벗어나고 싶어했다. 하지만 누군가를 위해서는 시간을 과거로 돌려야 했고, 또 누군가를 위해서는 시간을 미래로 돌려야만 했다. 사람들의 울음 섞인 아우성 속에 수교는 자신이 왜 시간을 돌리고 싶어했는지 이유조차 생각나지 않았다.

어디로 가야 할지 몰라 주변을 두리번거리던 수교는 멀리서 시계탑을 지켜보고 있는 노인을 발견했다. 노인은 오랫동안 그곳에 서 있었는지 옷이 얼음처럼 딱딱하게 굳어 있었다.

"나도 저 사람들과 마찬가지로 시간을 돌리기 위해 이곳에 왔소. 마냥 행복하던 어린 시절로 돌아가고 싶었는데, 다시 생각해 보니 수십 년을 다시 살 자신이 없어져 버렸소. 그래서 시간을 빨리 돌려 생을 끝내야겠다고 결심했지만, 지금 나를 괴롭히는 상념들은 죽어서도 나를 떠나지 않을 것 같아 두렵다오."

노인의 손에는 수십 년을 가지고 다녔을, 그리고 인간의 모든 고뇌가 담겨 있을 것 같은 낡은 수첩이 들려 있었다.

"그래서 시간을 어디로 돌릴지 아직 결정을 못하신 겁니까?"

"나에게 상념은 고통이자 사는 이유라는 것을 이곳에 와서 깨달았소. 그래도 힘든 것은 마찬가지라오."

세상의 이치를 깨달은 사람도 현실의 고통은 견디기 힘든 법이다. 수교는 여전히 시계탑에 다가가지도, 그렇다고 떠나지도 못하는 노인을 뒤로 하고 다시 걷기 시작했다.

'시간을 돌린다고 해서 과연 현실의 고통에서 벗어날 수 있을까?'

수교는 혼란스러웠다.

2

수교는 요즘 잠을 설치는 날들이 많아지면서 출근길이 하루 중 가장 괴로운 시간이 됐다. 어제는 꿈속에서 눈밭을 헤매며 시달린 탓에 온 몸이 뻐근했다.

'날씨 한번 죽이는군.'

숙소 입구를 나서자 자욱한 안개가 수교를 삼켜 버렸다.

요란하게 울리는 핸드폰 알람 소리를 듣고도 사위가 캄캄해서 통 잠이 깨지를 않았는데, 안개에 해가 가려졌기 때문이었구나 생각하며 무거운 발걸음을 옮겼다.

수교는 영종도 공항공사 현장과 서울 본사를 오가는 생활을 두 달 넘게 하고 있었다. 공항물류터미널인 3공구 지하층 공사가 진행 중인 현장에 안개일수가 잦아지면서 지난주부터는 아예 현장숙소에 상주하기 시작했다. 대관업무[1] 및 본사와의 리에종[2] 역할을 하기 위해 파견되었지만, 현장에 직원이 부족한 터라 현장엔지니어 일을 같이 하고 있었기 때문이다.

"삽으로 퍼담아도 되겠어요. 이건 안개가 거의 솜뭉치 같

1 정부의 주요 관청이나 부서를 상대로 하는 업무.

2 두 집단 조직 간의 연락 담당자.

은데요? 공정표에 손댄 게 언젠지도 기억이 안 나요."

공정이 하나 끝나면 빈칸에 색칠하는 것은 막내기사의 몫이었다. 막내기사는 공정표[3]에 손댈 수 있는 사람은 오직 자기뿐이라며 주어진 임무를 특권처럼 자랑스러워했다. 하지만 안개 문제로 공사에 진척이 없자 사무실 분위기도 무겁게 깔린 안개 같았다.

사회기반시설[4]이 잘 갖추어져 있고, 공사 진행이 상대적으로 수월한 도심에서 대규모 공사가 이루어지는 경우는 드물었다. 사람이 살 수 없는 곳, 사람이 다닐 수 없는 곳에서 이루어지는 것이 건설이었고, 건설을 통해 사람들이 머물 수 있는 건물이 만들어지고, 건설을 통해 다닐 수 있는 길이 생겼다. 건설 환경이 이렇다 보니 현장에서 발생하는 돌발 상황은 일상과도 같았다.

"성 과장, 큰일났어!"

지난 주말, 당직 중이던 수교는 새벽에 전기반장[5]의 긴급

---

3 시공 계획에 따라 건축공사의 각 부분 공사에 대해서 착공부터 완성까지의 작업량과 일정과의 관련을 표로 만든 것.

4 산업의 기반이 되는 시설을 말하는바, 사회간접자본과 같은 뜻. 경제발전에서 사회간접자본은 모두 생산 활동의 기본적 시설로 좁게는 교통·동력·용수 등을, 넓게는 인력개발과 농업간접자본에 이르는 모든 시설을 말함.

5 건설현장의 전기설비 단위생산 및 부대설비의 사양서, 시공 설계서를 검토하여 공정계획의 기술적인 검토 및 조정을 하는 사람.

전화를 받고 서둘러 현장으로 갔다.

현장은 지하 터파기[6] 후에 어스앵커 공법[7]으로 흙막이 공사[8]를 끝내고 지하층 골조공사[9] 중이었다. 보통 흙막이 공사 후 지하층 공사 완료 전까지는 흙막이 붕괴의 위험 때문에 공사 관계자의 신경이 무척 예민해지고, 특히 안전책임이 있는 소장은 밤에 발 뻗고 못 잔다는 얘기가 있을 정도로 주의를 기울여야 하는 단계였다.

현장은 갑자기 퍼부은 폭우로 물이 차 있었다. 배수를 위해 설치된 수중펌프가 고장이 나서 물이 3미터나 고여 있었다. 주말이라 모두 퇴근하고 현장에는 전기반장과 수교단 두 명이 있는 상황이었다.

"어떡하지, 아침까지 기다려야 하나……."

수중펌프를 수리하려면 두 사람 중에 한 명은 물속에 들어가야 했다. 하지만 전기반장은 감전위험 때문에 망설이고 있었다. 건물이 부력에 의해 뜰 수도 있는 위기 상황이었다.

---

6 구조물을 건설할 때 그 구조물의 일부나 기초를 구축할 경우, 그 부분의 흙을 파내는 것을 말한다.

7 흙 속에 구멍을 뚫고 그 속에 철근이나 PC강선을 채워 넣어 저항을 크게 한 것으로 흙막이의 토압지지 등에 쓰임.

8 흙 쌓기나 터파기의 붕괴, 미끄럼을 방지하기 위한 공사.

9 건축물에 작용하는 하중을 견디고 건물에 안정감을 주는 부재들을 설치하는 공사.

선택의 여지가 없었다.

"제가 들어가겠습니다."

수교는 바지와 셔츠를 벗고 속옷 차림으로 잠수해 들어갔다. 물은 시커먼 진흙탕이라 눈을 뜨기 어려웠다. 수교는 눈을 대신해 양손을 조심스럽게 휘저어 가며 물속을 헤맸다. 사막에서 바늘을 찾는 막막한 심정이었고, 감전도 걱정됐지만 침착하게 앞으로 나아갔다. 간신히 수중펌프를 찾은 수교는 허리에 차고 있던 로프에 펌프를 단단히 묶어 물 밖으로 꺼냈다.

"성 과장, 수리가 끝나면 부를 테니, 몸이라도 말리고 있지 그래?"

전기반장은 흙탕물을 뚝뚝 흘리며 속옷차림으로 서 있는 수교가 신경 쓰이는 듯 말했다.

"담배 있습니까?"

어차피 이 상태로는 당직실에 간다고 해도 앉아 있기도 힘들었다. 수교는 담배를 한 대 피우며 전기반장이 수리하는 것을 지켜보았다.

'스쿠버 자격증을 이럴 때 써먹다니…….'

한때 해군 UDT를 가려 했던 수교지만 명문대학을 나오고 번듯한 과장이 되어서 이런 일을 하게 될 줄은 몰랐다. 수리가 끝나자 수교는 수리된 펌프 고리에 로프를 매어 단단히 손에 감아쥐고 다시 물속으로 들어갔다. 좋게 말해 흙탕물이지 오수나 마찬가지인 물속을 맨 정신에 제발로 들어가기는 쉽지 않았다. 다시 들어간 물속은 더 차갑게 느껴졌고, 악취 때문에 비위도 상했다. 심지어 몸을 스치는 이물질들이 부패한 쓰레기처럼 느껴져서 소름이 끼칠 정도였다.

다행히, 펌프가 정상적으로 작동하자 고인 물의 수위는 정상으로 돌아왔다. 그제야 수교는 옷을 갈아입기 위해 당직실로 향했다.

처음에 수교는 대한민국의 첫 관문이자 동북아시아 허브공항을 건설한다는 자부심에 일이 힘든 줄 몰랐다. 하지만 산 넘어 산이었고, 수교도 지쳐 가고 있었다.

아침부터 설계변경 문제로 협력업체와의 회의가 열렸다.

A시를 국제관광단지로 활성화하는 방안이 구체화되면서 공항터미널 설계가 일부 변경되었다. 참석한 사람들은 시공성을 고려하지 않은 설계사의 설계변경[10]을 성토하기 시작했다. 자신들의 경험담까지 들먹이며 이번 공사가 최악이라고 말했다.

시공 중에 설계변경은 일상적인 건설과정이지만, 영종도 현장은 섬이라는 특수성이 있었다. 현장에 투입될 인력과 자재들을 해상수송에 의존하고 있었기 때문에 변경된 시공계획에 맞는 자재와 인력의 수송문제가 공사 진행에 막대한 영향을 미쳤다.

설계 변경 때문에 현재 확보된 부지만으로는 부족하다는 것도 문제였다. 섬이기 때문에 추가적인 공간은 간척사업으로 확보해야 했다. 지금도 매립토[11]를 인근 도서에서 간신히 채취해 해상으로 운반하는 상황에서, 추가적인 매립토를 어떻게 구해야 할지 다들 막막해했다. 이곳 현장과 인근 도서에서 추가적인 매립토를 구할 수 없다면, 최악의 경우에는 육지에서 모래를 운반해야 했다. 공사에 필요한

10 일반적으로 이미 계획된 설계에 대한 부분적인 변경을 말함.

11 해안, 호수, 늪, 저지대를 토사로 메워서 항만시설, 공장, 주택, 농경지 등의 용지를 조성하는 데 사용되는 토사.

만큼 부지를 매립하려면 배로 수없이 왕복해야 하지만 바지선[12]은 속도가 느리기 때문에 하루에 왕복할 수 있는 횟수가 적었다. 물론 설계변경으로 공사비는 증액되었지만 충분하지 않았다. 하지만 여기 회의에 참석한 사람들은 주어진 시간에 무조건 문제를 해결해야 한다는 것을 너무나 잘 알고 있었다. 그게 바로 현장이었다.

분위기가 어수선해지자 입을 굳게 다물고 있던 소장이 입을 열었다.

"우선 오늘은 안개가 진정되는 거 같으니 진도를 확 빼도록 합시다. 지금 상태로는 한 달 동안 매일 야근을 해도 공정을 맞추기가 어렵습니다."

수교는 오래만에 활기차게 움직이고 있는 현장을 물끄러미 바라보았다. 부지런히 땅을 파고 있는 우직한 포클레인과 부산히 자재들을 운반하는 덤프트럭들 그리고 구조물을 넘나들고 있는 작업자들의 모습이 오늘따라 신선하게 느껴졌다. 자욱했던 안개가 걷히기 시작하면서 안개의 잔재들이 구름처럼 떠돌아다녔고, 현장 사람들은 마치 구름에 올라앉아 작업을 하는 천상의 일꾼처럼 보였다.

---

12 항내, 내해, 호수 또는 하천 등에서 화물을 운반하는 소형 선박.

수교는 여자친구 도희에게 문자를 보냈다. 도희는 먼저 전화하는 법이 없고, 문자도 수교가 보낸 문자에 답장만 하는 식이라 수교는 자존심이 상할 때가 많았다. 하지만 지금 눈앞에 펼쳐진 영화 같은 풍경에 감상적이 된 수교는 도희가 보고 싶었다.

'그러고 보니 도희를 못 본 지도 2주나 되었군.'

수교가 영종도 현장에 파견되면서 두 사람이 만나는 횟수는 손에 꼽을 정도였다. 그리고 도희는 데이트보다 일이 우선이기 때문에 시간을 맞추기가 어려웠다.

감상에 젖어 있던 그 순간 답신이 왔다.

'이번 주말에는 바빠요. 다음에 봐요.'

다음에 보자고 하지만 도희의 다음은 늘 기약이 없었다. 수교가 도희에게 만나자고 했을 때 세 번에 두 번은 거절당했다. 그때마다 수교는 자존심이 상해서 다시는 먼저 연락하지 말아야지 마음먹지만, 매번 먼저 연락하는 사람은 그였다. 그렇다고 도희와의 관계가 삐걱거리는 것도 아니었다. 만나면 두 사람은 많은 대화를 나누었다. 도희는 관심 있는 연구주제와 연구실 문제에 대해서 이야기했고, 수교는 직장 동료들에 관해 이야기했다.

"우리 현장에 나 기사라는 친구가 있는데, 여자친구가 자주 못 본다고 헤어지자고 했나 봐."

"고작 그런 이유 때문에 헤어지자고 했겠어요? 다른 이유가 있겠죠."

"고작이라니…… 몸이 멀어지면 마음도 멀어진다는 말 몰라? 남자가 군대 가면 여자들이 고무신 거꾸로 신는 것만 봐도 알 수 있잖아!"

"매일 만나다시피 하다가 헤어지는 커플도 많아요. 진심으로 교감하는 사이라면 그런 건 문제되지 않아요."

빠앙—

경적소리에 정신을 차리고 보니 카고 트럭 두 대가 게이트 앞에 서 있는 수교가 비켜 주기를 기다리고 있었다. 카고 트럭 뒤에는 가설공사[13]에 쓰일 자재들이 빼곡히 담겨 있었다. 수교가 옆으로 비켜서자, 카고 트럭은 흙먼지를 날리며 현장 안으로 들어갔다. 수교는 구두에 뽀얗게 앉은 흙먼지를 대충 털어내고 다시 현장 사무실로 향했다. 현장에 준비 없이 상주하게 되면서 작업복은 여분을 구해 입었지만, 신발은 정장구두를 신고 다녔다. 수교는 옷과 신발 때문이라도 주말에 육지에 나갔다 와야겠다고 마음먹었다.

13 건축공사에서 본 공사를 위하여 필요한 일시적인 설비를 하는 공사.

3

점심시간이 되자 막내기사는 활기 넘치는 목소리로 수교에게 말했다.

"제가 함바집[14] 이모님께 특별히 부탁해서 쇠고기 장조림 준비했으니 식사하러 가시죠!"

"오늘은 영 입맛이 없네."

"또 늦게까지 일하신 거죠?"

"그래, 무식하게 잠 안 자고 하는 것, 그게 내 비결이야."

"수면 부족은 조기 치매를 유발한대요!"

"그럼 난 잠깐이라도 눈을 붙여야겠는걸."

현장사무소를 빠져나가는 직원들의 시끄러운 발소리를 들으며 수교는 중얼거렸다. 수교가 눈을 감고 의자에 기대어 잠에 빠져들려고 하는 순간, 전화벨이 울렸다. 본사 부장이었다. 직속상관에게서 걸려오는 전화는 왠지 불길했다. 잠깐 망설였지만 전화를 받았다.

"네. 부장님, 성수교입니다."

"아, 성 과장? 문제가 생겼어."

---

14 건설현장 식당을 일컫는 말로, 일본어 한바(はんば, 飯場)에서 유래함.

"무슨 일입니까?"

"그쪽으로 자료 보냈으니까 일단 보고 얘기하자고."

'영종도 국제공항 입지 부적격'

영종도 신공항 잦은 안개 우려

해무, 활주로 복사열로 발생빈도 김포보다 훨씬 심할 듯

김포공항이 안개 때문에 항공기의 결항이 잦아 승객들이 큰 불편을 겪고 있는 가운데 현재 건설 중인 영종도 새 국제공항도 바다와 인접해 있어 안개가 심할 것으로 우려되고 있다.

(중략)

따라서 원활한 운행에 차질이 예상되며 이는 국제공항으로서의 위상에 맞지 않을 것이라는 우려의 목소리가 커지고 있다. 이는 안개의 영향이 공항의 입지 선정과정에서 매우 중요한 요소임에도 이를 충분히 고려하지 못한 데서 비롯된 것으로 보이며……

내일 아침 지하철에서, 회사에서 이 기사를 읽은 사람들은 영종도 공항의 어두운 미래와 부실한 계획 따위에 대해 비난할 것이다. 최악의 경우 부지 선정을 다시 해야 한다는 여론까지 조성될 수 있었다. 누구도 본 적 없고 상상만 해왔던 세계적인 공항을 짓는다는 것은 이렇게 끊임없이 그 가능성을 의심당하고 있었다.

"성 과장이 가니까 별 문제 없겠지."

신문사에 가기 위해 보트에 오른 수교는 소장의 걱정 반

격려 반의 얼굴과 마주치니 마음이 더욱 무거워졌다. 전쟁터로 떠나는 군인이 된 듯 비장함이 느껴졌다. 이번 건은 본사의 일이지만 소장은 현장 책임자로서 '공사다망한' 소장이 되기 싫은 것이었다.

"안개가 잠잠해진다 싶었더니, 정말 쉴 틈을 안 주고 일이 터지네요."

배웅을 나온 막내기사의 말처럼 그저 안개만 잠잠해졌을 뿐이었다. 매립토를 추가로 확보하는 문제는 아직 아무런 대책이 없었고, 공항공사라는 특수성은 공사 진행을 여전히 더디게 하고 있었다. 이런 상황에서 부지 선정에 대한 부정적인 여론까지 조성된다면 정말 최악이었다.

"저희 굿이라도 한번 할까요? 이렇게 죽어라 죽어라 하는 현장은 난생처음이네요."

"너야 당연히 처음이지! 첫 발령지가 여긴데…… 입 다물고 잠자코 있어."

선임기사가 막내기사를 쥐어박으며 말했다.

"다녀오겠습니다!"

수교는 서둘러 보트를 출발시켰다.

복잡해진 머릿속을 정리하던 수교는 벨 소리에 무심코 전화를 받았다.

"네, 성수교입니다."

"누군지 확인도 안 하고 받아요?"

도희였다.

"바빠요? 주변이 시끄러운 것 같은데?"

"암, 시끄럽지. 달리는 보트 위에 있자니, 바닷바람이 사정없이 귀를 때리는걸."

"보트? 바닷바람?"

수교는 도희에게 상황을 설명했다. 덕분에 수교는 할 일이 명확해지는 것을 느꼈다.

"엇, 누가 나 찾는다. 선배, 수고해요."

보트에서 내린 수교가 한 발 내딛는 순간 경쾌한 문자 알림음이 들려왔다.

'DAPO!'

도희에게서 온 문자다.

Do All Possible.

'그래, 해볼 수 있는 건 다 해보자. 후회하지 않을 만큼 미련하게 해보는 것, 그게 내가 제일 잘하는 거니까…….'

4

고소한 삼겹살 냄새에 수교는 그제야 점심을 거른 것이

생각났다. 식당 안은 퇴근한 회사원들로 붐비고 있었다. 수교는 허기와 삼겹살 냄새는 잠시 잊고 담당기자를 찾기 시작했다.

서울에 도착한 수교는 고려일보에 전화를 걸어 담당기자를 바꿔 달라고 했지만, 몇 번을 돌고 돌던 전화의 마지막은 결국 자리에 없다는 대답이었다. 수교가 사정을 설명하고 나니 상황은 더 나빠졌다. 수교의 말이 채 끝나기도 전에 '개인적으로 기자와 접촉하면 안 된다'는 원칙적인 답변이 돌아왔다. 아직 이른 봄인데도 수교는 진땀이 났다. 마지막으로 전화를 돌려받은 여직원에게 거의 매달리다시피 한 수교는 담당기자가 이 식당에서 회식에 참석할 것이라는 정보를 간신히 얻어 낼 수 있었다.

"저기, 혹시 여기 나 기자님 계십니까?"

순간 열 명 남짓한 사람들의 시선이 자기에게로 쏠리는 것을 느꼈지만, 수교는 침착한 표정을 지으려고 노력했다.

'침착하자. 난 잘못을 저지른 사람이 아니라 잘못된 것을 바로잡으러 온 사람이다.'

"어떻게 알고 오셨는지는 모르겠지만, 잠깐 나가서 얘기하시죠."

담당기자는 수교가 건넨 명함을 보자 느슨하게 풀어 놓은 타이를 다시 조이면서 말했다.

수교는 기자에게 기사를 수정해 달라고 요청했다.

"제가 쓴 기사내용은 현재 상황에서 예측되는 공항부지의 문제점을 말했을 뿐입니다. 전문가들의 자문까지 받고 작성한 기사인데 뭐가 잘못되기라도 했습니까?"

수교는 언론의 힘이 얼마나 무서운 것인지 이미 경험한 적이 있었다. 학부시절에 실습 중이던 건설현장에서 규격에 어긋나는 자재가 들어온 적이 있었다. 뒤늦게 사실을 알게 된 현장소장은 즉시 업체와 거래를 끊고 자재를 돌려보내는 등 조치를 취했다.

하지만 시기가 좋지 않았다. 불과 몇 달 전 과도한 리모델링과 부실시공으로 건물이 붕괴된 사고 탓에 부실시공 문제가 언론의 도마 위에 올라 있던 시기였다.

수교가 실습 중이던 현장은 부실한 자재로 부실시공을 하는 현장으로 곧장 보도되었고, 분양 중이던 건물은 줄줄이 계약을 파기하는 사람들 때문에 회사는 결국 부도가 났다. 수교는 냉담한 기자의 반응에 초조해지기 시작했다.

수교는 이 기사가 나가면 발생할 수 있는 막대한 피해규모를 가감 없이 설명했다. 그러자 기자의 말투는 조금 누그러졌다.

"그 기사는 이미 제 손을 떠났습니다. 제가 지금 고칠 수 있는 방법은 없습니다."

"이대로 기사가 나간다면 많은 사람이 예측보도라는 사실은 잊고 영종도는 국제공항부지로 부적합하다고 단정 지어 생각하게 될 겁니다. 그런 오해로 생길 문제들을 생각하니 가슴이 답답합니다."

수교는 화나지 않은 사람처럼 보이려고 최대한 노력했지만, 이미 목소리는 떨리고 있었다.

"사정은 알겠지만 제가 해 드릴 수 있는 게 없네요. 죄송합니다."

"잠시만요."

수교는 식당으로 들어가려는 기자의 손목을 잡고, 보도를 정정할 수 있는 자료 뭉치를 그의 손에 쥐여 주었다. 기자는 수교의 행동에 순간 당황하더니 이내 짜증이 난 듯 지금 시점에서 기사를 수정할 수 있는 권한은 오직 편집장인 국장에게 있다는 말을 던지고는 가 버렸다.

수교는 퇴근하는 회사원들을 거슬러 고려일보를 향해 언덕을 올라가고 있었다. 아직 사무실에 있다는 국장을 만나기 위해서였다. 수교는 상대가 아무리 언론사 국장이라고 해도 발주자[15]를 상대하는 것만큼 어렵지는 않을 것으로

---

15 건설공사 전부를 최초로 위탁하는 자 또는 공사를 공사업자에게 도급하는 사람.

생각했다. 발주자는 완성될 건물에 대한 기대가 큰 만큼 요구사항이 많다. 하지만 구체적이지 않고 현실성도 떨어진다. 물론 일반인들이 설계만으로 완성될 건물을 예측하기란 쉽지 않다. 설계에서 완성까지, 이상이 현실이 되기까지 끝없이 의심하고 불안해하는 발주자를 안심시키고 설득하는 일도 시공을 맡은 건설회사의 몫이다. 건설 회사에 다니다 보면 산전수전 공중전까지 두루 경험하게 된다. 엄연히 분양가 차이가 나는데도 고가 아파트와 외장마감을 같은 것으로 해 달라며 본사 로비에 드러눕는 입주예정자들을 상대해야 할 때도 있고, 그와는 반대로 수백억의 건설사업 입찰 마감시간을 불과 몇 분이 지났다며 입찰 서류를 받아주지 않는 담당자에게 항의하기 위해 드러눕는 신세가 되기도 한다.

신문사 앞에 도착한 수교는 숨을 고르며 국장을 어떻게 설득할 것인지 생각해 보았다. 드러누워 해결될 일이 아니었다. 이미 국장의 손에는 맘에 드는 기사가 쥐어져 있다. 이때 현장에 있는 막내기사에게서 전화가 왔다.

"힘내시라고 전화했습니다."

"그래, 거긴 별일 없지?"

"문제가 없긴요."

"또 무슨 일인데?"

"매립토 수급문제로 다시 회의 중인데, 답이 없어요…….
기자는 만나셨어요?"

"시작도 안 했으니까 나중에 다시 통화하자고."

전화를 끊은 수교는 갑자기 몸을 주체할 수 없이 피곤해졌다. 시끄러운 기계음에 정신을 차리고 보니 신문사 앞은 공사가 한창이었다. 조감도를 보니 직원들이 쉴 수 있는 작은 공원을 조성 중인 것 같았다. 내일 공사에 쓰일 모래들을 부지런히 실어 나르고 있는 덤프트럭들을 보며, 수교는 모래 걱정 없이 공사하는 이 현장이 부러웠다.

"어이! 거기서 뭐 하는 거요!"

고함소리에 고개를 들어 보니 트럭기사가 인상을 쓰며 수교를 보고 있었다.

"위험하니까 당장 나가요!"

다시 신문사로 무거운 발걸음을 옮기던 수교는 현관 유리에 비친 자신의 모습을 물끄러미 쳐다보았다. 수교는 숙소에 벗어 놓았던 양복을 그대로 입고 온 탓에 자신이 상당히 지저분하다는 것을 그제야 깨달았다. 헝클어진 머리에 구깃구깃한 양복 그리고 먼지가 뽀얗게 앉은 구두에 허기와 일에 지친 수교의 모습이 공사장 직원이 보기에 영락없는 부랑자로 보였던 것이다.

5

"여기가 편집국입니까?"

"누구시죠?"

사무실 안쪽에서 인기척과 함께 무뚝뚝한 인상의 남자가 걸어 나왔다. 평범한 외모지만 눈빛이 예사롭지 않은 것으로 보아 이 사람이 바로 국장일 거라고 수교는 짐작했다.

"어떻게 오셨습니까?"

수교는 처음 보는 사람에게도 반가움을 느낄 수 있구나 생각하며 들고 있던 뇌물성 비타민 음료를 내밀었다. 수교가 찾아온 이유를 설명하자 국장은 난감한 표정을 지어 보였다.

"공항부지 적합성 논란은 언론에서 한 번쯤 짚고 가야 하는 문제라고 생각합니다. 문제가 발생하지 않도록 대책을 촉구하는 기사가 문제가 있다고 보시는 겁니까?"

국장은 기사에는 아무런 문제가 없다고 말하며, 신문사까지 찾아온 수교를 오히려 문제를 은폐하려는 몰지각한 사람으로 은근히 몰고 갔다.

"저희가 조사한 바로는 신공항의 안개 일수는 김포공항보다 7일 정도 적은 수준으로 49일입니다. 최근 갑작스러운 기상 변화로 안개 일수가 일시적으로 늘어난 것뿐이며 만일의 사태에 대비해서 '정밀접근계기비행'[16]이 가능하도록 계획 중입니다. 그리고 활주로 운용등급을 'CAT-3a'[17]로 계획했기 때문에 안개 발생 시에도 사정거리 200미터 이상을 확보할 수 있습니다. 제가 준비해 온 이 자료들을 읽어 보시면 공사 계획 단계에서 안개 문제에 대해 충분히 고려하고 실행했음을 아실 수 있을 겁니다. 즉, 애초에 계획이 잘못된 것도 아니며 만일을 대비한 대책까지 완벽히 세운 상태라고요. 잘못된 건 오히려 내일 사람들이 읽게 될 이 기사일 겁니다. 신공항은 앞으로 모든 국민이 자랑스러워하는 세계적인 공항이 될 준비를 하고 있는데 벌써 이렇게 잘못된 인식을 심어 주면 공사를 방해하시는 것과 같습니다."

말을 마친 수교는 달리기를 마친 사람처럼 가쁜 숨을 내쉬며 국장의 안색을 살폈다.

"이렇게 자료까지 준비해 오시느라 고생하셨고, 말씀도 잘 들었습니다."

"그렇다는 건……."

"저희가 우려한 문제들에 대해 공감할 수 있는 대책이지

---

16 안개 등의 저시정 상황에서도 항공기의 계기를 이용하여 이륙, 접근 및 착륙을 안전하게 수행할 수 있는 능력.

17 해당 활주로의 계기접근절차의 결심고도 30미터 미만, 활주로 가시범위가 200미터 이상에서의 정밀접근방식.

만, 기사를 바꿔 드릴 수는 없습니다."

국장은 실행단계에 있는 대책이 아니어서 기사로 적합하지 않다고 했지만, 사실은 수교가 준비한 내용이 독자의 흥미를 끌 만한 내용이 아니었기 때문일 것이다. 이대루 내일 기사가 나간다면 여론의 뭇매를 맞고 공사는 당분간 주춤해질 수밖에 없다.

수교는 자꾸만 힘이 풀리는 다리에 힘을 주었다. 이곳을 나갈 때까지는 버티고 서 있어야 했다.

수교는 국장과 기싸움이라도 하듯 그렇게 계속 서 있었다. 국장은 수교가 제풀에 지쳐 돌아가기를 기다리며 이메일도 보고 인터넷 기사도 뒤적거리며 시간을 죽이고 있었다. 마땅히 눈길을 둘 곳 없는 수교는 손톱 밑 때도 파고 다리 근육도 풀어 가며 무언의 시위를 계속했다. 참다 못한 국장은 여직원에게 내보내라는 눈짓을 했다.

"제가 지금 여길 나가면 저를 기다리는 사람들은 많지만 저는 갈 곳이 없습니다."

수교의 말에 직원은 차마 내보내지 못하고 머뭇거리며 국장의 눈치를 살폈다. 국장은 불청객에 익숙한 듯 아무런 감흥이 없는 표정으로 말했다.

"솔직히 시공사가 신경 쓸 일이 아니잖아요! 기획하고 발주한 정부 책임이지……. 시공사는 계약대로 시공하고 아니면 손해배상을 받든지……."

사실 이 문제에 예민한 것은 정부 측이었다. 하지만 시공 지연 시에 실제적 피해는 계약관계를 떠나 시공사가 질 수밖에 없다. 정부에게 책임이 있다고 해서 나 몰라라 할 수는 없었다.

"책임소지를 따지자는 게 아닙니다. 저는 엔지니어입니다. 제 방식대로 문제를 해결하고 싶었을 뿐입니다."

국장은 수교의 말에 조금 당황하는 듯했지만 이내 덤덤한 표정으로 돌아왔다.

"음…… A라고 쓴 기사를 전날 밤 B로 바꿀 순 없습니다. a로 바꿀 순 있을지 몰라도 말이죠."

국장의 말에 수교는 숙였던 고개를 번쩍 들었다. a로 바꾸다니?

"설명도 들었고 정정 자료도 받았으니 조금은 고쳐 드릴 수도 있겠네요."

여전히 무덤덤한 얼굴로 국장은 말했다. 수교는 a에 대해 자세히 물어보고 싶었지만 국장을 더는 귀찮게 하면 안 될 것 같아 일단 나가기로 했다.

수교는 신문사를 나와서도 국장이 말했던 a에 대해 생각했다. 늦은 시간이었지만 본사 부장은 자신의 전화를 기다리고 있을 것이었다. 수교는 신문사 앞에서 대기하고 있다가 적당한 시간에 국장을 찾아가 수정된 기사를 확인하기로 했다.

'산이 따로 없구먼.'

공원공사는 본격적인 토공사에 들어가는지 수교가 국장을 만나고 나온 사이에 모래가 산더미처럼 쌓여 있었다.

수교가 휴대전화를 꺼놓은 사이에 도희에게서 부재중 전화와 문자가 와 있었다.

'일은 잘 해결됐어요? 연락 줘요.'

달콤한 내용은 아니었지만 수교는 문자를 보고 또 봤다. 도희가 자신을 걱정하고 염려한다는 사실만으로도 수교는 설렜다. 내친김에 도희에게 전화를 하고 싶었지만, 아직 긴장을 풀어서는 안 되는 상황이라 사세하기로 했다.

'내일 잠깐이라도 도희를 보고 갈까?'

"어……엇!"

도희를 생각하며 서성거리던 수교는 순간 몸에 중심을 잃고 바닥에 엎어졌다. 움푹 패어 있던 바닥을 보지 못했던 것이다.

간신히 몸을 일으킨 수교는 움푹 팬 바닥을 화풀이 삼아 걷어찼다. 그 순간 부력을 발견한 아르키메데스처럼, 그리고 깊은 산중에서 산삼을 발견한 심마니처럼 수교는 뭔가 떠오른 듯 팬 바닥과 쌓여 있는 모래를 번갈아 쳐다보았다.

"그래, 바로 이거야!"

그리고 도희에게 전화를 걸었다.

"여보세요?"

도희는 잠결에 전화를 받은 듯 목소리가 잔뜩 가라앉아 있었다.

"어? 자고 있었어?"

수교는 그제야 자정이 넘은 시간이라는 것을 깨달았다.

"아뇨. 누워서 책 보고 있었거든요. 일은 잘 해결됐어요?"

"잘 해결될 것 같아."

"그래요? 다행이에요, 선배."

도희의 진심 어린 말투에 수교는 왠지 설렜고 잠시 아무 말도 할 수 없었다.

"음…… 고마워."

"그 얘기 하려고 전화한 거예요?"

"응. 이 기쁨을 함께하고 싶어서."

"네?"

"자세한 얘기는 나중에 만나서 하자. 잘 자……."

수교는 전화를 끊고 흥분된 마음을 가라앉히기 위해 눈

을 감고 심호흡을 했다.

'그래! 이제 됐어!'

6

"모두가 아시다시피 '공항 주변의 높이 제한'에 의해 우성산을 반드시 절토해야만 합니다. 비행기의 이착륙에 지장을 줄 수 있는 반경 4킬로미터 이내의 장애구릉은 모두 제거해야 하죠. 현재 172미터인 오성산의 높이를 52미터 정도로, 즉 약 120미터 높이의 흙을 깎아 내야 하는 셈입니다. 그 120미터에 해당하는 토사량은 15톤 트럭으로 골재가 100만 대분, 토사가 1,800만 대 분량 정도로 추정됩니다.

또한 현재 공사도로를 만들려면 공유수면[18]을 메워야 합니다. 여기에 투입될 골재의 양만 해도 어마어마한 수준이며 이를 다른 장소에서 공수해 와야 하는 경우 골재 가격뿐만 아니라 운송비용까지 추가로 투입돼야 할 것입니다. 우성산의 절토 과정에서 발생한 토사를 매립토로 활용하게 된다면 원가 절감은 물론이고, 영종도와 역사를 함께하는

---

18 국가 소유의 하천, 바다, 호수나 기타 공공에 사용되는 수류 또는 수면.

유서 깊은 우성산을 단지 훼손하는 것이 아니라 세계적인 공항의 토양으로 활용되게 하는 것이기 때문에 주민을 설득하는 데 문제가 없을 거로 생각합니다. 그리고 현재 조사한 바로는 절토해야 하는 토사량과 필요한 매립토의 양이 거의 같을 거로 예상합니다."

수교는 어제 공원 공사현장에 산처럼 쌓여 있는 모래를 보며 영종도에 있는 우성산을 떠올렸다. 우성산만 절토할 수 있다면…….

"좋아! 바로 진행하자고!"

수교의 설명이 끝나기가 무섭게 소장은 의자에서 벌떡 일어나 외치듯 말했다. 소장뿐만 아니라 회의에 참석한 관계자들은 기립박수라도 칠 태세였다.

"자, 오늘 저녁은 회식이다! 한 사람도 빠짐없이 참석하도록 해."

소장은 늘어진 공사 일정을 맞추려면 계속 강행군을 해야 한다는 것을 누구보다 잘 알고 있었다. 하지만 매립토 문제가 해결되면서 지금 춤이라도 추고 싶은 심정이었고, 침체해 있던 현장의 사기를 올려 줘야 할 시점이기도 했다.

다들 회식준비를 하는 사이, 수교는 고려일보의 기사를 다시 한 번 확인했다. 기사는 시공사 관계자의 말을 인용하는 형식으로 수교가 건네준 내용이 추가되어 보도되었다. 수교는 시종일관 묵뚝뚝한 표정을 지어 보이던 국장 때문에 내심 불안했는데, 기사를 보고 나니 국장의 무뚝뚝함 이면에 합리적이고 이성적인 면이 감춰져 있었음을 깨달았고 고마움을 느꼈다.

"다녀왔습니다……."

회식용 돼지고기를 공수해 오기 위해 육지까지 다녀온 막내기사는 뱃멀미 때문에 녹초가 되어 돌아왔다. 배 시간을 맞추기 어려울 것 같아 고기잡이 통통배를 타고 왕복했던 것이 화근이었다.

"고생했어. 회식 때 많이 먹도록 해!"

수교는 고생한 막내기사의 어깨를 두드리며 말했다.

"오늘은 세가 영 입맛이 없네요. 잠깐만 누워 있다가 올게요."

막내기사는 고개를 절레절레 저으며 숙소로 향했다.

동네 사람들과 함바집 아주머니의 도움으로 회식자리는 웬만한 잔칫상이 부럽지 않게 차려졌다. 다들 오랜만에 편하게, 배불리 먹을 수 있었다.

"예전에 우리 어머님께서 하시던 말씀이 있어. 애들은 천 번을 아파야 큰다고…… 공사도 마찬가지야. 문제는 생길 수밖에 없고, 사고는 운명 같은 거니까 그저 묵묵히 받아들이고 처리하다 보면 어느 순간 건물이 완성되는 거지."

수교 옆에 앉아 있던 소장은 수교의 마음을 들여다보기라도 한 듯 말했다.

'앞으로 이런 일을 얼마나 겪어야 공사가 끝이 나는 걸까?'

숙소에 눕는 순간 수교는 피곤이 확 몰려 왔다. 수교는 졸린 눈으로 간신히 알람을 맞추어 놓고 벽에 붙어 있는 공항 조감도를 보았다. 오늘따라 조감도에서 눈을 뗄 수가 없었다.

'공항이 다 지어지고 나면 그때 나는 뭘 하고 있을까? 여전히 다윗건설에 있겠지. 도희랑 결혼했을까?'

수교는 나름대로 인정받고, 성취감이 있는 현재의 일이 나쁘지 않았다. 그렇다고 솔직히 좋은 것도 아니었다. 그만큼 일상이 고단했고, 동경했던 삶과 괴리가 있는 현실에 지쳐 있었다.

아름드리 나무들이 빽빽이 들어차 있는 숲에서, 가을 낙엽이 쌓여 있는 곳, 벤치에 앉아 한가롭게 책을 보는…… 학부 때 막연히 동경했던 어느 외국 대학의 전경이 수교의 머릿속에 떠올랐다.

'그곳을 나의 베아트리체 도희와 결혼을 해서…… 같이

가고……'

만약 도희와 결혼한다면 그때는 이 눈앞의 조감도에 그려진 공항에서 비행기를 타고 신혼여행을 떠날 것이다. 수교는 오늘만큼은 정말 푹 잘 수 있을 것 같았다. 잠을 청하던 그는 그젯밤 꿈을 떠올렸다.

'시계탑, 시계라……'

고통의 시간은 시간이라는 외적 요소를 바꾼다고 해서 해결되지 않는다. 피하고 외면한다고 해서 벗어날 수 있는 것도 아니다. 시간을 과거나 미래로 돌린다고 해도 우리에게는 또 다른 현실이 주어진다. 주어진 현실은 받아들어야만 한다. 고통의 시간은 그렇게 사람의 내면화 과정을 거쳐 소화돼야 하는 것이다.

서서히 잠에 빠져드는 수교의 캄캄한 눈앞에 시계탑을 지키던 군인의 모습이 소장의 얼굴로 바뀌어 보이기 시작했다.

"모든 것은 다 때가 있는 법, 시간을 원망하지 말게."

Mirror Imaging

1

수교는 오랜만에 서울에서 주말을 보내고 현장으로 복귀 중이었다. 현장으로 들어가는 배는 하루에 한 번, 연안부두에서 아침 일찍 출발하기 때문에 새벽부터 집을 나섰다. 함께 가기로 한 차장 집 근처에 도착한 수교는 차장에게 문자를 날렸다.

'접니다…….'

'나갈게.'

현장인들의 대화는 이렇게 짧았다.

노총각 시절 차장은 직원들에게 기피대상 1순위가 될 만큼 하루도 빼놓지 않고 술을 마시던 사람이었다.

"부모와 본인 상을 제외하고는 회식에 빠짐없이 참석하도록 한다!"

차장은 술자리를 만들기 위해 끊임없이 부서의 단합과 친목 도모 및 야근을 만들어 냈다. 차장의 집요함에 지친 직원들은 아예 순번을 정해 차장의 술자리에 동행할 정도였다. 그러던 차장이 소개로 만난 지금의 아내와 3개월 만에 결혼에 골인했고, 새사람이 되었다.

"많이 기다렸지?"

"어서 타세요."

"애들이 깨서 우는 바람에 달래느라고 늦었어."

"애들이 아빠를 좋아하나 봐요?"

"어…… 우리 애들이 좀 그래."

차장은 휴대전화를 꺼내 아이들 사진을 보며 말했다. 차장을 보며 수교는 새삼 가정의 위대함을 생각했다.

2

"성 과장, 너무 무리하는 거 아니야?"

차장은 컵 홀더에 꽂혀 있던 영수증을 흔들어 보이며 말했다.

"한 끼 밥값을 이 정도로 쓴 걸 보니, 여자친구에게 잘못한 거라도 있나?"

"그런 거 없습니다. 오랜만에 만나는 거라 분위기나 잡을까 해서 갔습니다."

"그래? 자주 그러지는 마. 기대가 높아져서 이런 게 당연한 줄 안다니까."

"그러면 저야 좋죠."

차장의 의미심장한 충고에 수교는 무심하게 대답하며, 주말 도희와의 데이트를 떠올렸다.

"어머 선배, 옷차림이 왜 그래요?"

말쑥한 양복에 빨간 꽃다발을 한 아름 들고 있는 수교를 보더니 도희가 깔깔거리며 웃기 시작했다. 수교는 동요하지 않고 꽃다발을 내밀었다. 도희는 어색한 표정으로 꽃다발을 받아 들었지만 기분이 나빠 보이지는 않았다. 수교는 극장으로 걸어가며 도희에게 팔짱을 끼라고 눈짓을 했다.

"정말 오늘 왜 그래요? 무슨 일 있어요?"

"혹시나 해서……."

도희는 웃으며 팔짱을 꼈고, 두 사람은 다정하게 극장으로 들어갔다.

"좀 아쉽다."

"영화 별로였어? 난 괜찮았는데."

"재미는 있었는데 여운이 없잖아요."

"영화가 재미만 있으면 되지. 난 칙칙하고 심각한 영화는 별로야."

"그래도 뭔가 남는 게 있어야죠."

영화를 보고 나오자마자 도희는 영화에 나온 장면과 대사를 조목조목 짚어가며 영화평론가처럼 말했다. 하지만 수교는 영화 내용 따위는 아무래도 상관없었다. 굳이 하자면 회색 바지에 회색 티를 입고 까만 고무줄로 머리를 질끈 매고 데이트를 나온 도희의 의상에 대해서 진지하게 토론하고 싶었다.

도희는 식당에 도착하자 당황하는 기색이 역력했다.

"이런 데 올 거면 미리 얘기를 했어야죠."

그동안 주로 만나던 도희의 연구실 근처 식당이나 호프집이 아닌 고급 레스토랑을 수교가 예약했던 것이다.

도희는 화장실에 가서 스카프를 두르고 헝클어진 머리를 단정히 말아 올리고 나타났다.

도희가 레스토랑의 분위기에 어울리는 비주얼을 만들기 위해 고심한 흔적이 보였고, 도희의 숨겨진 여성스러움을 발견한 것 같아 수교는 내심 흐뭇했다. 서로의 업무나 논문 얘기는 두 사람에게 추억으로 남지 않는다는 것이 수교의 생각이었다. 함께 밥 먹고 차 마시고 영화를 보고…… 서로에 대한 시시콜콜한 얘기를 나누는 것이 오늘 데이트 목표였다.

"어? 가방 샀어? 못 보던 건데?"

"얼마 전에 하나 장만했어요. 다른 사람들은 제가 가지고 다니는 가방이 비슷비슷해서 구분이 안 간다고 하던데, 선배는 알아보네요?"

"관심의 차이겠지."

수교는 괜히 으쓱해졌다. 도희는 의상이나 머리스타일에 변화가 없는 편이었다. 옷은 춘하추동복으로 구분되었고, 신발도 계절에 따라 바꿔 신는 한결같은 스타일이기 때문에 오히려 작은 변화도 쉽게 눈에 들어왔다.

"이왕 장만하는 거 다른 스타일로 사지 그랬어? 이참에 내가 하나 사줄까?"

"저 가방 많아요."

"그래? 늘 같은 가방만 가지고 다니는 것 같았는데, 아닌가?"

"사실 같은 디자인이 여러 개 있기도 해요. 고딩 때는 맘에 드는 책가방을 보면 여러 개를 사서 번갈아 가지고 다녔어요."

수교는 똑같은 옷을 수십 벌 사서 돌려 입는다는 천재 과학자 얘기가 떠올랐다. 그래도 도희가 다른 관심거리가 있다는 사실이 인간적으로 느껴졌다.

"나만의 공부비법 같은 건데…… 공부를 잘할 수 있게 해 줄 것 같은 가방을 고르는 거죠! 지금도 논문을 잘 쓰게 해 줄 것 같은 가방이나, 자료를 넣고 다니기만 해도 연구가 술술 풀릴 것 같은 가방을 사들여요."

"소녀 때부터 취향이 독특했구만."

"여기 정말 맘에 드네요. 확 트인 공간인데, 울림도 없고 조용하네요? 커튼 때문에 그런가?"

도희는 레스토랑을 찬찬히 둘러보며 말했다.

수교는 도희가 일과 관련된 얘기를 꺼내려는 조짐을 보이자 얼른 화제를 돌렸다.

"처음 경양식집을 갔던 게 고등학교 졸업식 때였어. 동네에서 꽤 알아주는 집이었지. 우아한 클래식이 흐르고 양복 입은 종업원이 메뉴판을 들고 와서 아주 정중하게 밥이랑 빵 중에 어떤 걸로 하시겠습니까? 수프는 야채수프와 크림수프가 준비되어 있는데 뭘로 드릴까요? 이러는데…… 완전히 딴 세상에 온 느낌인 거야. 어린 마음에 분위기에 혹해서…… 사실 음식 맛은 별로였어."

"저는 인테리어가 아무리 근사해도 음식 맛이 없는 식당은 용서가 안 돼요."

"음식은 오감으로 먹는 거야."

"인테리어가 아무리 근사해도 비가 줄줄 샌다면 소용없는 거죠. 본질에 충실해야지."

다시 도희가 가방끈이 아주 긴 연구원으로 돌아갈 듯한 조짐을 보였다. 이제 막 또래 여자들 같은 모습을 보이기 시작했는데…….

"밥 먹고 우리 특별히 할 일 없죠?"

도희가 데이트의 공식 일정이 남았는지 물었다. 수교는 도희와 특별한 이유가 없어도 만날 수 있는 사이라 믿고 있었지만, 도희는 만난 지 세 시간이 넘어가면 남은 일정이 있는지 묻곤 했다.

"산책이나 할까?"

"실은 전부터 만나보고 싶었던 초고층 전문가가 한국에 왔거든요. 인터뷰 요청을 했는데, 조금 전에 연락이 왔어요. 준비를 좀 해야 해서 저녁만 먹고 일어서야 할 것 같은데……."

도희는 수교에게 미안해하는 표정을 지어 보이며 남은 음식을 서둘러 먹기 시작했다. 수교는 이해심 없는 남자로 보일까 봐 내색할 수 없었지만 허탈했다.

레스토랑을 나온 수교는 학교로 가는 도희를 바래다주

었다. 학교로 뛰다시피 올라가는 도희를 보며 수교는 그녀에게 선물하지 못한 목걸이를 만지작거렸다.

3

수교는 집을 출발한 지 세 시간이 지나서야 현장에 도착했다. 내리쬐는 뙤약볕 아래에 삼천여 명의 작업자와 직원들이 바삐 움직이면서 일을 하고 있었다. 공사에 사용된 골재의 양만 약 천만 세제곱미터, 이를 트럭에 실어 일렬로 세우면 서울과 부산을 13차례나 왕복할 수 있는 어마어마한 양이었다. 이번 공사는 패스트트랙(fast track)[19] 즉, 시급성이 있는 프로젝트는 소요되는 시간을 줄이기 위해 공사와 설계를 동시에 진행하는 방법을 사용하고 있었다. 수교는 공사에 투입되는 엄청난 물량과 첨단 공법들을 접할 때마다 이런 기념비적인 공사에 참여하고 있다는 사실에 자부심을 느꼈다. 건설도 무에서 유를 창조한다는 의미에서 예술만큼이나 창조적인 작업이라는 생각이 들었다.

"성 과장님, 저 오른쪽에 저기, 지금 뭘 하고 있는 건가요?"

---

19 공기 단축 및 공사비 절감 등을 위해 설계와 시공을 동시에 추진하는 방식.

수교와 함께 있던 막내기사가 공사 중인 관제탑을 가리키며 물었다.

"저게 왜? 관제탑이잖아?"

"아니, 그건 저도 아는데요, 지금 저쪽에서 사람들끼리 싸우고 있는 거 같은데요?"

자세히 보니 나 기사와 철근반장[20]이 다투고 있었다.

"이봐, 말만 하면 일이 다 되는 줄 알아? 오늘 안에 어떻게 배근[21]하라는 말이야!"

"그러면 어떡합니까? 반장님이 제때 시작만 했어도 이런 일은 없었다고요! 이번 달에만 무단결근이 두 번이고, 오늘만 해도 방금 현장에 나오셨잖아요!"

"이게 다 내 탓이다? 기껏 며칠 빠진 거 가지고?"

"계획보다 늦어진 건 다 반장님 때문이니까 야근을 해서라도 맞춰 주세요. 시비 걸지 마시고."

두 사람의 언성이 점점 커졌다.

"가서 말릴까요?"

막내기사가 걱정스러운 얼굴로 수교에게 말했지만 현장에서 관리자와 작업자 간의 갈등은 일상이기도 했다.

---

20 건물, 도로, 다리, 댐 등의 건설 시 콘크리트를 보강하기 위하여 철근을 자르고 구부려 고정하는 작업원의 활동을 감독, 조정하는 사람.

21 철근 콘크리트 구조에서 철근을 설계에 따라 알맞은 위치에 배치하는 것.

"별일 아닐 거야, 가자."

4

업무를 끝내고 숙소에서 쉬고 있던 수교는 소장이 찾는다는 얘기에 방을 나섰다. 매립토와 언론보도 문제가 해결된 이후로 소장은 수교에게 무척 호의적이었다. 사람들이 있는 자리에서는 여전히 사무적으로 말했지만, 단둘이 있거나 술이 들어가면 '수교야' 하며 친근감을 표시했다.

소장은 숙소에 다른 직원들과 함께 막걸리와 술안주를 준비해 놓고 수교를 기다리고 있었다. 소장은 미리 함바집에 막걸리와 술안주를 부탁해 놓았던 것이다. 원래 함바집에서는 술을 팔지도 않을뿐더러 작업자들이 몰래 가져와 반주로 먹는 행위도 철저하게 금하고 있었다. 하지만 이곳 현장이 고립된 섬이다 보니 숙소에서 마시는 술은 대부분 함바집을 통해 공급되었다. 소장이 수교에게 먼저 잔을 내밀었다.

"제가 따라 드리겠습니다."

"아냐, 아냐, 내가 우리 성 과장한테 먼저 따라주고 싶어서 그래."

"소장님, 너무 성 과장만 챙기시는 거 같습니다."

차장의 말을 소장은 부정하지 않았다.

"내가 그랬나? 그래 애들 잘 보고 왔는가? 애들이 어려서 엄마가 힘들겠구먼."

"안 그래도 처갓집 근처로 이사할까 고민 중입니다."

"다들 가족들한테 잘해 주라고. 나처럼 후회하지 말고. 내가 리비아에 다녀오니깐 초등학생이던 큰애가 고등학생이 되어 있고 두바이에 다녀오니까 시집을 가겠다고 하더라고."

"성 과장도 결혼해야지, 방심하다가 마흔 되는 거 금방이야."

차장이 수교에게 술을 따라주며 충고했다.

"네, 명심하겠습니다."

수교는 따라준 잔을 얼른 비우고 차장에게 내밀었다.

"됐어, 우리 애들 시집가는 거 보려면 건강에 신경 써야지."

"술고래가 사람이 됐구먼, 애들 때문이야? 마누라 때문이야?"

"아직은 반반입니다. 애도 어리고 아내도 어리고……."

소장의 질문에 차장은 쑥스럽다는 듯 말했다.

"결혼의 위대함이 바로 이런 거야! 우리 성 과장은 사귀는 여자 없는가?"

"여자친구는 있는데 사귄 지 얼마 안 됐습니다."

"박력 있게 밀어붙여! 올해 넘기지 말고 날 잡아."

"그게, 여자친구가 아직 박사과정을 밟고 있는 학생이라서 말입니다."

소장의 입에서 무심결에 '저런……'이라는 말이 흘러나왔다. 건설 분야에 있는 사람들은 대부분 가정적인 여자를 선호했다. 아내가 직장을 다니더라도 아이가 생기면 바로 그만두게 하는 경우가 많았다.

"성 과장이라면 박사 부인 데리고도 잘살 거야. 잘해 보라고!"

이때 밖에서 다투는 소리가 들렸다.

"에이 씨발, 더러워서 못 해먹겠네!"

"뭐? 씨발? 이 사람이 보자 보자 하니까! 내가 그렇게 만만해?"

"왜 나한테만 지랄이냐고!"

거친 욕설이 오가는 소리에 막내기사가 상황을 알아보기 위해 나갔다. 잠시 후 소란은 잠잠해지고 나갔던 막내기사가 들어왔다. 철근반장이 술에 취해 술주정을 심하게 했고 동료들이 달래서 숙소로 데려갔다고 했다.

"또 철근반장이야?"

소장은 익숙한 듯 막내기사에게 물었다.

"몇 번이나 주의를 줬는데도 바뀌지가 않아요. 며칠 전에는 함바집에서 몰래 물컵에 술을 따라 마시다가 걸렸어요."

사실, 문제를 일으키는 작업자는 어느 현장에나 있는 법이고, 현장소장의 고민거리가 되지 않았다. 싸움하거나 현장에서 행패를 부리면 내치면 그만이었다. 소장의 지위는 영화 〈지옥의 묵시록〉에 나오는 커츠 대령처럼 한 부족의 왕이었다. 현장의 모든 일에 절대적 권력을 행사할 수 있었다.

"좀 더 지켜봐."

소장은 채워져 있던 술을 단숨에 마시며 말했다.

차장은 숙소에 들어오자마자 말문도 트이지 않은 딸들과 번갈아 통화를 시작했다.

수교도 잠시 망설이다가 도희에게 전화를 걸었다.

"현장에 잘 도착했어요?"

"그렇지 뭐."

평소 같았으면 현장에 도착하자마자 도희에게 문자를 보내거나 전화를 했을 텐데, 오늘은 일부러 하지 않았다. 서로 이해할 시간을 충분히 가지고, 각자의 개성을 인정하면서 기대감을 낮추는 것, 평소 주변 사람들에게 떠들던 연애의 균형감각을 정작 수교 자신이 잃어 가고 있었다.

"혹시, 거기 현장 방문이 가능해요?"

'어? 이건 뭐지……? 내가 무심하게 구니까 도희가 관심을 보이는 건가?'

수교는 기대감을 애써 감추며 도희에게 물었다.

"무슨 일로?"

"거기서도 코일철근[22] 사용하죠?"

"전부는 아니고 일부만."

철근은 도희의 관심 연구 분야와 거리가 먼 얘기라 철근을 핑계로 자기를 보러 오는 것일 수도 있다고 수교는 생각했다.

"앞으로 사회기반시설이나 대형 토목현장에서 바(bar) 모양의 철근 대신 코일철근의 우선 사용을 검토한다고 들었어요. 코일철근은 현장에서 필요한 길이로 절단해서 사용하니까 로스율을 줄이는 데 효과적이잖아요. 그러면 현장 규모가 클수록 공사비 절감에 영향을 미치지 않겠어요?"

"코일철근을 쓰면 가공이나 이음 배근기술도 조금씩 달라져야 하기 때문에 공사비 절감이나 공기단축에 미치는

22 콘크리트의 보강용 철근으로 사용되는 코일 모양으로 감긴 강재.

영향이 생각보다 적을 수도 있어."

"제가 요즘 공사현장에서 요소 하나가 변했을 때 공사현장에 미치는 영향에 대한 논문 테마를 고민 중이거든요."

"그런 거라면 논문들을 참고하는 편이 더 빠를 텐데."

"코일철근이 현장에 도입되는 시점이니 신선하지 않겠어요?"

'이 여자가 진짜…….'

이것이 말로만 듣던 사랑의 줄다리기인가 했던 수교의 기대는 여지없이 무너지고 말았다.

5

수교는 숙소 앞에서 출근 중이던 소장을 우연히 만났다. 수교는 어제 현장에서도 나 기사와 철근반장이 다투었던 일을 조심스럽게 얘기했다.

"성 과장. 우리 현장만 가지고 있는 어려움이 뭐라고 생각해?"

"작업자 수급이 어렵다는 거 아닌가요? 교통도 편하지 않고 한번 들어오면 꼼짝없이 몇 주일씩 이곳에 있어야 하니까요."

"맞아. 그래서 처음에 현장을 꾸리면서 중요하게 생각했던 것이 작업자 관리야. 현장에 들어오는 작업자들이 불편하지 않도록 숙소를 마련해서 편안히 일할 수 있도록 했어. 처음에는 작업자들끼리 친해지고 분위기도 화기애애했지. 그런데 시간이 지나니까 생각지 못한 문제가 발생하게 된 거야."

"어떤 문제요?"

"철근반장이 사람들을 선동해서 일을 느릿느릿하게 하고 있는 거야. 하루는 사람들이 제시간에 나오지 않아서 알아보니까 전날 자기들끼리 늦게까지 술을 마시고 뻗어 버린 거야."

"그래서요?"

"나 기사, 그 친구가 해병대 수색대 대위 출신이야. 평소에도 남자답고 호탕해서 내가 나 기사한테 철근반장을 관리하라고 했지. 그런데 나 기사가 좀 심하게 대했나 봐. 명령하고, 협박 조로 이야기하고 늦게까지 일 시키고 그런 거야. 철근반장이 열 받았는지 며칠 나오지 않더라고. 설상가상으로 밑에 작업자들도 덩달아 안 나오기 시작하는 거야. 하나 둘 무단결근하기 시작하는데 나중에는 작업하는 데 문제가 생기더라고……."

수교는 요즘 공사가 특별한 이유 없이 지체된다 싶었는

데 예기치 못한 문제에 호기심이 생겼다. 어떻게 작업자 한 명이 이런 대규모 현장에 피해를 줄 수 있는지 의문이 들었다.

현장에 도착한 수교는 안전장비를 갖추고 공사장으로 향했다. 현장 한쪽에는 가설공사가 한창 진행 중이었다. 공사장에 있는 작업자들이 수교에게 인사를 했다. 담배를 피우고 있던 철근반장은 수교가 쳐다보자 안전모를 대충 걸친 채 천천히 철근을 조립하기 시작했다.

점심시간이 되자 다들 함바집으로 이동했다. 작업자가 삼천 명이 넘다 보니 식사시간이 거의 전쟁이었다. 삼백 명 정도까지는 식사를 동시에 진행할 수 있었지만, 그 이상을 넘어가면 점심 먹는 일이 근무 일정표만큼이나 복잡했다. 식당 앞에 도착한 수교는 길게 늘어서 있어야 할 사람들이 보이지 않자 또 무슨 일이 생겼구나 싶었다. 함바집 사람들과 직원들은 근처 마을에서 배달 가능한 음식들을 섭외하느라 난리였다. 식재료를 가져오기로 했던 배가 원인 모를 고장으로 바다에 표류하고 있다는 것이다. 수교도 마을 중국집에 주문한 짜장면과 짬뽕 배달을 거들었다. 나 기사는 음식이 식기 전에 가져와야 한다며 오토바이로 현장과 마을을 벌써 수차례 왕복 중이었다. 나 기사는 직접 철가방을 들고 현장으로 뛰어갔다.

"아저씨들 시장하실 거예요. 오후에 더워지기 전에 끝낸다고 새벽부터 시작하는 바람에 아침도 대충 먹었거든요."

수교는 땀을 뻘뻘 흘리며 현장으로 뛰어가는 나 기사를 보며 우락부락한 생김새와 달리 마음이 여리고 착한 사람이라는 생각이 들었다. 수교는 음식을 나르며 혹시 식사시간이 늦어져 불만이 생길까 봐 우려했는데 나 기사는 오로지 아저씨들의 허기를 걱정하고 있었다.

하지만 나 기사의 조바심은 배달음식과 함께 바닥에 뒹굴었다.

"에이 씨발! 우리가 동네 강아지야? 먼지구덩이 길바닥에서 밥을 먹게?"

"어휴, 정말…… 아까 미리 말씀 드렸잖아요. 오늘 사정이 그렇게 돼서 점심은 배달음식을 먹어야 한다고!"

"당신 같으면 이딴 거 먹고 일하고 싶겠어?"

나 기사는 철근반장만이 아니라 다른 작업자들까지 불쾌한 기색이 역력하자 당황했다. 어찌할 줄 모르는 나 기사를 보다 못해 수교가 나섰다.

"나 기사는 다들 시장하실까 봐 여기까지 들고 온 거니 오해는 하지 마세요! 함바집에 가셔서 드세요. 이건 제가 먹겠습니다."

말이 끝나기가 무섭게 수교는 그늘에 자리를 잡고 앉아 짜장면을 먹기 시작했다. 바닥에 주저앉아 짜장면을 먹고 있는 수교를 보더니 철근반장을 비롯한 작업자들은 화가 누그러졌는지 투덜거리며 함바집으로 갔다.

"나 기사도 와서 먹지?"

"성 과장님이나 많이 드세요."

나 기사는 자리에 주저앉아 담배를 꺼내 들었다. 자신의 마음을 몰라주는 작업자들이 섭섭했을 것이다.

수교는 어릴 적에 아버지가 밥상을 수차례 엎어 버리는 것을 본 적이 있었다. 한번은 엄마가 큰맘 먹고 수육을 준비했는데 아버지가 그 귀한 수육을 바닥에 내동댕이쳤다. 아버지를 분노케 한 것은 젓가락 짝이 맞지 않아서였다. 엄마가 어렵게 장만한 수육을, 오직 짝이 맞지 않는 젓가락 때문에 엎어 버린 아버지의 행동을 어린 수교는 이해할 수 없었다.

작업자들은 짜장면을 현장까지 가져온 나 기사의 마음보다는 길바닥에서 밥을 먹어야 하는 상황에 더 많은 의미를 부여했다. 종일 흙먼지를 뒤집어쓰며 일하는 작업자들에게 먹는 행위는 민감한 사안이었다. 험한 일을 한다는 자격지심에 먹을 때만큼은 대접받고 싶고, 격식이 갖추어져 있는 식탁을 원했을 것이다. 수교 아버지에게 젓가락이 음식을 먹는 신성한 행위의 도구이자, 가장으로서 대접받고 있다는 것을 확인할 수 있는 유일한 증거였던 것처럼 말이다.

상황이 어찌 되었든지 간에 현장에 앉아 밥을 먹는 일이 수교도 유쾌하지는 않았다. 하지만 짜장면은 언제나처럼 맛있었다.

식사 후 현장 사무실에서 소장과 공사 일정 문제로 얘기하고 있는데 막내기사가 뛰어들어왔다.

"배근팀에서 내일 현장을 모두 나가겠다고 난리입니다. 철근반장이 나 기사와 또 한바탕했대요!"

"내가 철근반장을 만나 달래볼 테니 가서 볼일들이나 봐."

소장은 덤덤한 말투와 달리 표정에는 근심이 어려 있었다.

6

"내가 살다 살다 저런 진상은 처음 본다."

소장과 함께 철근반장을 만나러 갔던 차장이 고개를 절레절레 흔들며 숙소로 돌아왔다.

"나 기사가 와서 거듭 사과하고 소장님이 술까지 따라주며 달래고, 다들 굽신굽신…… 나까지 거들 필요도 없었어."

"상전이 따로 없네요. 술 먹고 진상 부리고 일 대충대충 하면서 저런 대접을 받다니! 아, 진짜…… 기분도 꿀꿀한데, 저희도 한잔할까요?"

막내기사는 차장의 애주가 시절까지 상기시키며 꼬드겼지만 차장은 넘어가지 않았다.

"니들끼리 놀아. 난 잔다."

"에이, 차장니임, 오늘 한 잔만 가볍게…… 네? 가정도 중요하지만 부하직원을 너무 헌신짝 취급하시는 거 아닙니까?"

애처럼 칭얼거리며 졸라대는 막내기사 성화에 차장은 마지못해 말했다.

"그럼, 딱 한 잔만이다."

"성 과장님도 동참하시는 겁니다?"

막내기사는 재빨리 일어나 술과 안주를 구하러 나가며 말했다.

"성 과장이 적당히 놀아 주고 끝내."

아내에게 굿나잇 문자까지 보낸 차장은 하품을 하며 잠자리에 들었다.

"주무시게요?"

"응."

"한 잔만 하시죠?"

"됐어, 나 술 안 좋아해."

차장의 뻔뻔한 대답에 수교는 자기도 모르게 실소를 터뜨리고 말았다. 총각 때 부어라 마셔라 했던 차장이 술을 좋아하지 않는다니……. 차장의 주도로 실신 직전까지 술을 마셔야 했던 부하직원들이 들었다면 비분강개할 일이었다.

"최선의 방어는 공격이다. 몰라?"

차장은 돌아누우며 중얼거리듯 말했다. 어쨌든 요즘 가정이 생기면서 달라진 차장의 모습은 수교가 보기에 나쁘지 않았다.

수교는 차장의 말대로 막내기사와 적당히 놀아 주고 숙소로 돌려보냈다.

자리에 누운 수교는 낮에 있었던 일을 떠올렸다. 철근반장이 짜장면 때문에 난리를 피웠을 때, 직원들은 시빗거리를 찾고 있던 철근반장이 핑계 삼아 난동을 부리는 거라며 수군거렸다. 공사장에 배달된 짜장면을 보며, 인간적인 대우를 받지 못한다는 생각에 울컥했을 철근반장의 심정을 조금이나마 이해할 수 있었던 수교는 직원들의 철근반장에 대한 오해가 안타까웠다.

"으…… 으…… 어……."

잠들어 있던 차장이 가위에 눌린 듯 신음소리를 내기

시작했다.

수교는 재빨리 차장을 흔들어 깨웠다.

"어, 고마워."

수교가 물을 따라주자 차장은 한 컵을 다 들이켜고 다시 자리에 누웠다.

"성 과장은 괜찮아?"

"뭐가요?"

"아, 성 과장은 잘 모르겠구나. 그때 신문사 간다고 여기 없었지? 커다란 바위를 발파하던 날, 이장이 와서 영험한 바위라 깨면 안 된다고 난리를 치는 바람에 분위기가 안 좋았어. 기분 탓이겠지만 그 후로 거기 있던 사람들이 자꾸 헛것을 보는 거야."

건설현장이 대부분 인적이 드문 곳이다 보니 귀신 얘기가 빠지지 않았다. 터파기 작업 중에 주인 없는 무덤이 나오거나 오래된 나무나 돌을 제거할 때면 고사를 지내는 경우도 종종 있었다. 파도가 넘실거리는 바다, 자욱한 안개, 사람이 수십 년간 손대지 않았던 대지, 이곳 현장이야말로 귀신 얘기가 빠지려야 빠질 수 없는 환경이었다.

"앞으로 그런 날은 욕을 먹더라도 빠져야겠어. 난 세 여자를 지켜야 하는 몸이거든."

차장은 잠결에 중얼거리더니 다시 코를 골기 시작했다.

차장의 얘기를 듣고 나니 늘 불어대는 바람도 왠지 범상치 않게 느껴졌고, 넘실대는 파도 너머에서는 처녀 귀신이 걸어오는 것만 같았다. 수교는 얼른 자리에 누워 이불을 뒤집어쓰고 눈을 감았지만 잠이 오지 않았다. 수교는 괜히 차장에게 말을 걸어 보았다.

"차장님 주무세요?"

"응…… 왜……?"

"차장님께서는 좋아하지도 않는 술을 그동안 왜 그렇게 드신 겁니까?"

수교는 차장이 잠들지 않도록 말을 걸기 위해 궁금하지도 않은 질문을 던졌다.

"안 마셨다니까……."

노래방 탬버린이 두 동강이 나도록 치고, 머리에 묶은 넥타이를 상고처럼 돌리며 폭탄주 30잔을 들이켜던 전설의 술꾼의 대답이었다.

"내 비밀 하나 얘기해 줄 테니 새겨들으라고. 나는 나이 들어서도 빈집에 들어가는 게 싫었어. 어릴 때 부모님이 장사를 하셔서 학교를 다녀오면 늘 혼자였거든. 외로움은 익숙해지기도 하지만 더 깊어져 취약해지기도 하지. 저녁이 무서웠고 주말이나 공휴일이 두려웠어. 그래서 친구가 필요했지, 술이 아니고……. 내가 술자리를 주도한 것은 사실이지만, 술이 좋아서는 아니었다고. 그래서 술은 공격적으로, 내 페이스로 가려면 공격적으로…… 알잖아? 집단으로 구보하거나 산을 탈 때 뒤따라오는 사람이 힘들다는 것, 앞장서는 사람은 자기 페이스로 가거든."

7

다음날, 조회시간에 참석한 작업자들의 수는 눈에 띄게 줄어 있었다. 하지만 새벽부터 나와 일하고 있던 철근반장은 동료들의 무단이탈에 대해 아는 바가 전혀 없었다.

"아직 배가 출발하지 않았을 거야. 가서 아저씨들을 설득해 봐."

차장 지시에 막내기사는 서둘러 나갈 준비를 했다.

"잠깐만, 기다려 봐."

수교는 뭔가 떠오른 듯 잠시 생각에 잠겼다.

"지금 당장 출발하지 않으면 배를 놓칠지도 몰라요."

막내기사는 자신을 불러 세워놓고는 대책 없이 생각에 빠져 있는 수교에게 조바심을 내며 말했다.

"선착장에 갈 필요 없을 거 같아."

"네?"

"나 기사한테 숙소에 다시 한번 가보라고 해."

어제 분명 다들 나가겠다고 했고, 현재 숙소에 남아 있는 작업자는 아무도 없을 것이 분명해 보였다. 그러나 한 시간 정도 흘렀을까, 잠시 후 거짓말처럼 작업자들이 나 기사와 함께 걸어오고 있었다.

수교의 호언장담을 못 미더워하던 직원들은 수교를 마치 예언자 보듯 바라보았다.

"성 과장님, 이게 대체 어떻게 된 거죠?"

막내기사는 수교에게 궁금해 죽겠다는 표정으로 따지듯 물어보았다.

"얘기가 길어, 나중에 얘기하자고!"

"성 과장님, 오늘 이 기적 같은 일에 대해서 설명을 해 주셔야죠. 온종일 일도 손에 안 잡히고 궁금해 죽는 줄 알았습니다."

숙소에 오자마자 막내기사는 수교에게 찰싹 붙어 비결이 뭔지 재촉하기 시작했다. 침대에 누워 아내와 통화하던 차장도 궁금한 눈치였다.

"내가 뭘 한 건 아니고, 진짜 무단결근의 원인을 알아냈을 뿐이야."

"그럼 아저씨들을 주동하는 진짜 배후세력을 찾았다는

말입니까?"

"아니. 무단결근의 원인은 누가 주동하고 하는 문제가 아니었어."

"그럼 뭐죠?"

"한번 생각해 봐. 잘 생각해 보면 알 수 있어."

"에이 골치 아픈데, 그냥 말씀해 주시지……. 사실 뭐 있나요? 아저씨들이 결근하는 이유야 뻔하잖아요. 과음에 태만, 그리고 솔직히 좀 불성실하잖아요."

막내기사는 구시렁거리며 말했다.

"좀 더 아이디어를 내 봐."

"음, 혹시……."

"혹시……."

"귀신 때문 아닐까요?"

"……."

"아하하…… 농담입니다, 농담! 아저씨들이 워낙 미신에 약하잖아요. 지난번 바위 발파 때 아저씨들이 물귀신 들린다고 다들 뒤로 빼는 바람에 소장님이 직접 폭파 버튼 누르고 삽질도 저랑 나 기사가 먼저 하고…… 요즘도 가끔 현장에서 귀신 봤다고 안 나오는 아저씨들도 있고요."

"그거야 핑계지, 나오기 싫으니까. 내가 현장에서 아무리 난리 쳐도 눈도 깜짝하지 않는 양반들인데 그깟 귀신이 무서워서 안 나온다는 게 말이 돼? 그 마초들이?"

막내기사의 귀신 타령이 어이없다는 듯 차장이 한마디 했다.

"그렇게 따지면 철근반장이 나 기사가 뭐라고 했다고 난동을 부리는 것도 말이 안 되죠. 진정한 마초라면 말입니다!"

막내기사는 차장의 면박에 불퉁해진 얼굴로 대꾸했다.

"우리 현장이 조직문화가 강한 건 아시죠?"

수교는 두 사람의 대화부터 중단시켜야겠다 싶어 대뜸 질문부터 던졌다.

"그거야 숙소생활을 하니까 다른 현장과 다를 수밖에 없죠."

수교의 질문에 막내기사는 당연한 걸 왜 묻느냐는 투로 말했다.

"문제는 무단결근 문화도 회사규정보다는 조직문화를 따르려는 성향이 강하다는 겁니다. 현재 회사규정으로는 작업자들이 숙소생활을 하더라도 한 달에 한 번 정도의 무단결근은 허용하고 있습니다. 규정을 어기면 회사로부터 제재를 받지만, 현장의 특수성 때문에 관리가 되지 않는 거죠. 이런 빈틈 사이에 작업자들 간의 암묵적인 룰이 생긴 겁니다. 회사규정은 한 달에 한 번이지만 작업자들 사이에서

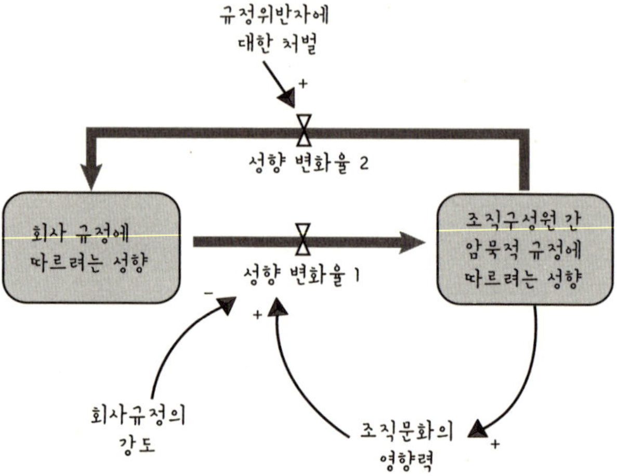

한 달에 두 번 정도 나오지 않아도 제재를 가하지 않는 분위기가 형성된다면 한 달에 두 번 결근은 암묵적인 룰이 되는 식입니다.

회사의 공식적인 규정은 시간이 지나도 변하지 않지만 암묵적인 구성원들 간에 기준이 되는 결근율은 시간이 지남에 따라 높아집니다. 그리고 이 결근율의 변화는 작업자들이 동료들의 결근을 관찰함으로 결정되고요. 따라서 철근반장이 가장 강력하게 관리자들에게 불만을 어필한다는 이유로 철근반장이 무단결근을 주도하는 것으로 판단해서는 안 된다는 겁니다. 철근반장은 관찰하고 관찰되는 작업자 중의 하나일 뿐입니다. 그 결정적인 증거로 무단결근을 주도하는 것처럼 보이던 철근반장이 현장에 나온 오늘, 작업자들의 무단결근이 오히려 증가했습니다."

"하긴, 철근반장이 주동자였다면 오늘 다들 현장에 나왔어야 하는데…… 그 부분은 나도 이해가 안 돼. "

수교의 말에 일리가 있다는 듯 차장은 고개를 끄덕이며 말했다.

"그리고 암묵적인 결근율 기준은 다른 사람의 결근을 관찰하는 과정에서 다른 사람의 결근이 증가하면 동요하게 되고, 또 나도 저 정도 결근은 해도 되겠구나 판단함으로써 결정되는데, 이 과정에서 잘못된 관찰이 이런 현상을 더욱 증폭시키게 됩니다."

"잘못된 관찰은 또 뭡니까? 어렵다…… 어려워…… 성과장님 가방끈 긴 애인이랑 사귄다고 하시더니 만나서 이런 얘기 나누며 데이트하세요?"

수교는 막내기사의 말에 문뜩 도희에게도 이 얘기를 꼭 해줘야겠다는 생각이 들었다.

"저희 현장은 숙소생활을 하고 술자리를 자주 갖는 등 작업자 간의 유대관계가 높지만 일에 대한 소통이 낮은 것이 문제죠. 예를 하나 들어 보겠습니다. 작업자 중에 한 달에 한 번 정기적으로 외부출장을 가는 사람이 있다고 가정해 보죠. 만약 동료들이 이 사람이 출장을 가는 것에 대한 정보가 없다면 출장이 아니라 무단결근으로 인식하게 됩니다. 사소한 것 같지만 이런 인식이 만연하게 되면, 이런 인식에 따라 조직의 암묵적인 룰이 다시 형성됩니다. 작업자들이 다른 사람의 결근을 관찰할 때 조직구성원 간 소통의 부재 때문에 결근 패턴을 잘못 관찰하게 된다면 조직문화의 결근기준은 바뀌게 되는 거죠."

"작업자 간 소통 부재도 원인이 되는 거구먼."

"그 마초 아저씨들이 항상 술만 마시지 도통 대화를 하지 않으니……."

차장과 막내기사는 수교의 설명이 이제야 이해가 된다는 표정으로 번갈아 말했다.

"어제 철근반장이 현장을 나가겠다고 했고 밑에 있는 작업자들도 동참하겠다는 의사를 보였습니다. 그런데 철근반장은 밤에 소장님을 만나 갈등을 해결했죠. 문제는 철근반장이 소장님과 갈등을 해결했다는 사실을 다른 동료들에게 전달하지 않았다는 겁니다. 철근반장은 그동안 현장에서 문제를 일으켰던 것이 미안해 평소보다 일찍 현장에 나왔는데, 동료들은 새벽부터 보이지 않는 철근반장이 정말 서울로 갔다고 생각한 거죠. 하지만 철근반장이 현장에 있다는 사실을 나 기사로부터 전해 듣고는 바로 나온 거고요."

"어쩐지 굉장히 의리 없어 보이는 상황인 거 같은데요?

다 같이 으쌰으쌰 해놓고 숙소에 있었다는 건 진짜로 나갈 생각은 없었다는 거잖아요?"

막내기사는 두 사람에게 동의를 구하는 표정으로 말했다.

"그만큼 조직문화가 한 사람에 의해 쉽게 좌지우지되지 않는다는 얘기지. 안 그래? 성 과장?"

"차장님 말씀이 맞습니다. 따라서 작업자들의 무단결근율을 줄이는 방법은 크게 두 가지로 볼 수 있습니다. 하나는 규정위반자에 대한 제재, 처벌 등을 꾸준히 시행하여 회사규정에 따르려는 성향을 높게 유지하는 겁니다. 그런데 이 방법은 지속해서 결근율을 체크해야 하고, 처벌을 하는 등에서 관리 비용이나 손실이 발생합니다. 그리고 무엇보다 작업자 수급이 어려운 우리 현장에는 맞지 않는 방법입니다. 우리 현장에는 회사규정에 따르려는 성향이 지

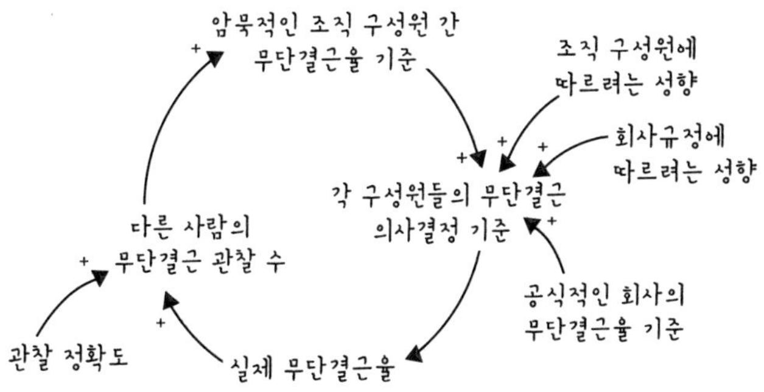

속적으로 감소하고 조직구성원 간 암묵적인 규정을 따르려는 성향이 지속적으로 증가하는 상황에서 적용할 수 있는 방법이 필요합니다. 이는 조직문화를 따르려는 성향이 높더라도 조직 구성원 간 암묵적인 규정이 회사규정만큼 엄격하다면 가능하죠."

"이 얘기를 아까 소장님께 고스란히 말씀하신 겁니까?"

"결론만 간단히 말씀 드렸지. 바로 이해하시더라고."

"하여튼 성 과장 고마워."

"네?"

차장의 뜬금없는 감사인사에 수교는 이게 무슨 소리인가 싶었다.

"공사가 오늘 같은 속도로만 진행된다면 나는 이번 주말에도 집에 다녀올 수 있어!"

"차장님은 자나 깨나 사모님이랑 딸들 생각뿐이시군요."

막내기사는 아이들 볼 생각에 들떠 있는 차장의 얼굴을 신기한 듯 쳐다보며 말했다.

"이번 일은 차장님이 아이디어를 제공한 거나 마찬가지입니다."

"내가? 언제?"

차장은 영문을 모르겠다는 표정으로 수교를 바라봤다.

'Mirror Imaging!'

"우리는 일반적으로 상대도 나처럼 생각하고 행동할 거라고 착각합니다. 사람은 누구나 본능적으로 자기 기준에서 남을 판단하게 되어 있죠."

모든 사람이 주당으로 알고 있었던 차장이 술이 아니라 친구가 필요했다는 얘기를 듣는 순간, 수교는 작업자들의 무단결근 원인을 다른 시선에서 접근해야 한다는 생각이 들었다. 술자리를 주도한다는 이유만으로 차장을 주당이라고 착각했던 것처럼, 짜장면 사건 때 직원들이 철근반장을 괜한 시비를 거는 사람으로 오해했던 것처럼, 작업자들의 결근 원인을 관리자의 시선으로만 바라봤던 것이 문제였다. 수교가 작업자들의 입장에서 문제를 들여다보자 무단결근의 진짜 원인이 보였던 것이다.

8

다음날, 현장에 도착한 수교는 현장 분위기가 어수선하다는 것을 감지했다.

막내기사가 수교를 보자 재빨리 뛰어왔다.

"성 과장님, 진짜 진짜 큰일 났어요! 작업자들이 섬을 나가 버렸어요."

수교는 순간 머리에 뭔가를 맞는 기분이었다. 현장 사무실로 들어간 수교는 소장을 보자 차마 입이 떨어지지가 않았다.

"별일 아니야. 신경 쓰지 말라고."

"죄송합니다. 제 분석이 틀린 거 같네요."

"그런 게 아니야. 저녁이면 다들 돌아올 테니까 걱정하지 말라고."

"네?"

"심각하게 생각하지 말라고. 한번 도망갈 때도 됐어. 다방이 있길 하나 제대로 된 술집이 있길 하나…… 일은 다른 현장보다 힘들고…… 다들 한잔하고 저녁에는 슬금슬금 들어올 거야. 자네가 말한 조직문화에 포함된 룰이야."

"……."

"자넨 본사에서 일해서 잘 모르겠지만 이런 외지에서 일하다 보면 일이 힘든 것도 힘든 거지만 답답하고 외로운 게 큰 문제야. 오늘 이렇게 한번 풀고 나면 내일부터 작업자들을 관리하기가 좀 수월해지지. 오히려 잘된 거야. 저렇게 의기투합하고 나면 유대감이 커져서 자네가 말한 조직문화도 제대로 단속할 수 있고……."

소장은 수교에게 앞으로 어떤 식으로 작업자들의 무단결근율을 관리할지 얘기해 주며, 여전히 수교의 분석에 대해 만족하는 분위기였다.

'아는 만큼 이해한다고 했던가?'

소장의 이런 의연함은 오랜 경험에서만 나올 수 있는 것이었다. 수교는 왠지 작아지는 느낌이었다.

수교는 얘기를 마치고 숙소를 빠져나와 도희에게 전화를 했다.

"선배, 그 얘기를 좀 더 구체화해서 논문으로 쓰는 거 어때요?"

수교는 도희의 말에 피식 웃음이 나왔다.

'지금 이 말은 칭찬이겠지? 오늘 고생 많았다는 말 대신에……'

수교는 도희의 언어로 대화를 시도해 보기로 했다.

"코일철근 아직 관심 있어? 진짜 한번 올래?"

"학과에 공문 요청했어요."

남자친구가 근무하는 현장에 공문을 보내고 오는 여자는 도희밖에 없을 것이라 생각했다.

"오케이. 내가 전달하면 시간이 좀 단축될 거야."

"그럼 조만간 현장에서 봐요."

"그래."

'화성에서 온 남자와 금성에서 온 여자라……'

수교는 이것이 도희의 연애방식이라고 생각했다. 물론 이해한다고 해서 쉽게 받아들여지는 것은 아니었다. 과연 내가 아닌 다른 사람을 온전히 이해하는 것이 가능하기는 할까……. 자기중심적인 생각과 판단은 인간의 본능이고 한계이기도 했다. 하지만 그 노력을 쉽게 포기해서는 안 될 것이다. 다른 사람을 이해하려는 마음과 노력, 그것은 사람에 대한 최소한의 배려이기 때문이다.

인천국제공항 건설 프로젝트

개요

구분	국제공항
설립 연도	1992년 11월
소재지	인천광역시 중구 공항로 272
부지 면적	5,619만 8,600m^2
터미널 규모	51만 4,910m^2
관제탑 높이	100.4m
활주로 길이	길이 3,750m, 너비 60m, 두께 105cm
연간발착횟수	17만 회/연
여객	2,700만 명/연
화물	170만 톤/연

사업 추진배경

아시아의 빠른 경제성장 및 관광인구 증가에 따라 항공수요가 급증하면서 우리나라의 항공시장 영향력이 빠르게 증가했다. 또한 김포공항은 확장 시 천문학적 비용이 소요될 것으로 예상되어 대안의 필요성이 제기되었다. 사업 추진 당시 미래의 공항은 초대형 항공기의 취항이 가능한 대규모 공항시설을 요구하고 있었으며, 이에 발맞춰 단순한 교통 거점 역할을 넘어 국제업무활동과 휴식 등 다양한 서비스 기능을 복합적으로 갖춘 시설을 계획하게 되었다.

추진성과

인천국제공항의 가장 큰 장점은 아시아의 다른 공항보다 지리적으로 유리한 곳에 있다는 점이다. 국내적으로 수도권을 배후로 하며 비행거리 3.5시간 이내에 인구 100만 이상의 도시를 43개나 포함하는 등 아시아 항공교통망의 중심축에 자리 잡고 있다. 이러한 점은 공사비 효율을 높이는 데에도 기여했는데, 바다를 메워 부지를 확보하는 과정에서 바다 수심이 1~3미터로 비교적 얕고 매립토를 주변 바다에서 파내 사용함으로써 비용을 최소화할 수 있었다.

더불어 이착륙과 관련해서도 높은 안정성을 자랑하는데, 현재 가시거리 50미터에서도 이착륙이 가능한 시스템인 Category Ⅲ-b 등급의 항공안전시설을 갖추고 있다.

SD (System Dynamics)란?

시스템 다이내믹스는 1961년 Jay W. Forrester에 의해 처음 소개되었으며, 시스템들의 행태를 연구하는 방식으로서 정책과 의사결정, 구조, 지연 등이 어떻게 상호연결되어 시스템에 영향을 주는지 밝히는 도구로 정의했다.

시스템 다이내믹스의 대표적인 특성으로는 시스템의 동태적인 행태변화, 즉 시간의 경과에 따른 시스템의 행태변화에 관심을 둔다는 것이다. 이러한 특성은 시스템 다이내믹스가 현실의 정책 및 기업문제를 해결하는 응용학문으로서 기능할 수 있도록 한다. 또한 시스템 다이내믹스는 동태적인 변화의 근본적인 원인을 피드백 구조에서 찾는다. 이는 순환적인 인과관계를 총칭하는 의미로서 시스템의 변화요인을 외부적인 변수보다 내부적인 변수에서 찾는다는 점을 의미한다. 내부적인 변수에서 시스템의 변화를 설명할 때 시스템의 행태를 정책적으로 변화시킬 수 있다는 점에서 시스템 다이내믹스의 강점을 확인할 수 있다.

인과관계 다이어그램 (Causal Loop Diagram)

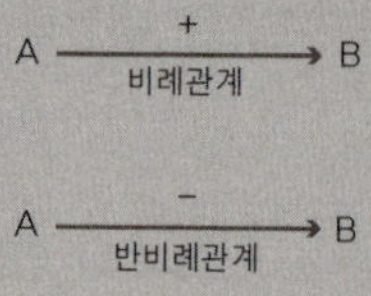

A가 증가하면 B도 증가
A가 감소하면 B도 감소

A가 증가하면 B는 감소
A가 감소하면 B도 증가

인과관계 다이어그램은 현상에 대한 영향요소를 분석한 후, 요소들 간의 상호작용을 양(positive, +) 또는 음(negative, −)의 피드백 관계로 표현하여 정리한 그림이다. 이러한 요소들 간의 관계를 표현하면 자기강화(reinforcing)와 균형(balancing) 루프라는 두 가지 순환 구조가 나타날 수 있다. 자기강화 루프는 선순환 또는 악순환 구조를 가지는 극단적 강화 구조를 나타내고 균형 루프는 스스로 균형 잡힌 상태를 유지하려는 구조를 나타낸다.

자기강화 루프의 예로 명문대학의 운영구조를 들 수 있는데, 학교의 명성이 높으면 입학하고자 하는 지원자가 증가하고 이는 곧 우수한 학생들이 많이 들어오게 됨을 의미한다. 우수한 학생들의 증가는 연구실적의 증가로 이어지면서 다시 학교의 명성을 높이게 되는 선순환이 일어난다. 균형루프의 예로는 시장경쟁 및 가격형성 구조를 들 수 있다. 어떤 상품의 시장 매력도가 높아지면 경쟁 업체의 수가 증가하게 된다. 이러한 현상은 가격 경쟁으로 이어져 상품의 시장가격을 낮추게 되고 이는 이익의 감소로 이어진다. 이것이 다시 시장 매력도가 증가하는 것을 억제하는 역할을 하며, 그 결과 전체적인 균형에 이른다.

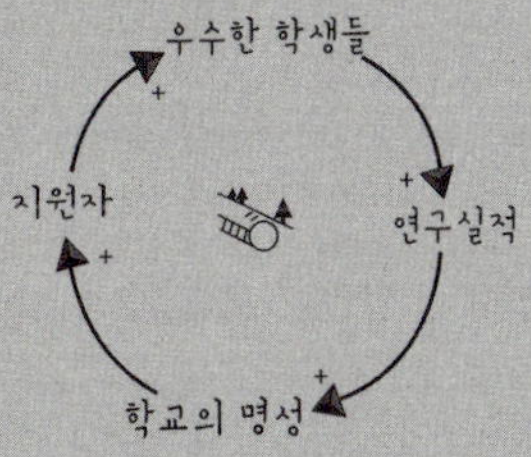

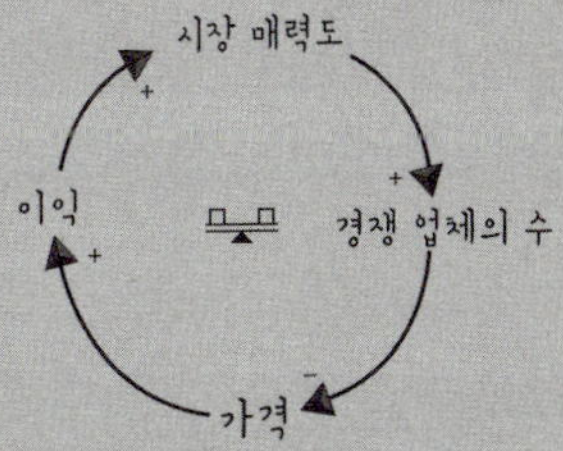

답은 있다

1

"오후에 들어가면 안 돼?"

수교와 양평으로 드라이브하던 중에 전화를 받은 도희는 당장 연구실에 들어가 봐야 할 것 같다고 말했다.

"연구실까지 데려다줄 테니까 점심만 먹고 가자. 제안서 보완서류라면 한두 시간 늦게 간다고 해서 문제되지는 않을 거야. 나랑 놀자."

"이번 제안서가 중요하거든요. 요즘 내는 제안서마다 떨어져서 연구실 분위기가 썰렁하기도 하고, 제가 PM[23]이라

23 Project Manager를 칭하는 말로, 개발사업, 신규공사 등의 대규모 공사에서 프로젝트팀을 조직하는 경우 그 계획을 종합적으로 운용해 가는 책임자.

늦게 가기가 그래요."

수교는 마치 투정 부리는 어린아이 달래듯 차분한 말투로 조근조근 상황을 설명하는 도희의 태도가 불쾌했다.

"알았어, 가자! 데려다줄게."

"화났어요? 이게 화낼 일은 아니잖아요."

"30분 안에 도착하게 해 줄게."

수교는 아무렇지도 않은 듯이 말했지만 표정관리는 어려웠다.

"……."

학교에 도착할 때까지 수교와 도희는 한마디도 하지 않았다. 도희를 연구실 앞에 내려 주고 나서 갑자기 할 일이 없어진 수교는 문득 동시상영 영화관을 떠올렸다. 고등학교 시절, 수교는 주말에 변두리 영화관에서 동시상영 영화를 보는 것이 유일한 낙이었다. 싼값에 영화 두 편을 상영했고, 좌석제가 아니어서 입석으로 관람하는 사람들이 많았다. 영화를 계속 서서 보기는 어려운 일이어서 시간이 지나면 대부분은 지저분한 계단에 주저앉았다. 수교의 경험상 아무리 사람이 많아도, 서 있는 사람들을 헤집고 들어가면 반드시 빈자리가 하나는 있었다.

'그렇지! 산에 가자. 가서 기분전환도 하고, 운동도 하고, 저녁에는 원래 계획대로 하는 거야.'

수교는 시간을 어영부영 흘려보내지 않고 좋은 대안을 생각해 낸 자신이 기특했다.

그렇게 해서 수교는 예정에 없던 산행을 시작했다.

주말의 관악산은 인산인해를 이루고 있었다. 단골등산객인 중년 아줌마 아저씨를 비롯해 젊은 연인, 아이를 동반한 가족까지 가세해 관악산은 사람들로 넘쳐 났다. 관악산이 점점 주저앉고 있다고 했는데, 이렇게 많은 사람이 산을 야무지게 밟으며 올라가기 때문일 것이다.

등산 열풍을 대변하듯 히말라야를 등반하는 산악인 못지않은 장비와 복장을 갖춘 등산객도 많았다. 이들은 헤치고 나갈 눈보라나 위험천만한 빙벽이 없는 것이 아쉬운 듯, 가뭄으로 말라 있는 계곡을 타고 올라가거나 등산길 대신 풀숲을 헤치며 일부러 어렵게 올라가고 있었다.

"실례합니다, 지나갈게요."

순간 등산객들의 시선이 수교에게 쏠렸다. 산행에 전혀 어울리지 않는, 정장 바지에 구두를 신고 있던 수교는 이미 관악산 입구에서부터 등산객들의 시선을 받고 있었다.

"엄마, 저 아저씨 산으로 출근하는 거야?"

산행과 전혀 어울리지 않는 수교의 옷차림이 아이가 보기에도 이상했는지 아이는 엄마에게 큰 소리로 물었다. 수교는 더욱 빠른 걸음으로 산을 올랐다.

늦은 오후가 되어서야 정상에 도착한 수교는 떡을 사서 점심을 대신했다. 전망이 가장 좋은 자리에서 아주머니가 간식을 팔고 있었는데, 이 명당자리는 마치 떡 파는 아주머니의 개인 소유처럼 느껴져서, 수교뿐만 아니라 이곳에 자리를 잡은 등산객들은 자릿세를 내듯 아주머니에게 떡을 하나씩 샀다.

관악산 정상은 산길을 따라 올라오는 등산객들과 산속 곳곳에 자리 잡은 학교 건물들이 한눈에 들어오는 곳이었다. 게다가 도희가 근무하는 연구실이 너무나 잘 보이는 전망체계를 갖추고 있었다. 수교는 연구실을 바라보며 도희에게 전화를 걸었다.

"지금 회의 들어가요. 나중에 전화할게요."

도희는 속삭이듯 말하고는 전화를 끊어 버렸다.

수교는 산에서 내려오면서 예전에 도희와 함께했던 산행을 떠올렸다. 다리를 다친 도희를 부축해 내려오던 수교는 주책 없이 쿵쾅거리는 심장 때문에 일부러 큰 소리로 얘기를 했었다. 산은 푸른 기운이 가득했고 산길은 안개에 적당히 가려져 있어 오직 두 사람만이 존재하는 것처럼 느껴졌다. 분위기에 취해 수교는 취중에도 하지 못할 말들을 도희에게 했고, 도희는 말없이 들어 줬다. 논문과 연구실 그리고 업무와 관련된 얘기들이 아닌 다정한 대화를 연인들의 언어로 나눴다. 수교는 어린 시절의 상처와 아버지 얘기가 그렇게 쉽게 입 밖으로 나올 줄은 몰랐다. 그리고 그저 말없이 들어 주기만 하던 도희가 고마웠다. 그 후로 도희는 그날의 대화를 다시 언급한 적이 없었고, 수교는 그런 그녀의 태도를 자신에 대한 배려라고 생각했다.

'도희가 별 감흥 없이 듣고 있었던 것은 아닐까……?'

산행을 마친 수교는 바쁘다는 도희를 억지로 불러냈다.

"다시 들어가 봐야 하니까 저녁은 학교에서 먹죠."

저녁을 먹는 내내 도희는 말이 없었고, 수교도 굳이 말을 시키지 않았다.

"도희야, 나 다음 주부터 창원에 내려간다. 당분간 보기 어려울 거야."

"거긴 왜요? 혹시…… A대교 공사?"

역시 도희답다. 산행으로 지저분해진 구두와 흥건히 땀에 젖어 있는 옷을 보고도 수교가 지금껏 뭘 하고 돌아다녔는지 궁금해하지도 않았던 도희가 창원이라는 말에 바로 A대교가 튀어나왔다.

둔해도 너무 둔했고, 무심해도 너무 무심한 여자였다. 수교는 자기도 모르게 표정이 심각해져서 말했다.

"이번에는 파견이 아니라 현장에 배치됐어."

"잘됐네요. 현장에 가고 싶어했잖아요?"

"그랬지."

수교는 지금까지 본사에서 공사 관리와 입찰팀 업무를 주로 해 왔다. 특히 공사입찰은 매번 시간을 다투는 일이라 밤샘도 많고 스트레스가 많은 업무였지만, 입찰에 성공하면 짜릿할 만큼 성취감도 컸다.

이런 수교에게 공항공사 파견은 한번 현장 일을 해보고 싶은 마음을 불러일으켰다. 몸도 마음도 심지어 머리까지 고달픈 일이 현장 일이지만, 그래서 뭔가 다른 성취감으로 자신을 자극할 거라는 기대감이 들었다. 그래서 A대교 공사에 현장근무를 신청했다.

"A대교는 토목이 메인인데 선배는 어떤 일을 맡게 되는 거예요?"

"홍보관 건축 같은 부대시설을 맡게 되겠지. 네 말대로 다리 공사는 내 담당이 아니지만 배울 게 많은 공사라 좋은 경험이 될 거야."

"공사기간이 얼마나 돼요?"

"글쎄…… 5~6년? 내려가 봐야 알겠지. 어제 결정된 일이라 아직 구체적인 것은 모르겠어."

"축하해요. 잘하고 와요."

사실 홍보관 공사는 1년 안에 끝날 수 있는 단기 공사였다. 도희를 떠보기 위해 공사기간을 세게 질러 봤지만 별 반응이 없었다. 도희는 1년이든 5년이든 공사기간에 큰 의미를 두지 않았다.

"그래서 말인데, 서울에 올라오기 쉽지 않을 거 같아."

"하긴, 쉽지 않겠네요."

"연구실 가 봐야지?"

오늘은 수교가 먼저 일어났다.

연구실 앞에서 수교는 지난번 주지 못한 선물을 내밀었다.

"풀어 봐."

쑥스러운 표정으로 도희는 선물을 풀기 시작했다.

"어머, 예뻐라."

목걸이 하나에 화사해지는 도희를 보며, 수교는 순간 하늘거리는 원피스에 머리를 길게 늘어뜨린 도희를 상상했다.

"왜 그렇게 쳐다봐요? 민망하게시리…… 이상해요?"

수교는 그저 웃기만 했다.

"선물 고마워요. 언제 내려가요?"

"다음 주? 이르면 내일 준비해서 모레 내려가야 할지도 몰라."

"생각보다 일찍 내려가네요."

"들어가."

오늘만큼은 도희가 한 번쯤 돌아봐 주지 않을까 기대를 했지만 역시나 도희는 건물 안으로 그냥 사라져 버렸다.

2

부산 가덕도와 경남 거제시를 잇는 교량을 건설하는 A대교 공사는 총 8.2킬로미터 구간 중 3.7킬로 구간은 해저침매터널[24]로, 나머지 4.5킬로는 2개의 사장교[25]와 접속교, 육상터널로 설치될 예정이었다. A대교가 개통되면 부산과 거제 간 거리는 140킬로미터에서 60킬로미터로 줄어들게 되며, 시간은 3시간 30분에서 50분대로 단축된다.

가덕도부터 3.7킬로미터 구간은 해군 군함이 지나갈 수 있어야 했기 때문에 일반 교량 형태는 불가하다는 것이 발주처 요구사항이었다. 그래서 다윗건설 공사구간은 침매터널로 공사하기로 했고, 골리앗건설의 4.5킬로미터 구간은 사장교로 공사하기로 했다.

수교는 현장발령과 함께 발주처와의 재협상 준비도 병행

---

24 육상에서 제작한 각 구조물을 가라앉혀 물속에서 연결해 나가는 최신 토목 공법을 이용해 만드는 터널.

25 일반 교량의 교각에 해당하는 주탑에 케이블을 경사지게 설치하여 이 케이블이 주탑과 상판을 연결하여 지지하는 교량형식을 지칭함.

하라는 통보를 받았다.

"발주처에서 재협상을 하자고 연락이 왔어. 어렵겠지만 그간 해 오던 일이니 맡아 주게."

현재 A대교 공사는 발주처와 시설운영에 대한 재협상에 들어간 상태였다. 발주처와의 재협상 준비는 결코 만만치 않았다. 이미 공사준비까지 들어간 상황에서, 발주처가 제안한 협상의 결과는 시공사에 손해가 되면 됐지 득이 되는 경우는 없었다.

"재협상을 하자는 이유가 뭡니까?"

"지하철 A호선 때문에 민자 사업에 대한 여론이 좋지 않은 상황이라, 이번 공사에 불똥이 튈까 봐 그럴 거야."

'서울시 메트로 A호선 요금인상 재강행 논란'

'지하철 A호선, 요금인상 반려한 서울시에 소송'

서울 지하철 A호선을 운영하는 서울시 메트로 A호선㈜가 지하철 요금을 500원 인상한다고 공고한 것과 관련해 논란이 계속되고 있다.

(중략)

메트로 A호선 측은 "운임수입과 운영비 부족에 따른 적자 획대가 지속돼 정상적인 운영이 불가능한 상황에 이르렀다"며 "그동안 운임 인상 수준을 최소화하기 위해 여러 가지 대안을 서울시에 제시하며 협의를 했으나 최종적인 합의에 이르지 못했다"고 밝혔다.

이에 대해 서울시는 일방적인 요금인상 공고를 철회해 달라고 요구하고 이에 따르지 않으면 과태료 부과 등 행정처분에 나선다는 방침을 밝히며 강력히 반발하고……

수교는 요즘 신문 사회면의 1면을 장식하고 있는 지하철 A호선에 대한 논란 기사들을 떠올렸다. 서울시 메트로 A호선㈜는 지난달 지하철 A호선의 이용요금을 500원 인상하겠다고 발표했다. 두 달 전 버스, 지하철 교통요금을 150원 인상했는데 A호선이 또 요금인상을 한다고 하니 서울시와 시민단체가 반대하고 나섰다. 반발이 거세지자 서울시 메트로 A호선㈜는 요금 인상을 잠정 보류하기로 했으나 다시 요금인상을 강행하려 하고 있는 상태였다.

"통행료 문제를 꺼내겠군요."

"다음은 말하지 않아도 알지? 잘할 거라 믿네."

"자료는 일단 현장에 내려가서 검토하겠습니다."

수교는 현장에 도착하자마자 곧바로 공사회의부터 참석했다.

A대교 공사의 현장소장을 비롯해 팀의 대부분은 침매터널 공사에 참여할 토목 쪽 사람들이었고, 홍보관 및 부대시설을 맡을 건축분야는 수교와 우면산 프로젝트 시절에 부하직원이었던 대리 한 명이 전부였다. 공수부대 PX를 지키는 방위병 같은 위축감이 들었다.

점심을 먹으러 간 수교는 미리 팀에 합류해 있던 대리에게 현장 전반에 관한 얘기를 들었다.

"과장님이 되신 후로 저랑 같이 일할 기회가 영영 없을 줄 알았는데 이렇게 또 만나네요."

"나도 참 복도 없지, 왜 하필 너니……."

"하…하…하… 어쩌겠습니까, 그나저나 이거 점점 재밌어지는데요?"

"뭐가?"

"골리앗건설에서 이번 사업운영 재협상에 누가 참여하는 줄 아세요?"

"나영웅?"

"빙고! 과장님 표정을 보니 전혀 모르셨던 모양이네. 두 분 자주 연락 안 하시나 봐요? 그래도 뭐, 이제부터는 연락을 안 할 수가 없을 거예요."

"그 얘긴 됐고, 우선 시공계획서[26]를 2주 안에 끝내는 것을 목표로 하자. 재미있게 말이야. 그리고 사업성 분석[27] 자료도 다시 검토하자고. 그것도 재밌게……."

"과장님, 제 얘기를 그렇게 맘대로 해석하시면 곤란합니다."

대리의 투정 섞인 말투에 수교는 정색하며 말했다.

"어차피 재미가 있으나 없으나 해야 할 일이야. 회의 때 들러리 취급당하고 싶지 않으면 토목 쪽 진행상황도 대충은 파악하고 들어가야지."

"그거야 뭐 그렇지만……."

수교는 계산하고 식당을 먼저 나왔다. 수교는 오늘 회의를 마치고 나서야 현장에서 일하고 있나는 것을 실감하게 되었고, 먹잇감을 발견한 사자처럼 또 해결사 본능이 서서히 꿈틀거림을 느꼈다.

다시 회사로 돌아온 수교는 사업성 분석에 대한 자료를 검토했다.

"이봐, 이 통행료 산정표 말이야. 우리가 작성한 건가?"

---

26 공사를 시행하기에 앞서 공사 방식 및 절차를 기록한 문서.

27 Feasibility Study(FS). 계획된 프로젝트가 기술적 또는 경제적으로 타당한지 여부를 조사 · 검토하는 일련의 과정.

차종	내용	통행료(원)
경차	배기량 1,000cc 미만	4,000
소형차	2축 차량, 윤폭 279.4mm 이하	6,000
중형차	2축 차량, 윤폭 279.4mm 초과/1,800mm 이하	9,000
대형차	2축 차량, 윤폭 279.4mm 초과/1,800mm 초과	15,000
특대형차	3축 이상 차량	20,000

〈A대교 통행료 산정표〉

"발주처에서 산정한 자료예요. 우리가 입찰 때 준비한 자료는 따로 있습니다."

"그래? 그럼 우리가 준비했던 자료를 좀 볼 수 있을까?"

A대교 입찰 때부터 함께했던 대리는 책상을 뒤적거려 자료를 가져왔다.

"우리가 산정한 통행료와 차이가 좀 나는데, 발주처가 제시한 통행료로 가야 할 거예요. 어차피 MRG(최소 운영수입 보장제도)[28] 방식으로 계약한 거니까 우리로서는 손해 볼 일도 없고 해서 우리도 추가조사는 안 하는 것으로 알고 있어요."

28 민간자본이 투입된 사업의 수익이 예상보다 적으면 그 적자분을 공공기관이 세금으로 보전해 주는 것.

이번 A대교 공사는 외국에서 PPP[29]라고 알려진 민자사업 중 BTO[30] 방식으로 추진하게 되었다. BTO 방식은 민간업자가 자금을 투자하여 사회기반시설을 건설하고 국가나 지자체로 소유권을 이전한 후, 일정 기간 동안 자본설비 등을 운영하여 운영수익으로 운용자금을 충당하고 투자비를 회수하는 방식이다. BOT[31] 방식과는 달리 운영 시 목표수익률에 미달할 경우 발주처가 수익을 보존해 주는 방식이다.

수교는 다윗건설에서 준비한 입찰자료에서 통행량[32] 예측결과부터 먼저 확인했다. 민자사업[33]에서 통행량 예측결과는 민자사업을 추진할 것인지 여부를 결정하는 중요한 판단 기준이 되고 시설 규모와 사업시기 결정을 비롯해 통행료, 건설보조금, 최소운영수입보장금 등을 결정하는 중요한 기초자료이다.

---

29 Public-Private Partnership의 줄임말. 사회기반시설 개발에서 공공부문과 민간부문이 협력하여 수행하는 방식.

30 Build-Transfer-Operate의 줄임말. 민간이 건설하고 소유권은 정부나 지자체로 양도한 채 일정 기간 민간이 직접 운영하여 사용자 이용료로 수익을 추구하는 민간투자사업 방식.

31 Build-Operate-Transfer의 줄임말. 개발 프로젝트를 수주한 시행자(건설업자)가 사업에 필요한 자금을 조달하고 건설을 마친 후 자본설비 등을 일정 기간 운영하는 것. 운영기간이 종료되면 정부에 무상으로 양도함.

32 교통수요.

33 전통적으로 정부 몫이었던 도로, 철도, 학교, 하수시설 등 사회기반시설을 민간이 대신하여 건설, 운영하는 사업을 말함.

수교가 예상한 대로 다윗건설의 통행량 예측결과는 발주처에서 조사한 예측량보다 20퍼센트 정도 낮았다. 만일 발주처의 통행량 예측이 과다하게 추정된 것이 맞다면 지금이라도 바로잡아야 했다. 대리의 말처럼 MRG 방식으로 계약되었다고 해도 A대교가 완공되고 통행량이 감소한다면 실제 운영수익은 줄게 되고 통행료 인상은 불가피하다.

또한, 그렇게 되면 통행량은 더욱 줄어들고, 이는 다시 운영수익의 감소로 이어지게 되면서 최소운영수익을 보장했던 정부의 부담은 커질 수밖에 없다. 이런 정부 보조금의 증가는 여론 악화로 이어질 수 있었다. 수교는 우면산 터널 때의 일을 떠올리며 통행량 예측이 잘못된 원인부터 찾아야겠다고 생각했다.

"저, 과장니임……."

"왜 그렇게 사람을 다소곳이 불러?"

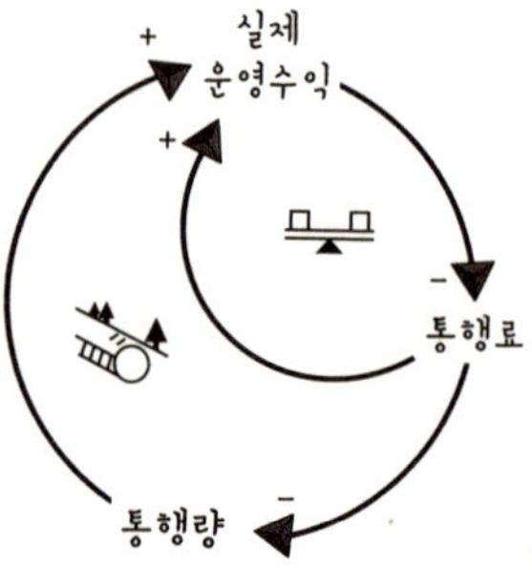

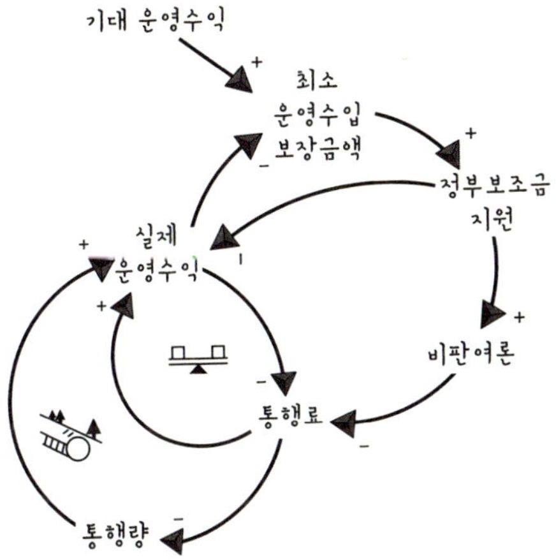

"제가 공정계획 세우려고 하다 보니까, 먼저 토목팀하고 상의해야 할 부분이 많은데요?"

"그래서?"

"글쎄 토목팀에서 현장조사 때문에 바쁘다고 하지 뭡니까! 지금은 일하고 싶어도 할 수가 없네요. 이런 상황을 불가항력이라고 하죠?"

대리는 1시간 전부터 근처에서 기다리고 있는 여자친구 때문에 안절부절못하고 있는 중이었다. 부대시설을 맡다 보니 메인공사를 진행하는 토목팀의 결정을 기다릴 수밖에 없는 상황이 발생했다. 오늘은 업무파악도 할 겸 대리를 먼저 보내고 혼자서 일을 해야겠다고 생각하고 있었지만, 수교도 어쩔 수 없이 직장상사였다. 대리가 느슨해지지 않도록 긴장감을 조성해야 했다.

"토목팀과 합의만 보면 우리 공정계획은 바로 나오는 건가?"

"저…… 그게…… 그렇다고 할 수 있죠."

"알았어. 퇴근해!"

해맑은 얼굴로 대리가 퇴근한 후, 수교는 다시 사업성 분석 자료를 들춰보기 시작했다. 시간이 얼마나 흘렀을까, 오랜 시간 같은 자세로 앉아 있던 수교는 몸이 뻣뻣해져 오는 것을 느꼈다. 수교는 자리에서 일어나 힘껏 기지개를 켜고, 가볍게 스트레칭을 시작했다.

"과장님! 뭐 하세요?"

"어? 왜 왔어?"

"여자친구가 과장님이 아직 일하고 계시다니까 간식을 사다 드리자고 해서요."

"그래? 여자친구한테 고맙다고 전해 줘."

"그럼 진짜 가보겠습니다. 아 진짜, 토목팀만 아니었어도…… 아시죠?"

"그래, 불가항력!"

"과장님도 일찍 들어가세요. 첫날인데."

"그래, 데이트 잘하고 내일 보자고."

대리가 가져온 쇼핑백에는 과일 샐러드와 샌드위치가 들

어 있었다. 수교는 도희의 문자나 전화를 기다릴 만큼 여유 있는 상황이 아니었다. 하지만 지금 이 순간만큼은 간식까지 싸들고 서울에서 찾아와 주는 그런 여자친구가 있는 대리가 부러웠다.

3

며칠 후 A대교 공사 준비를 위해 다윗건설과 골리앗건설이 한자리에 모였다.

두 시공사에서 공사일정을 비롯해 공사 전반에 걸친 사항들을 공유하고 의논해야 했다.

"장비나 자재들은 대부분 해상운반이니 일정이 겹치지 않도록 변동사항이 있으면 서로 바로 통보하고 조율하죠. 일단 공정표가 나와야 할 것 같은데…… 터널 설계에 문제가 있다고 들었습니다만……."

"설계결함까지는 아니고, 도면에 오류가 있어서 수정 중입니다. 곧 끝납니다."

골리앗건설 측 현장소장의 우려 섞인 질문에 소장은 별일 아니라는 듯 말했지만, 사실은 달랐다. 설계 검토 중에 2구간 터널지름이 오차범위를 벗어나 있는 사실을 발견했고, 이 사실을 보고받은 소장은 펄펄 뛰었다.

"이 새끼들이 정신이 있는 놈들이야? 없는 놈들이야? 눈 감고 설계했대? 물고기가 다니는 터널도 아니고, 설계를 그따위로 하면 어쩌자는 거야! 야! 이거 그대로 시공해. 설계 사무소에 수정 요청하지 마! 완성되면 설계한 놈들부터 터널 속에 처넣고 수장시켜 버릴 거야!"

사실 수백 장의 설계도서를 만들다 보면 간혹 도면이 잘못 그려지는 일이 있다. 그래서 공사준비 단계에서 설계 검토는 반드시 필요했다.

"터널과 다리를 연결하는 문제를 생각해서라도 계측관리는 한 업체를 선정해야겠죠?"

"기준점 설치도 그렇고 당연히 같은 업체에 맡겨야죠. 가덕도로 연결돼야 할 다리가 바다로 뻗어 버리면 큰일 나는 거죠."

다윗건설의 소장은 자리가 자리인 만큼 단어선택에 신경을 쓰며 얘기하고 있었지만, 직설적인 화법은 숨겨지지 않았다.

회의를 마치고 수교는 마침 재협상 문제로 내려온 영웅에게 발주처가 준 통행료에 관한 자료를 검토할 필요가 있을 것 같다는 얘기를 꺼냈다.

"통행량이 과다하게 예측되어 통행료가 낮아진 거라면 문제가 심각하다는 걸 너도 알잖아? 너도 사업성 분석 자료를 봤으면……."

"봤어."

"네가 보기에도 발주처 통행량 예측이 잘못된 거 같지 않아?"

"글쎄……."

어쩐지 영웅은 수교와 같은 생각을 하면서도 모르는 척하는 느낌이었다.

"노파심에 하는 소리가 아니라 너도 알다시피 민자사업은 잘못된 통행량 예측으로 문제가 끊이지 않았던 선례가 많잖아."

"물론 알지, 이니끼 히는 소리야. 공사도 들어가기 전에 통행량 예측이 잘못됐다고 하면 사업 타당성에 대한 문제가 제기될 텐데 괜히 공사에 지장만 주는 일이 벌어지지 않겠어?"

"그래도 통행료에 대한 부분을 지금 바로잡지 않으면 발주처나 시공사 쪽 모두가 골치 아파질 수 있어. 우면산 터널 때처럼 말이야."

"그건 먼 훗날의 얘기야."

수교는 영웅의 무책임한 답변에 반박하고 싶었지만, 영

웅의 말에 수긍하는 면이 있기도 했다.

"이 시점에서 제3자의 조언을 구해 보는 것도 좋지 않겠어? 발주처나 우리나 당사자이기 때문에 객관적으로 보기 어려워. 다른 시선이 필요하다고. 교수님을 찾아가 볼까?"

"글쎄…… 난 차 시간 때문에 그만 가봐야겠다."

4

수교는 며칠째 야근을 자청하며 통행량 예측에 관한 자료를 들여다보고 있었다. 발주처의 교통수요 예측 조사는 과다예측이 분명했다. 2007년도 이후에 개통된 한국도로공사의 고속도로 8개 노선의 평균 실제 교통량은 예측의 39퍼센트에 불과했다. 교통 수요량은 인구, 경제, 자동차 증가율, 주변지역의 개발사업, 경쟁노선 등을 토대로 산출된다. A대교 사업은 1990년대 초반에 계획되었고, 당시 인구는 2050년까지 증가가 예측되었다. 그러나 최근 우리나라 인구증가율은 세계 최저 수준으로 오히려 감소할 것으로 예측되고 있고, 자동차 보유대수 증가율도 당시 예측과 다르게 감소하고 있었다. 결과적으로 사회경제적 기초자료의 부정확성과 체계화되지 못한 국가 교통DB 시스템으로 통행량이 부실하게 예측된 것으로 보였다. 다윗건설이 조사한 통행량 예측이 현실적으로 타당했다.

다음 날 수교는 소장과 본사팀장에게 그간 분석한 자료들을 설명했다.

"우리 팀이 A대교 입찰 시에 실시했던 FS[34] 결과 예측했던 통행량은 하루 평균 3만 2,000대가량으로, 적정 통행료는 소형차 기준으로 8,000원 선이었습니다. 그러나 계약 이후 발주처에서 보내온 참고자료를 보면 하루 평균 예상 통행량은 4만 대, 통행료는 소형차 기준으로 6,000원으로 지정되어 있죠. 이는 통행량 과다예측의 결과이기도 하지만 통행료와 통행량 간의 탄력도 분석 등의 기본적 절차의 수행이 생략된 결과라 할 수 있습니다. 따라서 제가 직접 탄력도 분석[35]을 시행했고, 아래의 표가 그 결과입니다."

구 분		무료	6,000원	7,000원	8,000원	9,000원	10,000원
2012년 교통량		51, 848	44,014	37,699	32,685	28,792	26,075
운영수입	일 기준(천 원)	—	261,481	263,896	264,082	260,750	259,125
	연 기준(A, 억 원)		954	963	964	952	946
MRG 보장금액 (억 원/연)(B=C−A)			676	667	666	678	684

34 Feasibility Study. 사업성 분석.

35 경제 변수의 영향에 따른 탄력성을 분석하는 행위. 본 소설에서는 교통량과 통행료가 변함에 따라 각각 어떻게 변화하는지 분석함.

"통행료가 증가하면 통행량은 당연히 감소하며, 통행료가 감소할수록 통행량이 증가하는 정도는 금액구간별로 줄어듭니다. MRG 보장금액이 최소가 되는 경우를 통행료 선정의 근거로 삼을 때, 적정 통행료는 8,000원임을 알 수 있고 우리 팀이 입찰 시에 시행했던 FS에서의 결과와 일치함을 알 수 있습니다. 또한 발주처에서 제시한 예상 통행량 4만 대가 정확하다 할지라도, 위 표에 의하면 통행료는 6,500원에서 7,000원 선이어야 하죠. 통행량을 고려하더라도 통행료가 지나치게 낮음을 알 수 있으며 발주처 측의 조사 정확성이 의심됩니다. 따라서 이 자료를 한번 검토해 보시고 우리 회사 측의 입장을 정리한 후에 다음번 재협상에 참석하는 것이 좋겠다는 게 제 생각입니다."

"충분히 고려할 만한 사안이라고 생각되는군. 그런데 말이야…… 그러니까 솔직하게 말해서 통행료를 올린다고 해서 우리 입장이 크게 나아지는 것도 아닌 것 같은데, 어떻게 생각하나?"

본사팀장의 말에 수교가 대답하려는 순간 소장이 자리에서 일어섰다.

"난 관심 없으니까 두 사람이 알아서 하라고. 이봐, 성과장, 자네 때문에 내가 현장에서 피곤해지는 일만 없도록 해. 알았어?"

"네, 공사준비는 앞으로도 차질 없이 준비하도록 하겠습니다."

수교는 충성을 다짐하듯 힘주어 말했다.

"그래? 그럼 내일까지 공기단축 아이디어 세 개만 가져와. 그런 얘기라면 내가 밤을 새우고라도 들어줄 수 있지! 요즘 매일 야근하고 있길래 기특하게 생각했더니, 이거였어?"

소장은 혼잣말처럼 중얼거리며 나갔다. 사실 소장은 수교가 사업성 분석에 관한 얘기를 꺼내는 순간부터 삐딱한 자세로 앉아 시종일관 인상을 쓰고 들었다. 본사 일이라 더욱 그랬을 것이다.

"저 양반이 말은 저렇게 해도 성 과장이 맘에 든 눈치야."

"팀장님께서 잘못 보신 겁니다. 회의 때마나 소장님이 집어던지는 서류를 피하느라 얼마나 바쁜지 모릅니다."

"애정표현이 과격하기는 하지."

"소장님 성격에 적응하려면 저는 시간이 걸릴 거 같습니다."

소장은 흥분하면 지시사항은 영어로 짧게 말하고 나머지는 다 욕이었다. 반면 수교의 오랜 상사이기도 한 본사팀장은 성격이 온화하고 너그러웠다. 그런데 이상하게도 본사팀장에게 소장이 꼼짝을 못했다. 이번 A대교 공사의 현장

지원을 본사팀장이 맡게 된 것도 소장을 감당할 수 있는 유일한 사람이기 때문이었다.

“제 생각에는 우리 회사 입장에서도 통행료를 상향 조정하는 것이 훨씬 유리하다고 봅니다. 지금 당장에는 발주처와 마찰이 생길지도 모르지만 발주처에서 제시한 현재의 통행료로 확정 짓고 나면 분명히 운영 적자가 발생할 겁니다. A대교는 BTO 방식의 민자사업의 한 사례가 될 텐데 우면산 터널처럼 MRG 방식에 의한 손실 보전 자체에 대한 근본적인 의문이 제기될 것이 분명합니다. 그리고 계획 단계에서 잘못된 부분이 있었는데도 그냥 지나쳤다는 비난을 면하기 어렵겠죠. 그때가 되면 비난 여론에 휘말려서 우리가 정당한 방식으로 보조를 받는 것조차 비난의 대상이 될 수 있습니다. 더군다나 제가 제시한 통행료로 조정했을 때 손실 보전액이 최소가 되므로 발주처와 우리 모두 윈-윈이죠. 이걸 알고도 발주처와의 관계를 위해 숨길 수는 없다는 게 제 생각입니다. 적어도 다윗건설이 참여하는 사업에서는 알면서도 놓친 것들이 없었으면 하거든요.”

“그래, 그건 성 과장 말이 맞아. 최근에 민자사업을 맡았던 건설사 중에 운영기간 동안 별문제가 없었던 회사가 드물지. 여러모로 이미지도 안 좋아지고. 장기적으로 봤을 때는 문제가 될 수 있지. 하지만 지금은 시기가 좋지 않아.”

본사팀장은 지하철 A호선 문제로 여론이 시끄러우니 좀 더 생각해 보자고 했다. 수교는 결국 대화가 원점으로, 결론 없이 끝나 버려 허탈해졌다.

"민자사업은 진짜 잘해 봐야 본전인 거 같아요. 통행료를 올리기만 하면 시공사가 이윤을 과다착복했다고 하니……."

본사팀장이 나가자 구석에 조용히 숨죽이며 앉아 있던 대리가 조용히 입을 열었다.

"피 같은 세금으로 시공사 손실 보존해 준다고 비난하고, 공사비 부풀렸다고 건설보조금 낮추라고 난리고……. 진짜 100퍼센트 국민 세금으로 시공하는 재정도로에 대해서는 크게 문제 삼지 않으면서 왜 우리가 부자한 투자비를 뽑겠다는데 다들 난리인지 모르겠어요."

"일반인들은 수익자 부담 원칙인 민자도로와 한국도로공사에서 만든 정부도로를 다르게 보지 않아서겠지."

"그러니까 억울한 거 아닙니까? 다리나 도로는 필요하니까 지어야 하는데 정부가 재정이 없다 보니까 민자사업으로 돌리는 거 아닙니까? 근데 통행료나 MRG 때문에 여론이 안 좋아지면 정부는 계약과 상관없이 나 몰라라 하니 앞으로 누가 민자사업을 하려고 하겠어요?"

우리나라에서는 필수적으로 공급해야 할 사회기반시설에 대한 수요가 많다. 정부로서는 부족한 사회기반시설을 확충하는 것이 국가 경제발전에 도움이 되기 때문에 부족한 재정을 대신해 민자사업으로 도로나 다리 공사 등을 추진하고 있었다. 하지만 민자사업에 대한 문제가 불거지면 공사를 맡았던 시공사가 언론과 국민의 표적이 되고 만다. 민자사업자는 민자사업에서 일정한 수익이 발생하기 때문에 참여하는 것이다. 수익이 없다면 참여할 이유가 없다. 하지만 민자사업이 오로지 민자사업자의 배를 불려 주는 것은 사실상 불가능했다. 수교는 뭔가 아이러니하다는 생각을 하며 머리가 복잡해지기 시작했다.

"나 잠깐 나가서 바람 좀 쐬고 올게."

"성 과장님, 오늘은 금요일입니다. 그냥 퇴근하시죠."

"대신 일해 줄래?"

"바람 쐬고 들어오기 좋은 날씨입니다!"

5

"성 과장님, 표정이 너무 심각하십니다. 기차도 탔겠다, 여행 가는 기분이잖아요. 그리고 새러데이 아닙니까!"

대리는 여자친구와 연신 카톡을 주고받으며 말했다. 수교와 대리는 재협상 회의를 위해 서울로 올라가는 중이었다. 발주처에서 회의 일자를 2주나 앞당겼고, 아직 협상 준비가 되어 있지 않은 수교는 마음이 무거웠다.

"요즘 과장님 정말 무리하셨다고요. 제가 입사 때부터 나름 과장님을 제일 가까이서 봤을 텐데, 저는 과장님처럼은 못하겠더라고요. 저도 나름대로 열심히 한다고 하는데…… 일 잘하는 비결이 뭡니까? 문제를 파악하는 능력과 감각이 타고나신 것 같은데?"

"내가 일 잘하는 법 하나 알려줘?"

"오, 뭔데요?"

"에이, 아니다. 내가 이걸 터득하는 데 얼마나……."

"우리 사이에 왜 이러세요. 십십하게시리…… 알려 주세요. 과장니임."

"그런가? 그럼 알려 주지 뭐. 우선……."

"네. 우선……."

"계획을 한다."

"계획을 한다. 그리고요?"

대리는 수교에게 바짝 다가앉으며 다음 말을 재촉했다.

"계획대로 한다."

"……."

"……"

"그게 끝?"

"끝."

대리는 어처구니없다는 표정을 지었다. 수교의 경험상 주어진 업무가 너무 많으면 실행에 대한 부담감 때문에 추진력과 생산성이 떨어질 수 있다. 이런 경우 계획을 세울 때는 실행을 고려하지 말고, 일단 계획을 세운 다음에는 세운 계획에 따라 분절되고 세분된, 부담이 적어진 그런 분량의 일을 하면 됐다. 앞을 너무 보지 말고…… 회사에서 보낸 햇수가 늘어나면서 수교가 터득한 요령이라는 건 이렇듯 계획을 세우고 그대로 하는 것뿐이었다.

수교는 서울에 도착하자마자 교수를 만나기 위해 연구실로 무작정 찾아갔다. 토요일 오후였지만 교수는 연구실에 있었다. 수교는 상황을 간략하게 설명하고 교수의 의견을 물었다.

"내가 지금은 나가봐야 해서……"

교수는 수첩을 꺼내 일정을 확인하기 시작했다.

"화요일 저녁 어떤가?"

"재협상은 월요일입니다."

"그래? 아쉽군. 어쨌든 협상이 쉽게 끝나지는 않을

거야.”

“각오하고 있습니다.”

“통행료 산정에 대한 자네의 의견은 충분히 일리가 있어.”

“그럼 그렇게 밀고 갈까요?”

“하지만 발주처의 의견도 긍정적으로 검토해 보는 것이 어떤가?”

“네?”

“투자의 신이라고 불리는 워런 버핏이 뭐라고 한 줄 아나?”

“…….”

“대형 인프라에는 절대로 투자하지 않겠다!”

“…….”

“그만큼 수익성과 공공성은 조화를 이루기 어려운 문제란 말이지. 대형 인프라의 수익률은 정부 규제가 들어가기 때문에 절대로 물가 상승률을 따라잡을 수가 없지. 정부라는 조직은 국민의 눈치를 볼 수밖에 없어. 그렇다고 사회기반시설이 부족한 나라에서 재정이 없다고 도로나 다리를 만들지 않게 되면, 국민에게 또다시 비난받는 정부가 되겠지. 그래서 민자사업에 대해 언론에서 계속 비판하고 시민이 감사청구를 하더라도 강행할 수밖에 없지.”

"그렇다고 수익창출을 위해 민자사업에 참여한 사업자가 손해를 감수하며 시설을 운영할 의무는 없는 거 아닙니까?"

"A호선 문제는 민자사업 중에서도 수익성과 공공성 사이의 갈등구조를 선명하게 보여 주는 예라고 할 수 있지. 그리고 민자사업은 수익성과 공공성을 조화롭게 해결하는 것이 사업의 시작이자 마지막이라고 할 수 있어."

"……."

"공공성을 추구하고자 하는 집단을 수익성 운운하며 설득하기란 어려운 일이지. 공공성과 수익성의 조화로운 공존에 대해서 다시 한번 생각해 보라고."

'통행료 인하도 고려해 보라는 말씀이신가?'

수교는 수수께끼 같은 말을 남긴 채 약속 시각에 늦었다며 홀연히 사라져 버린 교수가 야속했다.

"저녁은 누나가 쏘는 거죠?"

"당근이지. 커피도 살게."

수교는 익숙한 음성에 고개를 돌렸다. 도희였다.

밝고 유쾌한 목소리, 춤추듯 걸어가는 경쾌한 발걸음, 환하게 웃는 모습까지…… 모든 것이 낯설었다. 수교는 지금껏 보지 못했던 도희의 다른 모습을 그저 우두커니 보고만 있었다.

서로 멀지 않은 곳에 있었지만, 도희는 수교를 전혀 알아보지 못할 만큼 연구실 남학생들과의 대화에 열중해 있었다. 수교는 도희에게 저런 모습이 있다는 것이 믿기지 않았다. 자기에게는 한 번도 보여 주지 않았던 모습이 저토록 자연스럽게 나오는 것에 허탈한 기분이 들었다.

수교가 아는 도희는 차분하고 조용한 여자였다. 그리고 매사에 이성적인 도희 때문에 수교는 외롭고 서운할 때가 많았다. 수교는 자기도 모르게 발길을 돌렸다. 수교가 학교를 빠져나올 무렵 도희에게서 전화가 왔다.

"어디예요?"

도희의 목소리에는 아직도 다정한 웃음기가 남아 있었다.

"오늘은 만나기 어렵겠어. 지금 회사에 들어가 봐야 할 것 같아서……."

수교는 도희에게 강조하듯 힘주어 말했다. 저녁에 재협상과 관련해서 회의가 있는 것도 사실이었지만, 그렇다고 아예 시간이 없는 것도 아니었다.

"다음에 보자."

수교는 먼저 전화를 끊었다. 잠시 후 도희에게 다시 전화가 왔지만 수교는 받지 않았다.

월요일 아침, 재협상 회의가 열렸다.

"지금 통행료를 인상하자고 했습니까! 맞나요? 제가 잘못 들은 거 아니죠?"

통행료 인하를 요구하는 발주처에 수교가 오히려 통행료 인상을 제안하자 발주처는 확인하듯 재차 물었다.

"너무 무리수를 던지는 거 아닐까요?"

회사에서도 수교의 전략에 대해 우려하는 분위기였지만, 수교는 이럴수록 세게 나가는 것이 유리하다고 생각했다. 수요예측을 무시한 채 발주자의 요구대로 통행료를 낮춘다면 A대교 완공 후 통행료 징수를 통해 공사비를 회수해야 하는 시공사는 타격이 컸다. 심지어 발주처는 MRG도 실제 통행량만큼만 보존하는 방식, 즉 통행차량 1대당 원가고려 부족분을 보존하는 방식을 추가로 제안했다. 발주처가 예상하는 장밋빛 통행량에서는 큰 차이가 없었지만, 현실에서는 통행량이 줄어들수록 보존금도 줄어드는 최악의 제안이었다. 선택의 여지가 없었다.

수교의 통행료 인상 제안에 발주처는 웅성거리고 있었다. 수교는 발주처의 동요를 막기 위해 더욱 침착하게 부연 설명에 들어갔다. 선순환, 즉 통행료를 인상하면 오히려 세금도 절약된다는 결론으로 설명을 마쳤다.

"아니, 우리가 잘못된 자료를 가지고 우기고 있다는 뜻입니까?"

발주처는 수교 측에서 자체조사 자료를 거론한 것을 트집 잡기 시작했다.

"그렇다고 해도 수요 예측량이 30퍼센트나 차이가 나는 것은 문제가 있다고 봅니다. 재검토를 부탁 드립니다."

"재검토라뇨? 문제가 있다고 생각했으면 애초에 입찰하지 말았어야죠!"

"수익성이 없는 민자사업을 어떤 기업이 하려고 하겠습니까?"

여섯 시간에 걸친 재협상은 민자사업의 공공성만을 강조하는 발주처와 수익성 문제를 제기하는 시공사의 공방전으로 계속 평행선을 달렸다. 결국 재협상은 결렬되고 말았다.

서로의 의견에 내해 생각할 시간을 갖고 다시 만나는 것이 좋겠다고 했지만, 그것이 통행료 인하를 받아들이라는 발주처의 무언의 압력이며, 일종의 경고라는 것을 수교는 짐작할 수 있었다. 통행료 인상이 단지 시공사의 수익성만을 위해서가 아니라 세금절약이라는 공공성까지 확보할 수 있는 방법임을 이해시킨다면 충분히 승산이 있다고 생각했고, 그래서 그 어느 때보다 자신하고 확신하며 재협상에 임했던 수교는 이 상황을 받아들이기가 어려웠다.

테미스

1

재협상이 결렬로 끝나고 머리가 복잡해진 수교는 무작정 교수를 만나러 갔다. 마침 교수는 수업 중이었고, 수교도 얼떨결에 수업을 듣게 되었다.

학생들은 시공사 부장, 건설연구소 임원, 설계사무소 소장으로 구성된 야간반 대학원생들이었다. 아저씨 대학원생들은 불편한 접이식 의자에 앉아 가지런히 다리를 모은 채 노트를 펼쳐 놓고 열심히 받아 적으며 수업을 듣고 있었다.

교수는 건설 인재 확보의 대안으로 산학협력[36]의 중요성

---

36 학계와 산업계가 교육의 성과를 높임과 동시에 산업경영의 실효성을 높이기 위하여 상호협력하는 것.

을 얘기하고 있었다.

"저희는 건설 관련 학과 학생들을 대상으로 건설 실무 심화과정 프로그램을 추진 중입니다."

딱 보기에도 모범생으로 보이는 시공사 부장이 말했다.

"사장님께 들었습니다. 산학협력의 좋은 사례가 될 것 같아요."

"산학연을 연계한 학생강좌라면…… 저희도 준비 중입니다."

건설연구소 임원은 시공사의 교육 사업이 반갑지 않다는 표정으로 말했다. 건설 산업 전반에 관한 연구와 교육을 주 업무로 하는 건설연구소 입장에서는 당연한 반응이었다.

"저희 설계 쪽 사람들도 건설 관련 실무교육이 필요하다고 생각합니다. 그런데 수요가 많지 않아서……."

"설계 쪽은 상설 교육은 어려우니, 요청이 들어오면 프로그램을 진행하는 방식을 생각해 볼 수 있습니다. 일종의 위탁교육이 되는 셈이죠."

설계사무소 소장의 고민에 건설연구소 임원은 이미 오래전부터 그 교육을 구상했던 사람처럼 구체적인 계획까지 덧붙였다.

"학교에 강좌를 개설하고 이론과 실무로 프로그램을 구

성하는 겁니다. 이론은 학교 측과 저희 건설연구소에서 강사를 파견하고, 실무는 부장님 쪽에서 맡아 주시면 되지 않겠습니까?"

"그런 교육 프로그램도 산학연의 좋은 예가 되겠군요. 또 뭐가 있을까요? 기업과 대학의 연구협업에 대해서는 어떻게 생각하십니까? 서로가 적극적 자세로 연구 협업을 해야겠지만 교수 입장에서는 기업에 무슨 영업을 하는 것 같기도 해서 폼이 안 나지요. 정도가 심하면 산학협력의 의미를 변질시키는 행동이라고 봅니다. 보기에 따라 교수 개인의 주머니를 불리기 위한 부패한 행동으로 보일 수도 있어요."

교수의 말에 다들 고개를 끄덕였다.

"솔직히 교수님들이 회사에 연구과제를 제안하면 거절하기 어렵습니다. 회사 입장에서는 공사 심의위원으로 뵙게 되는 교수님들과 친분을 유지하는 일이 중요하니까요. 물론 저희가 연구과제를 지원한다고 해서 교수님들께 영향력을 행사할 수 있는 것도 아닙니다."

시공사 부장의 뼈 있는 한마디였다.

이어 교수는 주제를 바꾸었다.

"sympathy와 empathy의 차이를 아십니까?"

"둘 다 공감이라는 뜻 아닙니까?"

교수의 뜬금없는 질문에 아저씨 대학원생들도 익숙한 듯 자연스럽게 대답했다.

"정확하게는 sympathy는 'feel for'이고 empathy는 'feel with'입니다. 뭔가를 판단할 때 균형 잡힌 생각, 물론 중요합니다. 하지만 세상일이 법대로 되지 않기 때문에 판사나 변호사가 필요한 것처럼 모든 일이 논리만으로 해결되지는 않습니다. 그래서 상대방 입장에서 생각해 보는 것이 필요합니다. 상대방을 진심으로 이해하려고 하는 마음, 내 기준에서 상대방을 이해하려는 단순한 sympathy가 아니라, 감정이입을 통한 진정한 empathy 말입니다. 여기 계신 분들은 이미 터득하셨겠지만, 누구 때문에 다시 한번 강조하게 되네요."

교수의 말에 아저씨 대학원생들은 일제히 수교를 힐끗거렸지만, 생각에 잠겨 있던 수교는 이들의 시선을 눈치 채지 못했다.

'논리만으로는 해결되지 않는다.'

수교는 재협상 때 발주처를 설득하기 위해 제시했던 세금절약이라는 논리를 떠올렸다. 발주처의 입장을 이해하고 고려하여 나온 대안이었지만 실패했다. 물론 재협상의 시작은 여론이었고 발주처의 요구사항은 여론을 의식한 통행료 인하였다. 하지만 수교는 지금도 통행료 인하가 서로를 위한 최선의 방법이라 생각되지 않았다.

'진정한 공감이라…….'

왠지 이 말이 수교의 머릿속에 맴돌았다.

교수는 계속 강의를 이어갔다.

'저런 건 안 적어도 될 텐데.'

수교는 교수의 실없는 농담까지 하염없이 적고 있는 설계사무소 소장을 보며 생각했다. 자꾸 기울어져만 가는 소장의 몸이 의심스러워 자세히 보니, 졸음에 겨워 잠결에 기계적으로 손이 움직이고 있었다. 초롱초롱한 눈빛으로 수업을 듣던 아저씨 대학원생들은 시간이 얼마 지나지 않아 교수의 나지막한 목소리를 자장가 삼아 죄다 졸기 시작했다.

'나이도 있고, 낮에 업무도 보느라 다들 피곤하시겠지.'

희한하게도 고개까지 끄덕이며 졸던 아저씨 대학원생들은 타이밍 좋게 교수에게 질문도 하고, 다른 사람 말에 참견도 했다.

입찰팀에 있던 시절, 수교가 브리핑하는 내내 졸던 상무가 있었다. 주변 사람들의 증언으로는 코 고는 소리까지 들렸다고 했는데, 설명이 끝나기가 무섭게 가장 날카롭게 질문하고 문제점을 지적해 수교를 황당하게 했다.

"교수님! 오늘 개교기념일인데, 오늘은 여기까지만 하는 게 어떨까요?"

꿈결에 필기하고 있던 설계사무소 소장이 갑자기 개교기념일 타령을 하며 수업을 그만하자고 했다.

"음…… 곤란한데……."

교수는 난처해하는 말투와 달리 손은 이미 강의노트를 덮고 있었다.

"그럼 오늘은 그만할까요?"

교수의 말이 떨어지기가 무섭게 다들 기지개를 켜며 일어났다. 아저씨 대학원생들이 나가고 홀로 남아 있는 수교를 보며 교수가 의아한 듯 쳐다봤다.

"나하고 아직 할 얘기가 남았나?"

"네?"

지금껏 교수와 얘기하기 위해 기다리고 있던 수교는 당황스러웠다. 하지만 교수는 정말 수교와 더는 할 말이 없다는 표정이었다.

2

"내 가방 취향을 기억하고 있었네요?"

도희는 수교가 선물한 새 가방에 소지품을 옮겨 담으며 말했다. 도희가 수교에게 자신에 관해 얘기했던 것은 지난번에 가방에 관해 나눈 대화가 유일했다. 남자친구라면 기억하고 있는 것이 너무나 당연한 일이었다.

"언제 내려가요?"

"내일 갈 거야."

"그럼 내일도 잠깐이라도 볼까요?"

"……."

도희는 평소와 다르게 연구실이나 논문 얘기를 꺼내지 않았다. 심지어 다정하고 따뜻했다.

"오늘 왜 이렇게 잘해 주는 거야?"

수교는 도희에게도 여자의 직감이라는 것이 있어, 자신의 흔들리는 마음을 눈치챈 것이 아닐까 생각했다.

"그냥…… 선배가 힘들어 보여서요."

재협상 준비와 공사 준비를 동시에 진행 중이던 수교가 힘들지 않다면 거짓말일 것이다. 지금 수교는 힘들고 지친 데다 몹시 외롭기까지 했다. 수교는 현장에 내려간 이후로 계속 도희와의 이별을 고민했다. 사람이 한없이 약해져 있을 때 내린 결정은, 이타적인 생각까지는 아니더라도 최소한 이기적이지는 않을 거로 생각했다. 자신이 그토록 바라던 여자친구의 모습을 이제야 보여 주는 도희가 야속했지만 그는 작별선물로 생각하기로 했다.

"우리 그만 만나자."

수교는 도희의 집 앞에서 예정대로 이별을 통보했다.

도희는 당황한 듯 말없이 자기 손에 들려 있는 새 가방과 수교를 번갈아 쳐다보기만 했다.

"내가 많이 생각해 봤는데, 아무래도 우리는 말이야……."

수교는 한 마디 한 마디 말할 때마다 입술이 바짝바짝 타들어갔고 심장은 조여드는 것만 같았다.

"서로가 원하는 연인이 아닌 거 같다."

"내가…… 선배가 원하는 여자가 아니었겠죠."

도희의 음성은 평소처럼 담담하고 차분했지만, 눈가에 물기가 고여 있었다.

"……."

"잘 가요."

도희는 혼잣말처럼 중얼거리며 집으로 들어갔다.

수교는 도희 집 앞을 한참 서성거렸다. 도희가 다시 나올 거라는 기대는 없었다. 그냥 발걸음이 떨어지지 않았다. 자꾸만 도희의 슬픈 표정이 떠올랐다.

수교는 자신의 일방적인 이별통보에 대해 묻지도 따지지도 않은 도희가 야속했다. 진지하게 고민하고 결정한 일이라 생각했는데, 그가 진심으로 바랐던 것은 이별이 아니라 애정을 확인하고 싶었던 건지도 모른다. 한없이 유치하고 찌질한 투정이었지만, 그가 마지막 자존심을 건 방법이었다. 이제는 도희에게 다가갈 방법이 없기도 했고, 다시 붙잡고 싶지도 않았다.

시간이 얼마나 흘렀을까, 수교가 서 있던 자리에는 담배꽁초가 수북이 쌓여 있었다. 수교는 이제 마지막 남은 한 개비를 만지작거리고 있었다. 그는 주머니에서 라이터를 꺼내들고 마지막 담배에 천천히 불을 붙였다. 담배는 속절없이 빠르게 타들어갔다.

'이렇게 헤어지게 되는 건가?'

수교는 벌써 가슴이 먹먹해지고 쓸쓸해지는 것을 느끼며 도희 집 앞을 떠났다.

서로가 원하는 것을 최대한 수용하는 것, 그것이 애정을 유지하는 방법이라면 수교는 도희와 헤어지는 것이 옳다고 생각했다. 그는 더 이상 도희를 이해하고 수용할 자신이 없었다.

3

공사 준비를 위해 다시 현장으로 내려간 수교는 내리와 함께 현장답사를 갔다.

현장에 먼저 도착해 있던 토목팀이 심각한 표정으로 바다를 바라보고 있었다. 파도가 예상했던 것보다 거칠었다. 제작장에서 완성된 함체[37]를 바다로 인양하여 바다 밑으로 침설하고 다른 함체와 연결까지 하려면 최소 5일은 파도가 잠잠해야 했다.

"이렇게 터프한 파도라면…… 함체 연결도 못해 보고 운반 중에 태평양 바다로 떠내려가는 거 아닌가요?"

수시로 바다를 오가는 배늘 때문에 더욱 좌절하는 토목팀을 보며 대리가 수교에게 속닥거렸다.

"농담이라도 그런 말은 입 밖에도 꺼내지 마라."

측량결과도 좋지 않았다. 지반이 너무 약해 터널이 시공 후에 가라앉을 수도 있다는 진단이 나왔다. 직원들은 악조건이라는 악조건은 다 갖추고 있는 공사를 수주했다며 본사를 비난하기 시작했다. 하지만 제일 흥분할 것 같은 소장

---

37 육상에서 제작하여 바다로 인양할 구조물.

은 의외로 삼군수군통제사 이순신 장군같이 담담하고 결연한 표정이었다.

"재협상이 잘돼도 반갑지만은 않은 상황인데요? 이런 공사를 어떻게 해요?"

또다시 입방정을 떠는 대리를 수교가 질책하는 눈빛으로 쳐다보자, 대리는 얼른 입에 지퍼를 채우는 시늉을 했다.

현장문제에 대한 대책을 논의하기 위해 회의가 열렸다. 불량한 현장상태에 대한 고자질 같은 보고가 끝나자, 다들 본사에서 내려온 본사팀장 얼굴만 쳐다보았다.

"현장문제는 현장에서 알아서 하세요."

본사팀장의 대답은 간결했다.

"팀장님 너무 냉정하시네요."

대리는 서운함을 감추지 못하고 투덜거렸다. 수교도 입찰준비 때 현장문제를 고려하지 않았던 것은 마찬가지였다. 예전에 본사팀장이 농담처럼 하던 말이 떠올랐다.

"이 공사를 내가 한다고 생각하면 입찰준비 못하지……."

이기적인 말처럼 들릴 수도 있지만, 미래를 너무 멀리 내다보고 걱정하다 보면 현실에 충실할 수 없다는 의미였을 것이다.

나무만 보지 말고 숲을 볼 줄 알아야 한다는 말이 있다. 하지만 나무를 보는 사람도 반드시 필요한 법이다. 나무 없는 숲은 존재할 수 없으니까.

소장은 열악한 현장 조건을 탓하지 않았고, 본사팀장은 입찰에 최선을 다했다. 서로의 역할에 충실할 것, 두 사람이 항상 팀을 이루고 조화롭게 공존하는 방식이었으리라 …….

2차 재협상을 앞두고 본사에서는 통행료 인하에 합의해서라도, 협상을 마무리 지으라는 특명이 내려왔다.

"더 이상의 재협상은 곤란해!"

하지만 통행료 인하는 발주처와 시공사 모두에게 최악의 결론이었다. 수교는 이대로 포기할 수는 없다고 생각했다.

'분명히 방법이 있을 거야…….'

발주처에서 통행량 예측을 의뢰했을 때 조사범위에서 통행량을 최대치로 산정해 달라고 수행업체에 은근히 요구했다는 후문이 있었다. 낙후된 지역을 개발해 관광산업을 활성화시켜 지역발전을 도모하고자 했던 발주처 입장에서는 A대교 공사는 어떻게든 관철시켜야 하는 절박함이 있었던 것이다.

사업의 타당성을 높이기 위해서는 어쩔 수 없었다고 하지만 발주처의 과도한 통행량 예측으로 시공사가 보게 될 피해와 비난은 외면하고 있었다. 하지만 수교는 통행료 문제로 인해 시공사가 보게 될 피해와 비난을 더 이상 거론하지 않기로 했다.

"민자사업의 발전과 국민부담 완화라는 두 가지를 동시에 고민해야 하는 입장 충분히 이해하고 있습니다……."

발주처와의 2차 재협상에서 수교는 같은 내용이라도 먼저 발주처의 입장을 이해한다는 자세를 보임으로써 협상을 진전시켰다. 논리적으로만 따지고 드는 공격적인 협상으로는 발주처를 설득할 수 없다는 것을 깨달았기 때문이다.

교수가 말한 공공성과 수익성의 조화란, 소장과 본사팀장이 보여 주었던 조화로운 공존처럼, 자신에게 주어진 의무와 책임을 회피하지 않을 때 가능한 것이라 생각했다. 민자사업에서 공공성이란, 수익성을 추구하는 시공사가 감수해야만 하는 손실이 있다는 것을 의미했던 것이다.

수교 측은 시공사로서 책임을 다하고 앞으로 여론으로 인해 발생하는 문제를 감당하겠다는 의지를 보였다.

그러자 수교 측의 이런 태도가 발주처의 마음을 움직이기 시작했다.

"조화와 균형이라…… 염두에 두죠. 솔직히 민자사업에 대한 여론을 앞으로 어떻게 설득해 나갈지 아직도 고민입니다."

"통행료 인상 제의는 단지 시공사의 입장일 거라는 편견을 버리고 검토해 주시기 바랍니다."

"다시 말씀 드리지만 저희는 공공성이 우선일 수밖에 없습니다."

"충분히 이해합니다. 다만 완공 후 사업 운영방식에 관련해서 시공사의 입장을 조금만 이해해 주셨으면 합니다."

발주처 역시 민자사업의 수익성이라는 부분으로 인해, 자신들이 책임질 수밖에 없는 문제들을 외면하지 않았으면 하는 것이 수교의 바람이었다. 2차 재협상은 통행료를 동결하는 것으로 결론이 났다. 시공사 입장에서는 정말 다행스러운 결과였다.

4

수교는 재협상 결과를 보고하기 위해 바로 본사로 갔다. 수교는 회사 로비에서 서성거리고 있는 교수를 보자 한걸음에 달려갔다.

"교수님!"

그 어느 때보다 수교는 교수가 진심으로 반가웠다.

"교수님께서 여긴 무슨 일로 오셨습니까?"

"약속이 있어."

수교는 새로 입찰준비 중인 프로젝트의 자문위원으로 온 것이라는 생각이 들었지만, 너무 늦은 시간이라 이상했다.

"교수님, 여기 계셨네요."

비서는 차분한 목소리로 말하고 있었지만, 교수를 찾아 한참 헤맸는지 이마에 땀이 흐르고 있었다.

"상무님께서 갑자기 급한 일정이 생겨 회사로 들어오시기 힘들다고 하십니다. 지금 교수님과 전화상으로 얘기를 하셨으면……."

"지금 전화하면 되나?"

"제가 연결해 드리겠습니다. 일단 상무님 방으로 가시죠."

교수는 서류와 가방을 챙겨 비서를 따라 나섰다.

"난 이만 가봐야겠네."

"교수님 덕분에 일이 잘될 것 같습니다. 감사합니다."

"고맙긴, 나에게도 늘 어려운 고민이지. 조화로운 공존이 가능한지 나도 늘 반문하게 된다네."

"성 과장님, 여기서 뭐하시는 거예요? 치사하게 혼자 가버리시면 어떡해요?"

대리가 수교를 야속한 눈빛으로 쳐다보며 말했다. 수교가 재협상을 끝내고 정신없이 나오느라 대리를 깜박했던 것이다.

"어라? 차도 한잔하신 거예요?"

"거참, 아니라니까."

수교는 오해를 풀기 위해 교수를 만났다는 얘기를 했다.

"저 같으면 절대로 그렇게 못합니다."

"뭐가?"

"교수님이 프로젝트 때문에 상무님을 찾아온 게 한두 번이 아니라니까요. 교수님 진짜 대단하세요."

"교수님이 워낙 자문위원으로 여기저기 활동하고 계시니까."

"그게 아니라 상무님께 프로젝트 하나 달라고 찾아오신 거라고요."

수교는 대리의 말을 이해하기까지 약간의 시간이 필요했다. 교수는 수교의 생각처럼 자문이나 심사를 위해 상무를 찾아온 것이 아니라, 교수가 수업시간에 비판하던 산학협력의 안 좋은 사례인 연구과제 영업을 하러 온 것이다. 수교는 아쉬운 소리를 하기 위해 회사까지 찾아온 교수가 순간 초라해 보였다.

수교는 문득 예전에 도희가 했던 말이 떠올랐다. 수교는 학생인 도희에게 경제적인 도움을 주고 싶어서 생활비와 등록금을 어떻게 해결하는지 물어보았었다.

“우리 연구실에서는 열심히만 하면 다른 걱정은 안 해도 돼요.”

장학금과 생활비를 모두 연구실에서 지원하고 있다는 도희의 대답에 수교는 연구실 재정이 넉넉하다고만 생각했었다. 교수의 이런 영업활동은 생각조차 하지 못했다.

잠시 후 상무 방에서 나온 교수는 수교를 보자 수업시간에 자신이 했던 말을 떠올린 듯 민망해했지만 눈빛은 여전히 당당했다. 수교가 아는 교수는 강직했지만, 수교의 눈에는 사랑하는 제자들을 위해 강의실과 연구실을 벗어나 이런 곳에 서성이는 노교수의 모습이 처량하게 보일 뿐이었다.

건설은 사람이다

/

“침매터널이 완공된다면 다섯 가지의 세계 기록을 갖게 됩니다. 첫째, 길이 160미터의 세계 최장 함체, 둘째, 세계 최초 2중 조인트로 연결된 함체, 셋째, 세계 최초 파도와 바람 및 조류가 심한 외해에 건설, 넷째, 최대 수심이 48미터가 되는 대수심에 건설, 다섯째, 초연약 지반[38]에 건설되는 해저터널이라는 사실입니다.”

수교는 단지 홍보관 공사를 맡고 있다는 이유로 종종 기자들을 상대해야 했다. 홍보관이 완성되면 전담직원을 배

---

38 흙 입자의 골격 구조가 불안정하고, 매우 연약한 지반.

치할 예정이었지만, 언론에서는 공사가 시작되자마자 국내 최초의 침매터널 공사와 3주탑[39] 연속 사장교를 주목하기 시작했고, 취재와 견학 요청이 쇄도했다. 회사에서는 A대교를 사전에 홍보할 수 있는 좋은 기회라고 생각하여 공사 견학과 취재를 적극 허용하고 있었다. 수교에게 침매터널에 대한 대략적인 설명을 들은 기자들은 현장직원들과 작업자들을 인터뷰하기 위해 함체 제작장과 계류장[40]으로 이동했다.

"저기 이참에 말이야, 성 과장이 전담해서 기자들을 상대해 주면 안 될까? 홍보관이 개관할 때까지만 말이야. 콘크리트 타설[41] 때문에 30시간 넘게 잠도 못 자고 작업하고 있는데, 방송사에서 촬영을 나오니까 아주 죽겠더라고. 표정관리 해야지, 바빠 죽겠는데 묻는 말에 대꾸해 줘야지, 본사에서는 홍보 때문에 기자들한테 무조건 잘해 주라고 신신당부를 하니 작업에 방해된다고 내쫓을 수도 없고…… 함체를 18개 제작해야 하는데 이제 겨우 9개째야!"

함체 제작장의 골조반장이 수교에게 사정하듯 말했다. 사실 A대교 공사에 관심이 많았던 수교가 마다할 이유는

---

39 다리를 지탱하는 지렛대 역할을 하는 것으로 수평력을 작용하게 하여 전체 다리를 유지시키는 설치물.

40 배를 대어 매어 놓고 침설 전까지 보관하는 장소.

41 (건설현장에서) 콘크리트를 부어 넣는 행위.

없었다.

수교는 배를 타고 밤바다의 서늘한 바람을 맞으며 35킬로미터 떨어져 있는 함체 제작장으로 향했다. 기자들을 상대하기 위해 우선 함체 제작장과 계류장 그리고 포설선 등을 둘러보기로 한 것이다. 함체 제작장은 콘크리트 타설을 위해 거푸집[42]을 점검 중이었다. 오늘 오전부터 타설에 들어갈 예정이었지만 어제 감리단[43] 계측에서 함체 제작에 들어간 철근 간격이 오차범위를 벗어난 곳이 발견되어 연기됐다. 작업자들은 오전 내내 오차가 생긴 곳을 재시공했고,

---

42 콘크리트 구조물을 정해진 형태 및 치수로 만들기 위하여 잠시 설치하는 구조물.

43 건물을 지을 때 설계하고 시공하는 일을 법령이나 규정에 따라 잘 하는지 공사, 안전, 혹은 품질 등을 감독하고 지도하는 단체.

오후에 다시 시행된 감리단 계측을 통과했다.

"함체 하나의 높이가 9.75미터, 너비 26.35미터, 길이 160미터에 무게가 4만 5천 톤이야. 거의 63빌딩 3분의 2만 한 기야. 정말 어마어마한 크기지. 철근도 아주 촘촘하게 들어가는데, 30평짜리 아파트 950세대를 지을 수 있는 수량이 들어가. 함체 하나에 말이야. 이건 뭐, 콘크리트 터널이 아니라 철근 터널이라고 봐야지. 어때 근사하지?"

골조반장은 수교에게 완성된 함체를 보여 주며 마치 자식 자랑하듯 말했다.

"20미터짜리 함체를 8개 연결해야 하나의 본 함체가 완성되고, 그런 함체를 18개 만들어야 침매터널에 필요한 함체들이 완성되는 거지. 20미터짜리 함체를 타설하려면 24시간 연속 작업을 해야 하는데, 처음에는 40시간도 넘게 걸렸어. 잠 안 자고 꼬박 이틀 걸려서 끝냈는데 이 짓을 앞

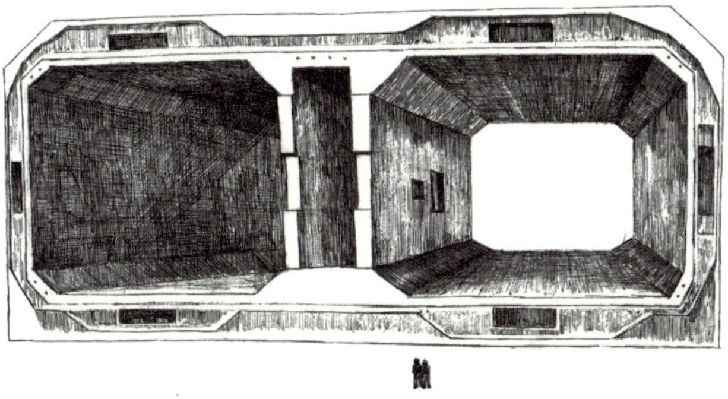

으로 수십 번 해야 한다고 생각하니까 앞이 깜깜하더라고. 현장생활 30년 만에 이렇게 힘이 드는 작업은 처음이야."

침매터널에 들어가는 함체 제작은 우리나라에서는 처음 시도되는 일이라 시행착오에 대한 얘기들은 길어질 수밖에 없었다. 수교도 왕복 4차선 터널구조물인 함체의 거대한 규모가 놀랍기는 했지만, 이제는 골조반장의 고생담보다 세계 최대 수심의 해저터널이라는 수식어에 어울릴 만한 첨단 공법과 기술에 대한 얘기가 듣고 싶었다.

때마침 함체 제작장의 책임자인 나 차장이 왔다.

"4만 5천 톤짜리 함체가 과연 물에 뜰 수 있을까 싶었는데, 함체 안에 채워 두었던 물을 빼기 시작하니까 정말 서서히 떠오르는 거야! 상상만 했던 일이 눈앞에서 벌어지는데…… 홍해가 갈라지는 기적도 이만큼 흥분되지는 않을 거야. 이 맛에 현장 일을 한다니까!"

나 차장은 함체를 계류장으로 예인[44]하기 위해 드라이독[45]에 물을 붓고 완성된 첫 함체를 물에 띄웠던 일을 회상하며 말했다.

"본 함체를 하나 만드는 데 걸리는 시간이 10개월이야.

---

44 선박, 어구 등을 끌어당기는 행위.

45 선박을 건조하고 수리하는 독. 바다에 면한 입구에 설치된 케이슨 게이트를 열어 바닷물을 배수하고, 독 내에 끌어올린 선체를 노출시켜 여러 가지 수리 공사를 한다.

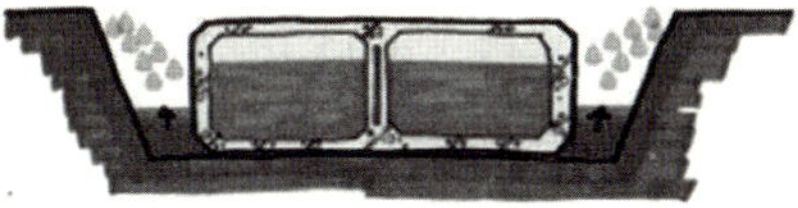

1. 함체 내부 탱크와 함체 외부에 물을 채운다.

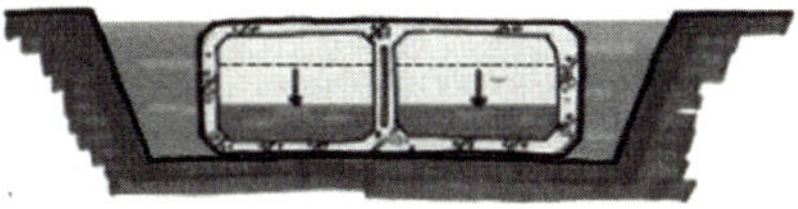

2. 함체 외부에 물이 차면,
함체 내부 탱크의 물을 빼며
함체의 무게를 줄인다.

3. 함체의 무게가 줄면서
수면 위로(30cm 정도) 함체가 뜨고,
함체를 이동할 수 있게 된다.

엄마가 아이를 뱃속에 품고 있는 시간이랑 같은 거지……."

나 차장과 골조반장의 감회와 고생담이 길어지는 것도 무리는 아니었다.

며칠 뒤 수교는 이미 제작된 8개의 함체가 대기하고 있는 계류장으로 향했다.

"여기가 우리 사무실입니다."

직원은 가져온 장비들을 함체 위로 옮기며 말했다.

“계류장에서 일하는 사람들은 함체 위에서 일도 하고 밥도 먹고 잠도 잡니다. 종일 땡볕에 있다 보면 어질어질할 때도 있지만 바다 위에서 일하는 건 어쨌든 기분 좋은 일이죠.”

“그럼요. 바다 한복판에서 짜장면을 먹는 거 아무나 해볼 수 있는 일은 아니죠.”

직원들과 잠수사들은 함체 점검 준비에 들어갔다. 수교는 미세하게 흔들리는 함체 때문에 속이 미식거리고 물 반사가 심해 눈도 제대로 뜰 수 없었지만, 이런 환경에서 근무하는 직원들과 잠수사들에게 미안해 내색할 수 없었다.

잠시 후 함체를 끌고 갈 예인선이 들어왔다. 예인선에 타고 있던 네덜란드 기술자들은 바다에 오랫동안 보관되어 있던 함체의 상태를 체크하기 시작했고, 한국의 잠수사들은 함체의 이물질을 제거하기 위해 바닷속으로 들어갔다.

"바닷속에서 오랫동안 보관하다 보니 온갖 생물들이 함체 표면에 서식하고 있어요. 아주 징그러울 정도라니까요. 함체가 서로 연결될 양 끝을 깨끗하게 청소해 주지 않으면 이물질들 때문에 연결에 문제가 생길 수 있기 때문에 청소 작업을 하는 겁니다."

한 시간 정도가 지나서 작업을 끝낸 잠수사들이 하나둘씩 올라오기 시작했다. 다른 현장에 비해 수심이 깊고 물살이 거센 편이라 잠수사들은 매우 힘들어 보였다.

이때 기초골재 포설선[46] 쪽에서 급하게 잠수사들을 찾는 연락이 왔다. 침매터널이 위치할 곳에 골재를 까는 작업 중이었는데 수심지반을 측정하는 수치가 일정하지 않다고 했다.

"침매함이 위치할 곳은 워낙 연약지반이기 때문에 지반을 안정화시키는 작업이 중요해요. 자갈이 정확한 위치에 고르게 깔리지 않으면, 침매함의 위치가 달라질 수 있기 때

46 자갈 등을 깔고 고르게 다져 주는 설비를 갖춘 배.

문에 아주 중요한 작업이라고 보시면 됩니다."

포설선에서 근무하는 직원은 잠수사들을 호출한 이유도 수교에게 설명해 주었다.

"기초골재가 잘 깔렸는지 음파수심기[47]로 점검하는데, 데이터가 다르게 나와서 눈으로 직접 확인하는 수밖에 없습니다."

수심 20미터가 넘는 바닷속을 2미터짜리 파이프를 하나씩 들고 잠수사들이 들어갔다.

"파이프는 왜 가지고 들어가는 거죠?"

"잠수사들이 자갈을 고르게 깔 때 사용합니다."

잠수사들은 바닷속 상황을 확인만 하고 오는 게 아니었다. 잠수사들은 파이프로 바닥을 고르게 하고 1시간이 지나서야 바다 위로 올라올 수 있었다. 육상에서 포클레인이 해야 할 일들을 이곳 침매터널 현장에서는 잠수사들이 하고 있었다. 이미 계류장에서 1차 작업을 하고 왔던 잠수사들은 지친 기색이 역력했다. 직원들은 잠수사들에게 쉴 틈 없이 바닷속 상황을 물어보았고 잠수사들은 거친 숨을 내쉬며 바닥을 고르게 하기 위해 어떻게 작업을 진행했는지 상세히 보고했다.

---

47 음파로 수심을 측정하는 기기로, 초음파가 해저에 반사되어 해면에 도달할 때까지의 시간과 수중에서 초음파가 전달되는 속도로 수심을 결정한다.

깊은 수심에서 잠수사들이 작업하는 양은 하루에 2시간을 넘기기 힘들었고, 잠수병 때문에 매일 연속 작업도 불가능했다. 오늘 작업을 끝내야만 했던 잠수사들은 무리를 한 탓에 보고를 끝내지 바로 바닥에 누워 버렸다.

2

A대교 프로젝트에 대한 기자 간담회가 열렸다. 기자들을 비롯해 외부인사들도 다수 참석할 예정이라 현장에 필요한 최소의 인력을 제외하고는 전원이 참석했다. 먼저 다윗건설의 침매터널 공사팀의 보고가 시작됐다.

"안녕하십니까, 나윗건설의 공사과장 성수교입니다. 1월 7일 현재 본 함체 9개가 제작 완료되었고 최종 18채까지 9채의 제작만을 남겨 둔 상황입니다. 따라서 저희 팀에서는 곧 다가올 함체 인양 작업 준비에 착수했으며……."

수교의 설명이 끝나고 기자들의 질문이 이어졌다.

"함체를 한 개 이동시키는 데 걸리는 시간은 얼마나 됩니까?"

"함체를 계류장에서 침설위치까지 인양하고 가라앉히는 데 5일이 걸릴 것으로 예상됩니다. 따라서 최소 5일 동안 기상조건이 안정적이라는 결과가 나올 때 함체 인양을 시도할 예정입니다."

수교는 함체가 견딜 수 있는 파도의 강도를 측정하기 위해 모형실험을 했고, 파도가 0.4미터를 넘지 않아야 함체 이동이 가능하다는 결과가 나왔다고 덧붙였다.

"함체를 정확한 위치로 인양하는 것이 침매터널 공사에서 가장 어렵고 중요한 부분이라고 해도 과언이 아닙니다. 기상청과의 꾸준한 협력을 통해서 '국지정보 시스템'을 구축했고, 우리나라 기상청과 세계의 기상관측 기관에서 측정한 데이터를 실시간 받아 미세한 기상변화에도 신속하게 대처하고자 합니다."

"함체가 이동과정에서 파손되거나 기상이변으로 떠내려가게 되면 2,000억 원의 손실이 발생한다고 들었습니다. 좀 더 확실한 대처방안이 필요하지 않을까요?"

"이번 공사를 위해 구축된 국지정보 시스템으로 날씨를 정확하게 예측할 수 있다면 다른 문제는 없을 것으로 봅니다."

"그러니까…… 일기예보상으로 가장 안정적인 날 작업하는 것이 최선이라는 말씀이시죠?"

갑작스러운 기상이변에는 여전히 속수무책이라 느껴졌는지, 기자는 날씨 좋은 날 인양하는 것이 최선인지를 재차 물었다.

"기자들을 만족시키려면 함체를 순간이동이라도 시켜야 할 것 같은데요?"

대리는 뭔가 특별한 대책을 원하는 기자들을 보며 말했다. 커다란 함체를 파손 없이 운반하기 위해, 파도가 잔잔한 날을 골라 조심스럽게 이동시키는 일이 기자들에게는 다소 원시적으로 느껴지는 듯했다. 이번 공사를 위해 어렵게 구축한 국지정보 시스템도 그저 그런 지역일기예보 정도로 생각하는 듯했다.

다음으로 골리앗건설의 보고가 이어졌다.

"3주탑 구간의 주탑 제작 과정에서 저희 골리앗건설은 무인화 기술을 도입하는 데 성공해서 특허를 받을 예정입니다. ABM(Auto Bar Machine)이라는 장치로서, 주탑을 제작할 때 철근 및 거푸집의 운반과 주철근 배근을 자동으로 수행하게 됩니다. 이는 현장 타설 시에 발생할 수 있는 추락 및 낙하 등의 안전사고를 방지하고 생산성을 높이는 데 큰 역할을 하고 있습니다. 이 장치는 본래 거더교[48] 건설을 위해 제작된 장치인데, 이번에 저희 골리앗건설에서 기

48 건설 구조물을 떠받치는 보를 뜻하는 거더를 메인으로 배열하여 구성한 교량.

술 보완하여 사장교 주탑 제작에 적용하게 되었습니다. 내일 오전에 현장에 오시면 실제 장치가 작동하는 모습을 직접 보실 수 있습니다."

사장교는 현재 기초공사와 2주탑 구간의 주탑은 제작이 완료되어 시공 중에 있고, 침매함 제작과 유사한 원리로, 3주탑 구간의 주탑들은 프리캐스트(Precast) 공법[49]으로 육지에서 제작중이라는 말을 덧붙였다. 설명이 끝나기가 무섭게 무인화 기술과 공법에 대한 기자들의 질문이 쏟아졌다.

"과장님……."

골리앗건설에 대한 언론의 열띤 취재에 의기소침해져 있던 대리가 수교를 불렀다.

"왜?"

"저희는 왜 자꾸 짐꾼 같다는 생각이 들까요? 함체운반이나 하는……."

"기분 탓일 거야. 괜히 분위기에 휩쓸리지 말고 나가자."

"그래도 신경이 쓰이네요. 맥빠지게시리……."

수교는 문뜩 바다에서 자갈을 고르던 잠수사들이 생각났다. 그리고 함체 제작장에서 일일이 철근 간격을 재며 오차를 확인하던 철근반장도 떠올랐다.

---

49 콘크리트 블록이나 슬래브 등을 공장에서 미리 성형하여 사용하는 것.

3

울리는 전화벨 소리에 액정을 힐끗 바라본 수교는 한숨부터 나왔다.

"엄마가 너 때문에 걱정이 늘어졌어. 한번 만나만 보라는데 그것도 못하니? 엄마가 지금까지 너한테 이래라저래라 한 적 없잖아? 그리고 얘길 들어 보니까 아가씨가 정말 괜찮은가 봐. 집안 어른들도 점잖은 분들이고, 아가씨도 얌전하고 참하대."

수교는 셋째누나와의 통화를 가능한 한 빨리 끝내기 위해서 잠자코 듣기만 했다. 하지만 수교의 이런 반응을 승낙의 의미로 전달했는지, 어머니는 그 후로 줄곧 연락을 해왔다. 며칠 전부터는 아예 '그 여자'가 직접 수교의 핸드폰으로 연락을 해 오고 있었다. 수교가 알고 있는 어머니는 수교에게 뭔가를 강요하거나 잔소리하는 분이 아니었다. 그것은 어려서부터 1등을 놓치지 않았던 모범생에 대한 신뢰였고, 남편을 대신해 의지해 살아왔던 아들에 대한 예의였다. 수교가 취직하자마자 앞다투어 선자리를 주선하는 누나들을 수선스럽다며 못마땅해하던 어머니였다. 그런 어머니가 누나들까지 동원해 소개시켜 주고자 하는 여자가 수교도 궁금하기는 했다.

하지만 지금은 정말이지 내키지가 않았다. 수교는 노골적으로 전화를 무시함으로써 그 여자의 자존심을 완전히 상하게 하는 전략을 택했지만, 예상대로 흘러가지 않았다. 그 여자는 무관심한 수교가 더 마음에 들었는지 수교를 보러 부산으로 오겠다고 했다. 그 여자가 자꾸만 연락을 해 올수록 더 피하고 싶었다. 하지만 수교는 더 이상 피할 수 없게 되었고, 마침내 그 여자와 만날 약속을 잡았다.

4

"나순진이예요."

"알고 있습니다."

"머리가 크시네요?"

'뭐 이런 여자가……?'

"…… 주변에서 그런 얘기 못 들었는데……."

"에이…… 그럴 리가!"

수교가 머리가 상당히 큰 건 사실이었다. 하지만 코흘리개 시절을 제외하고는 수교의 머리 크기를 가지고 놀리거나 면전에서 말하는 사람은 없었다.

"보기보다 소심한가 봐요? A형이죠? A형들은 다 그래, 내가 알아요."

순진은 수교가 소심하기 때문에 상처받을까 봐 사람들이 놀리지 않았다는 논리로 몰고 갔다.

"남자가 머리가 작으면 오히려 이상하긴 해요."

병 주고 약 주는 이상한 여자였다.

"제가 여기까지 내려왔다고 해서 너무 부담 갖지 마세요. 겸사겸사 내려온 거니까……."

순진은 맞선을 핑계로 옷 한 벌 얻어 입고, 부산에 와서 바람 쐬고, 회도 먹을 겸 내려왔다고 했다.

"식사하러 가죠? 바다가 보이는 횟집, 어때요?"

수교의 말에 순진은 까르르 넘어가게 웃어 대며 말했다.

"한 번에 다 해 버리면 재미없잖아요. 우선 바다 보고 회 먹으러 가요. 저녁에는 노을이 보이는 근사한 카페에서 차 한 잔 마시고요."

순진은 수교의 의견은 묻지도 않고, 일방적으로 일정을 정해 버렸다.

"누나들이 많아서 그런가? 여자들 심리를 잘 아는 거 같아요."

수교가 한 일이라고는 순진의 끊임없는 수다를 듣기만

했을 뿐인데, 순진은 수교를 배려심 많은 남자로 추켜세웠다. 바닷가를 걸었던 2시간 만에 수교는 순진의 주변인물 관계도를 그려낼 수 있을 정도로 순진에 대해 아는 것이 많아졌다. 순진이 너무 털어놓는 바람에 보조를 맞추기 위해 수교도 자기 얘기를 조금은 해야 했고, 그 과정에서 막노동판을 전전하며 술주정뱅이로 살았던 아버지 때문에 누나들과 어머니가 많이 고생했다는 얘기가 나왔다.

"수교씨 아버지, 그럴 만한 이유가 있었을 거예요."

"정말 그랬을까요?"

"그럼요, 세상에 이유 없는 행동이 어디 있어요?"

가족 중 누구도 아버지가 왜 그렇게 사는지 묻지도 궁금해하지도 않았다. 아버지는 원래 그런 사람이라고 생각했기 때문이다.

"제가 초등학교 때 아빠가 가족들 모르게 휴직을 신청하고 훌쩍 떠난 적이 있었어요. 여행을 다녀오겠다고 편지를 남겨 놓기는 했는데, 엄마는 아빠가 불치병에 걸린 거 같다고 불안해하고 우리는 그 말에 울고…… 하여튼 난리도 아니었어요. 나중에 이유를 물어보니까 아빠가 뭐라 했는지 아세요?"

"글쎄요, 뭔가 사정이 있으셨겠죠."

"딩동댕, 힘들어서 그랬대요."

"그게 다예요?"

"힘들어서 그랬다는데 이유가 더 필요한가요? 이해해야죠. 가족이니까."

"……."

수교의 기억 속에 술을 마시는 아버지는 늘 괴로워 보였고, 막노동꾼 인생을 부끄러워했다. 그런 자신을 이해해 주지 못했던 가족들 때문에 세상살이가 더 힘들었는지도 모른다.

"여기도 맛은 있는데 다음에는 인터넷에서 소개한 맛집에 가봐요. 그리고 그다음에는 부산 사람들이 간다는 포구에 가서 직접 회를 떠서 먹는 거 어때요?"

방금 전까지 수교와 진지한 얘기를 나누던 순진은 뜬금없이 맛집 타령을 했다.

"오늘이 처음이자 마지막…… 아니죠? 애프터 신청할 거잖아요! 미리미리 계획을 짜두려고요."

순진은 수교와 다시 만날 거라는 사실을 믿어 의심치 않았다.

"초면에 너무 들이대는 거 아니에요?"

"솔직한 거죠."

"여자가 내숭도 좀 부리고 해야지……."

"아하, 수교씨 그런 거 좋아하는구나. 내가 다음에는 내숭이 뭔지 보여 주겠어요."

순진은 술잔을 내밀며 건배를 하자고 했다. 수교도 기꺼이 술잔을 들었다.

"우리 이거만 마시고 그만 일어나죠?"

"그래요 그럼, 이건 수교씨가 사요. 2차는 제가 살 게요."

"오늘은 여기까지만 하죠. 갈 길이 먼데."

수교는 다시 서울로 돌아가야 하는 순진이 신경 쓰였다.

"그럼 다음에는 언제 볼까요?"

"음…… 전화번호 알려 줄래요? 연락할게요."

"제가 샌드위치 만들어 올 테니까 다음에는 우리 소풍가요. 왜 그런 거 있잖아요, 해변에 담요 같은 거 깔고……."

"무리하지 마요."

"지금 내 요리 솜씨를 의심하는 거예요? 아마 깜짝 놀랄 거예요."

순진은 이름만큼이나 순진하게 웃으며 말했다. 수교는 그런 순진이 편하게 느껴졌다.

5

함체 침설 날짜가 다가오자 현장에는 긴장감이 돌았다.

"어제 꿈에 용왕님이 나타난 사람 있으면 나한테 무조건

팔아. 내가 꿈값은 후하게 쳐줄 테니까!"

함체 인양을 앞두고 소장은 고사를 지냈고, 기독교 신자인 나 차장은 하나님께 새벽기도를 드리고 나왔다. 함체 인양은 내일 예정이었는데, 내일 오전 중에 비 예보가 있어 오늘 저녁에 함체를 인양하는 것으로 변경되었다. 현장일이 끝난 수교도 인양작업에 동원되었다.

우선 제작된 함체에 새는 곳이 없는지 확인하기 위해 함체 입구까지만 물을 채우고 확인 작업에 들어갔다. 전 직원이 동원되어 함체 곳곳을 확인했고, 이상이 없다는 것이 확인되자 드라이독에 물을 가득 채워 함체를 띄우기 시작했다. 곧 철근과 콘크리트로 만들어진 거대한 함체가 수면 위로 떠올라 장관이 연출되었다.

예인선에 함체를 연결시키는 작업은 말 그대로 막노동이었다. 수십 개의 줄을 일일이 사람들이 당겨서 연결하고, 연결고리가 빠지지 않도록 매듭을 수차례 확인하고 그것도 모자라 열쇠까지 채우고 나서야 이동이 시작되었다. 함체 인양날짜가 갑자기 변경되면서 해양청과 관련기관에 공지가 늦게 가는 바람에 인양도중 선박이 나타나는 돌발 상황이 발생하기도 했다. 예인선은 3.78노트[50]로 아주 천천히

50 배의 속도를 나타내는 단위. 1노트는 한 시간에 1해리, 곧 1,852미터를 달리는 속도이다. 기호는 kn.

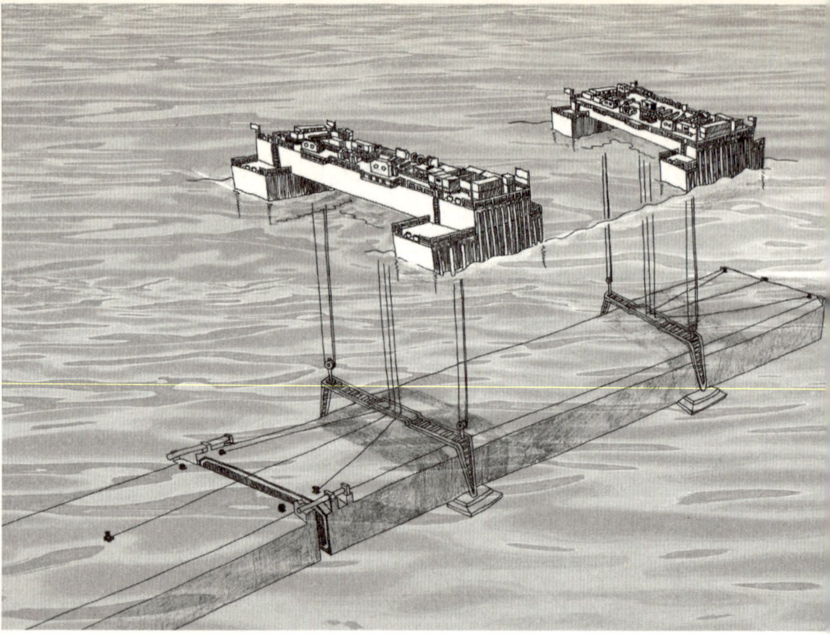

이동해 일곱 시간 만에 무사히 침설장소에 도착했다.

이제 인양된 함체를 정확한 위치에 침설하고 함체끼리 연결하는 작업이 남아 있었다. 잠시도 가만히 있지 않는 파도와 싸우며 정확한 위치에 함체를 침설시킨다는 것은 누가 생각해도 쉽지 않은 일이었다. 허용되는 오차범위는 고작 2센티미터였다.

그리고 날씨는 누구의 노력으로도 예측할 수 없는, 말 그대로 '누구도 아닌 하느님의 도움'이 필요한 상황이었다. 다행히 첫 함체는 용왕님과 하나님의 도움으로 바다에 문제없이 안착했다. 함체의 인양에서부터 첫 침설까지 이렇게 고단한 작업을 앞으로 열일곱 번을 반복해야 한다고 생각하니 수교는 저절로 한숨이 나왔다.

다행히 이후 계속된 함체 인양과 침설, 접합 작업은 별 탈 없이 진행되었고, 부대시설 공사가 막바지에 이르면서 바빠진 수교의 대리는 작업에 더는 참여하지 않았다.

그러던 어느 날, 침설된 7번과 8번 함체를 연결하는 과정에서 문제가 발생해서 공사기간이 예정보다 5일이나 지연되고 있다는 소식이 들려 왔다.

함체 간 접합작업은 연결한 함체와 함체 사이에 바닷물을 빼냈을 때, 함체 양 끝에 붙어 있는 지나가스켓[51]이라는 고무가 수압차에 의해 단단하게 밀착되는 원리를 이용한 작업이었다. 그러나 수압차가 너무 큰 나머지 고무 자체가 말려들어가 붙지 않는다는 것이다. 거듭된 시도에도 여전히 고무가 말려들어가자 침설팀에서는 며칠째 대책을 마련하기 위해 부심 중이었다. 같은 상황이 계속 반복되고 있다는 소식에 수교는 공기압의 차이를 줄일 수 있는 장비나 기술을 찾는 편이 빠를 것이라 생각했다. 반복 시도하는 과정에서 우연히 함체가 접합된다 하더라도 다음 접합에서 같은 일이 발생할지 모르기 때문이다. 근본적인 해결책을 찾아야만 했다.

51 고무로 된 휘는 성질의 조인트로서 특수 방수장치에 해당함.

다음 날 수교는 자신을 방문한 손님이 있다는 연락을 받고 급히 현장 사무실로 뛰어갔다. 이렇게 아무 연락 없이 현장까지 들이닥칠 사람은 나순진밖에 없다는 생각에 수교의 발걸음은 점점 빨라졌다. 그런데 예상과 달리 수교를 방문한 것은 교수였다,

수교는 교수와 함께 홍보관 공사 현장을 돌면서 침매터널 공사를 보며 느꼈던 점을 이야기했다. 그리고 최근 발생한 함체 접합 문제에 관해 이야기하자 교수는 수교에게 아이디어를 내보라고 제안했다.

"제가 문제를 해결할 수 있을 거라고 생각하지는 않지만 개인적으로 관심 있게 지켜보고 있습니다. 시간이 날 때마다 자료도 찾아보고 고민 중입니다. 도움을 주고 싶은데 토목 쪽 일이다 보니 답답합니다."

"나는 자네가 침매터널 공사의 디테일과 최신기술에 대해서 잘 모르기 때문에 오히려 문제를 해결할 수 있다고 생각하는데?"

'이건 또 무슨 얘길까……?'

교수의 조언은 이해하는 데 늘 얼마간의 시간이 필요했다.

"아이고, 공사다망한 교수님께서 이 먼 곳까지 오시다니…… 그동안 안녕하셨습니까?"

소장이 교수를 보고는 깍듯하게 인사를 했다. 직원들은 소장을 보자 눈치를 보며 슬금슬금 사라졌다. 요즘 소장은 스트레스가 심해서인지 술자리에서도 직원들을 괴롭혔다. 어제도 고깃집에서 직원들은 회식이 끝날 때까지 목이 터져라 건배를 외쳤다. 소장의 술잔 돌리기와 건배 제의에 호응하느라 다들 고기는 몇 점 먹지도 못한 채 고주망태가 되었다. 일과 폭탄주에 지친 직원들은 씻지도 못한 채 숙소에 쓰러져 잠이 들었고, 다음날 그대로 일어나 현장에 출근하는 직원들이 점점 늘어났다. 소장은 교수와 몇 마디 주고받고는 네덜란드 기술자들과 회의가 있다며 사라졌다. 교수도 학회 만찬에서 만나야 할 사람들이 있다며 저녁식사를 사양하고 현장을 떠났다.

6

다음 날, 수교는 토목팀 회의에 호출됐다. 기술컨설팅 업체까지 동원했지만 접합 문제는 쉽게 해결되지 않았던 것이다.

"니들 머리로 안 되면 해결할 수 있는 사람을 잡아 오라고! 오늘 중에 무조건 해결 방법을 찾도록 해! 알겠어?"

9번 함체를 침설하기로 한 날짜가 다가오면서 소장은 예민해져 있었다. 이미 함체 침설은 2주가 넘게 지연되고 있었고, 나 차장은 소장의 불호령 때문이 아니더라도 지푸라기라도 잡는 심정으로 현장직원들을 불러 모았다. 8번 함체의 접합 문제를 해결하지 못하면 다음 함체의 침설은 기약할 수 없었다.

"첨단장비로도 안 되는 일을 저희가 무슨 수로 해결해요?"

대리는 건축직인 자신들이 무슨 도움이 되겠냐며 의미 없는 소집이라고 투덜거렸다. 회의를 시작한 지 한 시간이 넘었지만 접합문제 해결에 도움이 될 만한 아이디어는 나오지 않았다. 회의 분위기는 점점 무거워졌고 침묵만이 흘렀다. 회의를 소집한 나 차장조차도 업무핑계로 들락거렸다. 계속되는 고요 속에 지루해진 직원들은 잡담을 하거나 꾸벅꾸벅 졸기 시작했다. 회의를 주최한 사람도 참석한 사람도 소집 해제만을 바라고 있는 눈치였다. 이 분위기에서는 수십 번 회의를 한다고 해도 시간낭비일 뿐이었다.

"성 과장님, 저희는 그만 나가죠?"

회의시작과 동시에 핸드폰 게임에 열중해 있던 대리는 속이 메슥거린다며 나가자고 졸라댔다. 그때, 잠시 생각에 빠져 있던 수교가 일어나 한마디했다.

"차장님! 건의사항이 있습니다."

어수선하던 회의장은 찬물을 뒤집어쓴 듯 조용해졌고, 다들 수교를 쳐다보았다.

"나가시 족구나 한 판 하는 거 어떨까요?"

"과장님 왜 이러세요. 이 분위기가 족구할 분위기는 아니잖아요?"

수교를 따라 일어서던 대리는 잽싸게 자리에 앉아 얼굴을 가리며 개미만 한 목소리로 말했다.

나 차장도 뭐 저런 눈치 없는 인간이 있나 하는 표정으로 수교를 바라보았다.

"맘대로 하세요."

어차피 이 회의에서는 건질 게 없다고 생각했는지, 나 자상은 순순히 허락했다.

"다들 족구 어떠십니까?"

"어쩌려고 이러실까……."

대리는 주변의 눈치를 살피며 말했다.

무료하게 앉아 있느니 족구라도 하는 게 낫다고 생각했는지, 직원들은 하나둘씩 밖으로 나가기 시작했다. 소장이 나타나면 모든 죄를 수교가 뒤집어쓸 수 있다며 안절부절못하던 대리도 막상 시합이 시작되자 바로 선수로 합류했다. 시합은 두 시간이 훌쩍 넘어서야 끝이 났고, 구경하던 직원들조차 긴장할 만큼 손에 땀을 쥐는 경기였다.

"제대 이후로 이렇게 흥미진진한 시합은 처음이었던 것 같습니다."

다시 회의실에 모인 직원들은 한결 편안해진 눈빛으로 서로를 바라보았다.

회사에서 매년 선정하는 올해의 현장에 예외적으로 2년 연속 수상한 현장이 있었다. 오피스텔 공사 현장이었는데 공정회의는 10분, 축구작전회의는 50분, 소장이 현장직원들과 축구만 하는 것으로 유명했다. 축구로 다져진 팀워크와 믿고 맡겨 주는 리더십이 그 현장의 성공비결이었다. 수교는 소통이 가능하려면 우선 유대감과 친밀감이 필요하다고 생각했다. 그래서 족구를 제안한 것이다.

"어떤 아이디어든 좋습니다. 걸러 내지 말고 그냥 생각나는 대로 말씀하세요."

나 차장은 직원들에게 한 병씩 돌아간 캔 커피를 한 모금 마시며 말했다.

사무실 한쪽에서 토목팀 막내기사가 화이트보드 앞에 서서 뭔가를 끄적거리고 있었다.

"좀 단순하게 생각해 보면 어떨까요?"

뜬금없는 말에 직원들과 수교의 눈길이 막내기사에게

로 쏠렸다.

"압력 차이가 너무 나서 그렇다는 거잖아요. 압력 차이를 줄여 주면 되지 않을까요?"

막내기사의 말에 잠시 침묵이 흘렀다.

"음…… 그렇군. 참 좋은 발견 했다."

나 차장의 칭찬에 긴장하고 있던 막내기사는 한결 표정이 밝아졌다.

"이제 됐으니까 가서 음료수나 더 사와."

나 차장이 막내기사 손에 돈을 쥐여주며 다정하게 말하자 사무실 전체가 웃음바다가 되었다.

"압력 차이를 줄이는 방법을 생각해 보자고 한 건데…… 일단 범위가 좁아지잖아요."

이 말을 끝으로 막내기사는 근처 편의점으로 쫓겨났다.

"물을 서서히 빼면 되지 않을까요?"

"에이…… 차라리 고무의 강도를 높이는 게 낫지 않겠어요?"

"고무의 부피만 늘려도 될 것 같은데……."

"고무접합이 완벽하지 않다면 마감을 한 번 더 해주면 어떨까요?"

다양한 아이디어들이 쏟아져 나왔다. 조금은 어설프고 황당한 아이디어들도 난무했지만 표정만큼은 다들 진지했다.

"고무 속을 비우지 말고 채우면 형태가 유지되지 않을까요?"

"지나가스켓은 고무덩어리 자체입니다. 채우고 자시고 할게 없습니다."

"아…… 그렇죠. 오늘 너무 뛰었더니 정신이 없어서……."

나 차장의 답변에 아이디어를 낸 직원은 무안한 듯 말했다.

'채운다…….'

수교는 뭔가 그럴싸한 얘기라는 생각이 들었다.

수교는 막내기사가 그려 놓은 지나가스켓의 그림을 멍하니 보다가 불현듯 순진의 말이 떠올랐다.

"머리를 말아 올릴 때 무조건 말기만 하면 촌스러워져요. 고대기로 머리를 말아 올림과 동시에 다른 한손으로는 드라이기로 머리를 풀어 주는 거예요. 그래야 자연스럽게 웨이브가 생겨요."

"저기, 물을 빼지만 말고 넣기도 하면 어떨까요?"

다행히 수교의 의견에 좀 전 막내기사에게 했던 것과 같은 짓궂은 대답은 돌아오지 않았다.

다들 수교의 말을 곱씹으며 대화를 이어 나갔다.

"고무가 말리지 않을 정도만 수압차를 줄여 주면 되니까……."

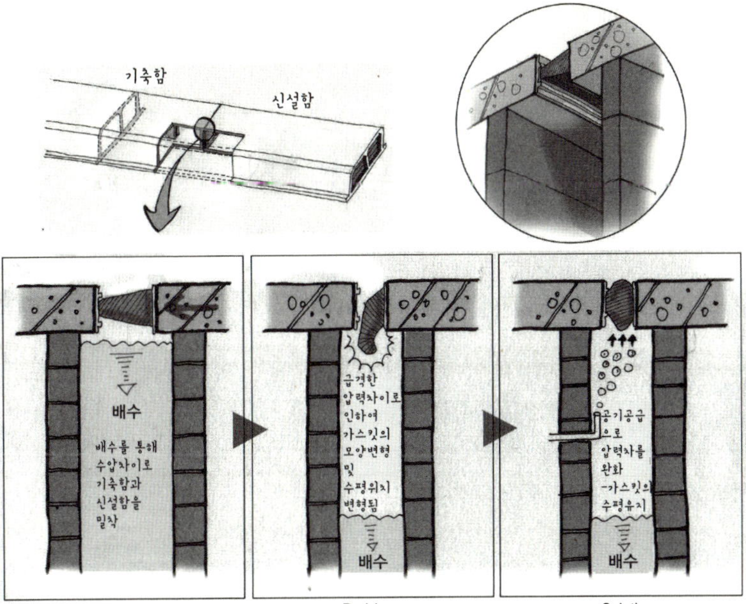

Problem　　　Solution

"접합 후에 물은 제거하는 거지. 펌프를 이용해서 말이야."

"이왕이면 후속 작업이 필요 없는 재료를 주입하는 게 어떨까요? 예를 들면……."

"공기!"

이구동성으로 외친 공기라는 단어는 함성처럼 회의장 안에 울려 퍼졌다.

결국 다음날까지 이어진 수차례의 회의 끝에 수교의 아이디어를 실현시킬 방안을 마련했고, 침매 함체 연결 시 압축공기를 넣으면서 물을 빼는 방법을 이용, 마침내 7번과 8번 함체의 연결에 성공하게 되었다. 13일이나 소요된 문제를 해결했다는 점에서 현장 분위기가 좋아진 것은 물론이고, 나중에 이 기술로 국제특허권을 따냈다. 다들 수교를 칭찬했지만 수교는 막내기사의 공으로 돌렸다. 막내기사가 단순하게 생각해 보자는 이야기를 꺼내지 않았다면, 그리고 다 같이 모여서 머리를 맞대지 않았다면, 수교 역시 해결방법을 생각하지 못했을 것이다.

교수의 말대로 수교는 침매터널 공사 담당도 아니었고, 기술에 대한 별다른 지식도 없었기 때문에 단순하게 생각할 수 있었는지도 모른다. 아마 교수는 수교와 대화하는 과정에서 수교가 평소의 신념과는 다른 방향으로 몰입되어 있다는 것을 느꼈을 것이다. 기자 간담회에서 언론이 무인화기술과 첨단공법에만 주목했던 것처럼, 수교도 잠시 기술 지향적인 사고에 빠져 있었던 것이다. 이번 공사를 위해 다윗건설은 기초자갈포설장비[52]와 EPS장비[53]를 개발했다. 필요한 장비라면 직접 개발을 해서라도 사용하는 곳이 공

52 해저지반의 평탄성 확보를 위해 적용된 자갈기초 공법을 수행하는 장비.

53 External Positioning System. 깊은 심도에서 초대형 침매 함체를 섬세하고 정밀하게 조절하는 장비.

사현장이었다.

하지만 견고한 함체를 만들기 위해서는 첨단 시스템이 아니라 40시간을 버텨 주는 골조반장이 있어야 했고, 지반을 안정화하기 위해서는 무인로봇이 아니라 잠수사들의 섬세한 손길이 필요했다. 그들은 장비를 대신하는 것이 아니라, 장비가 결코 할 수 없는 일, 오직 사람만이 할 수 있는 일을 수행하는 것이다. 결국 건설은 사람의 몫인 것이다.

거가대교 공사 이야기

침매터널을 선택한 이유

거가대교 최초 계획은 광안대교와 같은 현수교 형식을 도입하는 것이었으나 침매터널로 변경되었다. 거가대교가 포함하는 구간은 부산신항, 마산항, 통영 LNG 기지 등으로 인하여 대형 선박의 왕래가 잦고 특히 진해에 해군기지가 있어 전쟁 발발 시 교량이 파괴될 경우 진해만이 완전히 고립된다는 우려로 인해 교량이 불가하다는 처분을 받았기 때문이다. 이에 일반적으로 사용되는 산악터널과 같은 형태의 터널을 고려하여 굴착식 터널로 계획하였으나, 이 구간에 초연약지반층이 평균 30~50미터 형성되어 있어 공사 시 해저 100미터 이상 굴착을 해야 했으며 현실적으로 불가능하여 다른 방법을 찾게 된 것이 침매터널이었다고 한다.

침매터널에 대한 오해

침매터널은 드라이독이나 조선소 등에서 제작한 함체의 양 끝단에 가격벽을 설치하여 물을 막고, 배처럼 물에 띄워 최종 위치까지 운송한 후 물속에 가라앉혀 각 함체들끼리 연결하는 방식으로 작업한다. 이때 공사가 대부분 해상에서 이루어지므로 위험성이 높아 보이지만, 공사 중 사고 발생 사례가 거의 없고 대부분 해상 장비를 이용하기 때문에 오히려 고소 작업이 많은 교량이나 굴착식 터널에 비해 공사 중 위험성이 낮은 것으로 알려져 있다.

(참고자료: 박래영, 김희은, 김제춘, 「침매터널 설계(거가대교 사례)」, 『대한토목학회지』, 2010.11.)

치즈의 교훈

1

비행기가 이상기류를 통과하고 있었다. 흔들리는 비행기 때문에 잠에서 깬 수교는 승무원의 안내에 따라 안전벨트를 점검하고, 어깨에 기대어 자고 있는 순진의 안전벨트도 확인했다.

순진은 비행기에 탑승하자마자 승무원에게 좌석을 바꿔줄 수 있는지부터 물었다. 신혼여행의 마지막 일정을 남겨두고 얼마 남지 않은 시간을 다른 사람들 틈에서 보낼 수 없다는 것이 이유였다. 서비스 정신이 투철한 승무원은 순진의 요청대로 창가 좌석에 있는 사람들에게 일일이 양해를 구하고 있었다.

"면세점에서 쇼핑하느라 피곤하다며? 한숨 푹 자고 나면 도착해 있을 거야. 그냥 가자."

"혹시 알아요? 누가 바꿔 줄지…… 단둘이 앉아가면 좋잖아요."

"민폐 끼치는 거 같아 그렇지."

"물어보기만 하는 건데 뭐 어때요?"

순진은 수교의 팔짱을 끼며 말했다. 공항에서 이미 좌석 변경이 어렵다는 얘기를 들었고, 그렇다고 떨어져 앉게 된 것도 아니라 수교는 민망했다.

하지만 수교의 우려와 달리 외국인 부부가 흔쾌히 자리를 바꿔 주겠다고 나섰다. 심지어 자리를 양보해 준 중년의 신사는 결혼을 축하한다며 수교에게 악수까지 청해 왔고, 순신은 의기양양한 표정을 지어 보였다.

지난 9박 10일간의 신혼휴가는 수교에게 꿈같은 시간이었다. 졸업과 동시에 직장생활을 시작한 수교는 지난 10년 동안 정신없이 업무에만 빠져 살았고, 오랜만에 일상에서 벗어나 휴식 같은 여행을 했다. 수교가 가본 적 없는 유럽에서 생각지도 못한 경험을 하고 즐거운 시간을 보낼 수 있었던 것은 순진 덕분이었다. 순진은 낯선 환경에 대한 거부감이 없었고, 친화력이 좋았다. 새로운 도시에서 만난 친구들에게 관광객이 모르는 숨겨진 명소와 음식점들을 소개받

곤 했다.

하지만 가끔씩은 지나치게 무모한 순진의 도전을 자제시킬 필요도 있었다.

스페인 외곽에 위치한 작은 마을을 우연히 들렀을 때 일이었다. 아름다운 경치에 반해 반나절을 넘게 걸어다녔고, 배가 고파진 두 사람은 마을의 유일한 식당이라는 곳을 찾아갔다. 메뉴판도 없는 식당이라 음식을 주문하지 못하고 있었는데, 순진이 다른 손님이 먹고 있는 음식을 가리키며 똑같은 것을 달라고 했다.

'너무 무모한 거 아닌가?'

대책 없이 음식을 시키는 것이 내키지 않았지만, 달리 음식을 주문할 방법도 없었다. 그렇게 순진이 호기롭게 시킨 음식을 수교는 절반도 먹지 못했고, 메뉴를 고른 순진은 한 입 먹어 보더니 바로 숟가락을 내려놓았다. 문제는 그다음이었다. 마드리드로 가는 버스에서 순진은 허기가 진다며 전날에 사 두었던 음식을 먹기 시작했다.

"자기도 먹어 봐요."

"아냐. 난 됐어."

"혹시 상하기라도 했을까봐 그래요? 괜찮다니까……."

순진은 보란 듯이 먹어치우며 말했다. 순진은 소심하다며 놀렸지만, 수교는 만일의 경우를 생각했다. 말도 안 통하는 낯선 곳에서 두 사람이 모두 탈이라도 난다면 큰일이었다. 순진을 업고 병원까지 뛰기라고 해야 하는 상황에 대비하려면 소심하다는 오해를 받는다고 해도 어쩔 수 없었다.

신혼여행의 마지막 종착지인 바르셀로나에서 순진은 천재 건축가 가우디가 설계한 구엘 공원을 아주 맘에 들어했다.

"이런 걸 어떻게 사람이 만들었을까? 동화에 나오는 집들 같아. 과자로 만든 집."

구엘 공원의 원래 계획은 고급 전원주택을 만들어서 스페인 부유층에게 분양하는 것이었다. 14년 동안이나 작업을 했지만 경비실과 관리실 그리고 중앙광장 등의 일부만을 완성했다. 공원부시 사체가 암반으로 되어 있어 작업이 어렵기도 했지만, 가우디는 작업이 까다로운 비정형의 설계로 정평이 나 있었다.

"왜 우리나라에는 이렇게 근사한 건물이 없는 걸까?"

순진은 곡선으로 길게 연결되어 있는 벤치에 앉아 타일로 조각된 무늬를 만지작거리며 말했다.

'공사하는 데 15년이 걸린다고 하면 아마 아무도 투자하지 않을 거야.'

순진의 아쉬움에 여운을 주고 싶어 현실을 말하지는 않

았지만, 건설업계에서 봤을 때 가우디는 시공계의 이단아이고, 작업자들의 공공의 적이었다.

순진의 사진을 찍어 주던 수교는, 하늘거리는 원피스에 챙이 달린 모자를 쓰고 있는 순진을 보며, 그녀 의상이 구엘 공원과 잘 어울린다는 생각이 들었다. 분명 아침에 입고 있던 옷은 아니었다. 수교는 순진의 여행 가방이 크고 무거워서 이동 내내 귀찮았는데 그게 다 옷이었으리라는 생각이 그제야 들었다.

2

신혼여행을 다녀온 수교는 다음 날 바로 A대교 현장으로 향했다.

수교가 맡고 있던 홍보관 공사는 A대교가 완공되는 시점에 부대시설 점검만이 남아 있었다. 다시 본사로 복귀하게 된 수교는 부산 현장을 정리하고 결혼식에 참석해 준 현장직원들에게 인사차 내려가고 있었다.

"성 과장, 신혼여행은 잘 갔다 왔나?"

"성 과장님, 형수님이랑 뜨거운 밤 보내셨나요?"

대리는 수교가 가져온 쇼핑백을 기웃거리며 말했다.

"좋은 건 못 샀어. 기념으로 받아 줘."

"이거, 말아 피는 담배네요? 한번 해보고 싶었는데…… 고맙습니다."

"스카프 정말 맘에 들어요. 너무 무리하신 거 아니에요?"

다들 수교가 준비한 선물에 만족해하는 눈치였다. 수교는 선물 구입을 전적으로 순진에게 맡겼고, 다행히 선물을 사는 일은 순진의 얼마 안 되는 관심사 중의 하나였다. 순진은 수교에게 선물을 받을 사람이 어떤 사람인지, 수교와 관계가 어떻게 되는지 일일이 물어본 후에 구입에 들어갔다.

"선물은 내가 사주고 싶은 걸 선택하는 게 아니라, 상대방이 받고 싶어하는 것을 해주는 것이 포인트예요."

신혼여행이나 해외 출장을 다녀오는 동료들에게 수없이 선물을 받아 봤지만, 가격은 차치하고 인상적인 선물을 받아 본 기억이 없었다. 대부분 책상 서랍이나 책상 위에 장기간 내버려 두었다가 걸리적거리면 폐기해 버렸다. 직원들의 기분 좋은 반응을 보자, 수교는 순진이 선물을 사는 데 너무 많은 시간을 보낸다고 불만스러워했던 일이 미안해졌다.

"순진아, 오늘 올라가기는 힘들 거 같다. 미안해서 어떡하지?"

"그러니까 같이 간다고 했잖아! 몰라, 땡 탈락이야…… 끊어!"

순진이 단단히 화난 것 같았지만, 수교는 크게 걱정하지 않았다. 시간이 지나면 그녀는 언제 그랬냐는 듯 다시 전화를 걸어올 것이다.

수교는 마지막 함체를 침설 중인 현장으로 향했다. 오늘 마지막 함체를 연결하고 나면 침매터널 공사도 이제 끝이 난다.

마지막 함체가 연결되는 것을 지켜보기 위해 직원 대부분이 현장에 와 있었다. 함체의 침설작업이 밸러스트 탱크[54]의 문제로 지연되고 있어서 분위기가 무거웠다. 심지어 함체가 약간 들려 있다고 판단한 침설팀이 함체의 정확한 상태를 진단하기 위해 자기추종잠수종[55]을 내려 보내기로 결정했다.

"들어가 봐야 알겠지만 오늘 안에 해결하기는 어려울 것 같은데요?"

잠수종을 타고 함체 안으로 들어가 상태를 확인한 후에

---

54 항해를 안전하게 하기 위하여 선체를 물속에 더 잠기게 할 목적으로 화물 이외에 싣는 중량물을 싣는 탱크로, 주로 물이 탱크에 채워진다.

55 잠수부를 바닷속으로 이동시키고, 물속에서 오래 머물며 수중작업을 할 수 있도록 하는 장비.

문제를 해결해야 해서 마지막 함체의 연결은 내일로 연기되었다.

저녁을 함께 먹던 수교는 직원들의 무거운 분위기가 함체 때문이 아니라는 것을 알게 되었다.

"대치동에 재건축 아파트 현장 있지? 작업자 사망사고가 났어. 그것도 세 명이나 말이야."

나 차장은 수교에게 술을 따라주며 말을 계속했다.

"성 과장이 신혼여행 떠난 다음 날 사고가 발생했는데, 같은 회사에서 진행하는 공사라는 이유로 우리한테까지 불똥이 튄 거야. 불시점검 나오고 나서도, 추가로 본사에서 자체점검 지시가 떨어져서 공사가 중단되기도 했어."

아파트 철거과정에서 외부 분진막[56] 설치를 위해 외줄비계[57]를 조립하고 외줄비계 지지용 버팀대를 아파트 구조물에 고정한 후에 내려오던 작업자가 발을 헛디뎌서 추락사한 사고였다. 비계공이 안전대를 설치하지 않았고, 다음 작업조가 작업을 하다가 사고가 발생했다.

건설 산업은 1970년대 해외건설을 통해 오일달러를 벌어들이던 공기단축과 원가절감의 시대, 그리고 국내 건설붐

---

56 건설현장에서 발생하는 분진을 방지하기 위한 가설.

57 건축공사 때 높은 곳에서 일할 수 있도록 설치하는 임시가설물인 비계의 기둥을 1열로 하는 비계.

이 최고조에 달했던 80년대 품질 우선주의 시대를 거쳐, 90년대 삼풍백화점과 성수대교의 붕괴를 계기로 건설 산업의 성숙단계인 안전 제일주의 시대로 접어들었다. 하지만 건설회사가 산업 안전에 대해 주의를 기울이고, 안전을 강조한다 해도 작업자의 안전 불감증이나 부주의로 발생하는 사고는 막을 수 없었다.

인명사고가 발생하면 현장은 모든 작업이 중단되고, 재해자에 대한 산재처리, 유족과의 민사협상 등으로 큰 비용과 많은 시간이 소요되게 된다. 결국, 공기는 늦어지고, 비용 측면에서도 큰 손해를 입을 수밖에 없다. 더욱이 이후에 건설 프로젝트 수주에서 PQ[58] 감점 수치가 커지고, 이 때문에 사실상 공공 공사를 수주할 수 있는 기회를 놓칠 수 있다. 따라서 이번 사망사고는 회사이미지 손상과 수주영업에 큰 타격을 줄 수 있는 문제였기 때문에 다윗건설은 과실이 없음을 입증하기 위해 노력하고 있었다.

[다윗건설 건설현장 사고……근로자 3명 사망]
[재건축 현장 사고……안전 관리 소홀로 인한 인재]
[계속되는 건설 근로자 사망. 대책은 없나?]

---

58 Pre-Qualification. 입찰참가자격 사전심사를 의미. 정부가 발주하는 대형공사에 참여할 만한 자격이 있는지를 사전에 심사하는 제도.

관련 기사를 찾는 데는 그리 오랜 시간이 걸리지 않았다. 지난주 신문, 방송 등의 다양한 언론 매체에서는 대치동 현장 사망사고에 대해서 연일 기사를 쏟아내고 있었다. 작업자의 관리자 중 누구의 과실인지는 중요하지 않았다. 이미 언론은 시공사의 관리 소홀과 안전시설 설치 미흡 등의 자극적인 기사를 앞세워 다윗건설을 산업관리에 소홀하고 사고대처에 미숙한 건설회사로 낙인 찍고 있었다.

"여기 현장소장이 누구지?"

"나 부장님이요. 임원 진급에 계속 밀리시고 승진한 후배들 보기가 민망해 말년에 계속 현장만 돌고 계셨는데, 이런 사고가 터져 버려 너무 안타까워요."

나 부장이라는 대리의 말에 수교의 눈이 커졌다.

수교가 다윗건설에 입사한 후, OJT[59]기간 중에 나 부장을 처음 만났다. 매사에 꼼꼼하고 작은 일 하나 허투루 넘어가지 않는 깐깐한 사람이었다. 항상 원칙대로 규정대로…… 때로는 외골수처럼 보이지만 수교는 이런 나 부장의 모습이 좋았다. 그리고 짧은 시간이었지만 나 부장은 수교를 믿어 주고 인정해 준 첫 상사였다.

"나 부장님은 어떻게 되는 거야?"

---

59 On-the-Job Training. 현장감독자 중 직속 상사가 작업현장에서 작업을 통해 개별지도 및 교육을 하는 것.

"글쎄요. 일단 현장소장에서 물러나는 것은 확실한 거 같아요. 나 부장님은 자기가 책임지겠다며 사표를 제출한 상황인데 회사에서 보류하고 있나 봐요."

'누가 나 부장 아니랄까 봐……'

3

소장과 나 차장은 어제 새벽까지 계속된 함체 확인 작업을 지켜보느라 밤을 새운 눈치였다.

"이제 마지막 물을 빼도록 하겠습니다."

드디어 침설 조인트에 물을 빼는 것으로 마지막 함체의 연결을 위한 모든 작업을 마쳤다. 마지막 칸막이 문을 열기 위해 소장이 앞으로 나왔다. 소장은 평소와 달리 긴장한 듯 자꾸 헛기침을 했고, 손도 약간 떨리는 것처럼 보였다. 자물쇠를 열던 소장이 갑자기 멈칫했다.

"왜 그러세요! 물이 새는 거 같으세요?"

"제기랄…… 자물쇠가 고장 난 거 같은데?"

침설 조인트 안에 물이 완전히 빠지지 않아 새는 것이 아닌가 긴장했던 사람들은 안도의 한숨을 쉬며 혹시 공구를 가지고 있는 사람이 있는지 찾았다.

"제가 가지고 왔는데……."

골조반장이 주섬주섬 작업가방에서 망치를 꺼내 소장에게 건네주었다.

"여기 망치 같은 걸 왜 들고 온 거야? 혹시 이런 일이 있을 거라고 생각한 거 아냐?"

"바로 일하러 가야 해서 들고 왔죠."

이곳 함체 제작을 끝내고, 다른 현장에 근무 중이던 골조반장은 자신의 손으로 만든 마지막 함체의 연결을 보려고 일부러 휴가를 내고 왔던 것이다. 골조반장이 건네준 망치를 받아 소장이 자물쇠를 내려치자, 마지막 함체의 문이 열렸다.

"골조반장, 먼저 들어가 봐."

"네? 제가요?"

"당신이 만든 거니까 먼저 들어가서 하자 있는지 살펴보라고!"

"마지막 함체가 제일 잘난 놈이니까 그런 일은 없을 겁니다."

골조반장은 한 치의 망설임도 없이 성큼성큼 걸어 들어갔다.

마지막 함체로 들어간 사람들은 준비한 샴페인을 터뜨리며 자축했다. 나 차장은 네덜란드 기술자들과 서로 건배를 하며 기쁨을 나누었고, 골조반장은 함체를 둘러보며 감격에 젖었다. 웃고 떠드는 사람들 사이로 담배를 피고 있는 소장이 수교의 눈에 들어왔다. 수교는 잔에 샴페인을 따라 소장에게 건넸다.

"축하드립니다. 결국 해내셨네요."

"그래, 고마워."

소장은 더는 말을 잇지 못했다.

'이제 저 문을 열면 사장교와 만나게 되겠지.'

수교는 마지막 함체의 끝을 막고 있는 강철문을 바라보며 생각했다. 사장교도 마지막 상판을 얹는 작업을 진행 중이라고 했다. 이제 사장교의 마무리 공사를 마치게 되면 두 다리는 서로 연결될 것이고 A대교는 완성된다.

"내일 본사로 들어간다고?"

"네!"

"음…… 왜?"

"소장님이 본사 복귀 명령서에 결재해 주셨잖아요!"

"내가? 정말? 왜 그랬지……."

"저 아직은 A대교 현장사람입니다."

"더 있다 가. 식구끼리 이러기야?"

현장에서 화가 나면 욕설을 퍼붓고 수시로 뭔가를 집어던지는 소장이었지만, 수교는 그의 입에서 '식구'라는 말을 듣자 왠지 가슴이 찡했다.

"다시는 소장님이랑 같은 현장에서 일하는 일이 없었으면 좋겠어요."

몇 년을 함께 지내며 허물없이 지내게 된 도목직 대리가 소장이 시선에서 멀어지자 수교에게 중얼거렸다. 소장은 초보라고 해서 봐주는 법이 없었고, 어쩔 수 없는 상황이라고 해도 그냥 넘어가지는 않았다. 직원들끼리 술자리를 갖게 되면 소장을 성토하는 자리가 되었다.

"본사에서야 공기 딱딱 맞추고 공사비 절감하고 사고 없이 공사 끝내니까 소장을 좋아할 수밖에 없지. 소장 지랄 맞은 성격에 우리만 죽어나는 거지!"

방금 소장의 말 한마디에 서운함이 녹아내리고 있던 수교에게 직원들의 말은 소장이 어떤 사람이었는지를 상기시켜 주고 있었다.

4

"자기 너무하는 거 아냐? 어떻게 서울에 올라오자마자 바로 회사로 내뺄 수 있지?"

"가서 얼굴만 비추고 올 거야. 오늘 나랑 뭐 하고 놀지 생각하고 있어."

수교는 순진을 달래고 바로 회사로 갔다.

정식 출근은 며칠 뒤였지만, 나 부장에 대한 걱정 때문이었다.

"나 부장님 리비아로 발령이 났어요. 그것도 플랜트 현장에 건축담당으로 말입니다."

대치동 사고를 처리 중이던 직원이 안타깝다는 투로 얘기했다. 이제는 언론에서 이 문제를 거론하지 않았지만, 유족들과의 문제, 경찰 수사 등 골치 아픈 문제들이 남아 있었다.

"회사에서는 일이 커지기 전에 처리해야 하니까 관리자를 징계하는 수밖에 없어요. 일이 잠잠해지기까지 자숙의 시간을 가지라는 게 회사의 방침입니다."

이때 중년쯤 돼 보이는 여인이 아이와 함께 사무실을 나오고 있었다. 수교는 한눈에 죽은 작업자의 아내라는 것을 짐작할 수 있었다.

"저 아주머니 남편은 안전모도 안 쓰고 있었어요. 사고가 나자마자 나 부장님이 뛰어가서 보호장구부터 씌워 놓았어요. 시신 확인하고 그 정신없는 와중에 보상금을 떠올리신 거죠. 산재 처리 받으려면 업무상 과실이 없어야 하는데 보호장구도 안 하고 있었다는 게 드러나면 유가족이 보상금을 많이 못 받게 되잖아요. 조사과정에서 그 사실 때문에 나 부장님이 불리하게 됐어요. 나 부장님만 안전관리 소홀로 징계처분을 받게 된 셈이죠."

나 부장은 공사현장에서 사고가 가장 많이 발생하는 가설구조물을 설치할 때 책임기술자에게 별도로 안전성 검토를 받았고, 안전위험지역마다 일일이 경고문을 세우고 그것도 모자라 경고등까지 설치할 정도로 안전문제에 신경을 썼다고 했다.

나 부장은 실력과 회사 기여도에 비해 승진이 느린 편이었다. 고지식한 원칙주의자 나 부장은 본사 고위간부들에게는 외교력이 부족한 진짜 기술자였는데, 이번 사고 때문에 치명적인 불명예까지 떠안게 되었다. 공사기간을 맞추기 위해 일을 서두르나 보면 위험천만한 일이 현장에서 벌어지는 경우가 종종 있다. 나 부장은 공기를 맞추기 위해 야간공사를 진행하게 되는 날은 현장을 떠나지 않고 지켜보고 있었다. 이런 현장소장에 익숙하지 않은 작업자들은 나 부장이 자신들을 감시하는 것으로 오해했을 것이다.

'어쩌면 좋을까?'

수교는 한순간에 모든 것이 무너져 버린 나 부장의 처지가 마음 아팠다.

5

'어, 무슨 타는 냄새가 나는데…….'

수교는 부엌에 갔다. 가스레인지에 올려진 국냄비에서 하얀 연기가 모락모락 피어오르고 있었다. 수교가 창문을 열고 과열된 냄비를 식히는 동안 마트에 갔던 순진이 돌아왔다.

"어머, 내 정신 좀 봐. 끄고 간다는 게 그냥 갔나 봐. 어떡해!"

순진은 다 타버린 육개장을 아까워하며 말했다. 아쉽기는 수교도 마찬가지였다. 초보주부 순진이 만든 음식 중에서 수교 입맛에 맞는 유일한 음식이었다. 수교는 걱정되고 속상한 마음에 퉁명스럽게 말했다.

"조심하라고 했잖아."

"왜 화를 내고 그래요? 별일도 아닌 걸 가지고……."

"이런 일이 한두 번이 아니잖아."

"내가 좀 깜빡깜빡하는 건 사실인데, 그렇다고 크게 문제가 생긴 적도 없는데 뭐."

"순진씨…… 아니 여보, 그게 문제라니까…… 봐봐."

수교는 분위기를 잡기 위해 준비한 와인과 잔을 식탁 옆

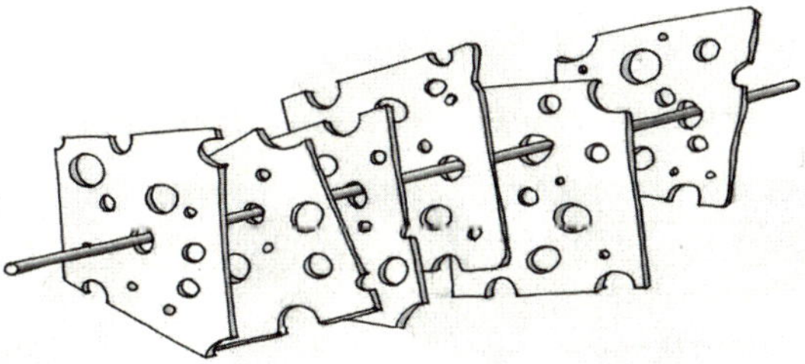

으로 치우고 안주로 사온 구멍이 숭숭 뚫린 치즈를 일렬로 쭈욱 세웠다.

"자, 치즈를 찔러 봐."

수교는 순진에게 젓가락을 주며 말했다.

"응?"

"아무 데나 막 찌르면 안 되고, 반드시 구멍을 통과시켜야 돼."

"…… 내가 왜 이걸 해야 하는 건데?"

젓가락과 치즈를 번갈아 보던 순진이 호기심 어린 말투로 수교에게 물었다.

"젓가락으로 치즈를 다 통과시키면 말해 줄게. 쉽진 않을 거야."

순진은 치즈조각을 찔러 보기 시작했다. 치즈의 구멍들은 불규칙적이라 젓가락으로 치즈 구멍을 세 개 이상 통과

시키기가 쉽지 않았다. 순진은 오기가 생겼는지 젓가락으로 끈기 있게 시도했다.

"……."

"……."

"앗싸, 해냈어. 어때?"

"잘했어. 바로 이런 게 안전문제야."

"응?"

"다양한 사고 발생 요인이 우연치 않게 동시에 일어나면서 안전사고가 발생하는 거야. 마치 치즈 구멍이 일렬로 배열되는 것처럼 말이야."

"치…… 결국 사고 나는 게 쉬운 일이 아니라는 얘기네 뭐."

순진이 반박하듯 말했다.

"바로 그거야. 사고라는 게 쉽게 일어나지 않는다는 거, 이러저러해도 사고가 나지 않더라는 경험이 학습되면서 안전 불감증으로 이어지는 게 문제인 거지."

사고가 오래 나지 않거나 횟수가 급격하게 줄어들면, 인간의 망각으로 인해 기존보다 위험을 적게 느끼게 되는데, 이 경우 부주의가 발생하고 사고로 이어지게 되는 것이다. 수교는 나 부장의 경우도 이런 프로세스가 아닐까 싶었다. 어쨌든 나 부장은 이번 사고의 책임을 모면하기는 힘들 것이다.

문득 수교는 소장 생각이 났다.

몇 년간 아랫사람들을 쥐 잡듯 들볶던 소장은 A대교 현장이 마무리되면 물러나게 된다. 소장의 폭정을 견디지 못하고 그만두는 직원이 있을 정도로, 소장은 강도 높게 현장을 지휘했다. 그래서일까, 다른 현장에 비해 위험수위가 높았지만 단 한 건의 인명사고도 발생하지 않았다. 소장은 자신의 방식대로 현장의 안전을 지켜 냈다.

그러나 성공적으로 건설된 A대교는 완공에 대한 보답을 자신을 만들어 준 소장에게가 아닌, 다윗건설에 할 것이다. 승승장구하는 것처럼 보이는 소장도 불명예를 떠안게 된 나 부장도, 그저 다 같은 기술자일 뿐이라는 생각이 수교의 머릿속에 밀려 왔다.

유학

1

수교는 본사로 돌아온 지 어느덧 6개월이 되었다. 수교가 맡은 입찰업무는 신입 때부터 해 오던 일이라 업무 적응은 어렵지 않았다. 다만 아침체조가 없는 하루의 시작이 좀 심심했고, 현장 사무소 창문 너머로 늘 보이던 바다가 그리울 따름이었다. 종일 사무실에만 있는 것이 답답해 좋아하지도 않는 자판기 커피를 몇 잔씩 마시고, 화장실에도 자주 다녀왔다. 하지만 현장생활에 대한 기억과 습관들은 입찰업무가 바빠지면서 서서히 사라져 갔다. 문제는 새댁 순진이었다.

"오늘도 또 늦어요?"

"먼저 자. 못 들어갈지도 몰라."

"휴우…… 알았어요."

순진은 한숨을 쉬며 전화를 끊었다. 수교가 리비아 신도시 건설 입찰준비를 하면서 야근과 주말 출근을 밥 먹듯이 하자, 달콤한 신혼생활에 부풀어 있던 새댁 순진의 얼굴이 점점 어두워져만 갔다.

"피곤해서 어떡해! 수고해요."

처음에는 야근하는 수교를 위해 밤참도 챙겨 주고, 씩씩하게 파이팅을 외쳐 주던 순진이었다. 지금도 하루에 한 끼는 같이 먹어야 한다며 새벽밥을 짓거나 저녁상을 차려놓고 기다리는 순진에게 수교는 고마우면서도 미안했다.

'차라리 바가지를 긁는 게 낫지.'

수교는 죄책감에 시달리며 순진에게 미안하다는 문자를 보냈다.

"저기…… 아무래도 성 과장이 출장을 다녀와야 할 것 같은데……."

이번 입찰의 책임을 맡은 본사팀장은 수교의 암울한 신혼생활에 기름을 붓는다는 죄책감이 들었는지 말끝을 흐리며 말했다.

'리비아라…….'

수교는 신입사원 연수 때 동기들이 중동으로 갈 때도 혼자 싱가포르를 가게 되었고, 과장이 된 지금까지 중동과 인연이 없었다. 한 번쯤 가 보고 싶었지만 지금처럼 막중한 책임을 떠안고, 우울한 새댁 순진을 홀로 남겨 둔 채 가야 하는 상황이 설레지만은 않았다.

'Tripoli Airport'

두바이에서 몇 시간을 더 기다려야 했던 탓에, 리비아 트리폴리 공항에 도착하는 데만 열일곱 시간이 걸렸다. 비행기 밖으로 나가는 순간, 수교는 뜨거운 열기 때문에 숨조차 제대로 쉴 수 없었다. 현지시각으로 저녁 8시가 지났지만, 아직도 섭씨 35도가 넘는 더위에 수교는 사막의 나라 중동에 왔다는 것을 실감할 수 있었다.

공항 안은 생각보다 깔끔했고 무엇보다 더위를 피할 수 있어 살 것 같았다. 수교는 마중 나오기로 한 지사직원을 기다리는 동안 공항을 둘러보았다. 입국자들은 대부분 제3세계 사람들이었고 단체버스에 실려 공항을 떠났다.

"입국자들 대부분이 건설현장에 일하러 온 사람들이에요."

마중 나온 지사직원의 설명에 수교는 본 적도 없는 1980년대 트리폴리 공항의 풍경을 상상해 보았다. 한국인 근로자들이 마중객을 따라 버스에 오르고 있었다. 오랜 비행

탓에 다들 피곤해 보였고, 숨막히는 더위에 벌써부터 질린 표정이었지만, 눈빛만은 희망으로 가득 차 있었다.

지금은 우리나라에서 만든 스마트폰과 각종 전자제품, 반도체 등이 전 세계를 휩쓸고 있지만, 1970~80년대 유일한 달러벌이 창구는 해외건설이었다. 당시 한국이 고도성장할 수 있었던 것은 우리 근로자들이 섭씨 40~50도를 오르내리는 사막과 정글에서 밤새워 일하며 외화를 벌어들였기 때문이었다.

2

다음날 수교는 눈을 뜨자마자 호텔을 나섰다.

새벽 5시라는 시간이 무색할 정도로 더운 날씨였다.

"내일 새벽 6시에 사업부지를 둘러보고 7시에 회의를 하죠. 아직 더위에 적응이 안 된 상태라 낮에 돌아다니면 힘드실 거예요."

꼭두새벽부터 시작되는 일정은 난폭한 더위에 익숙지 않은 수교에 대한 배려였지만 더위에 지치기는 마찬가지였다. 이번 프로젝트는 리비아의 수도인 트리폴리에서 25킬로미터 떨어진 곳에 5만 가구 규모의 신도시를 조성하는 사업이었다. 시내를 벗어나자 바로 황량한 사막이 펼쳐졌고 낙타와 양 떼를 끌고 이동 중인 유목민이 보였다. 그들의 이동은 생각보다 신기하지도, 그렇다고 서글퍼 보이지도 않았다. 오랜 세월 세상을 떠돌며 살았던 만큼 처음 보는 수교의 눈에도 자연스러운 삶의 모습이었다. 수교는 모래바람과 더위 때문에 창문을 열고 볼 수 없다는 것이 아쉬웠다.

"유목민들도 정말 이른 시간에 이동하네요."

"낮에 이동하면 덥잖아요. 그리고 밤에는 낙타들이 겁먹고 움직일 생각을 안 하거든요."

공사부지에 도착해 다리가 푹푹 빠지는 모래사막을 걸으며 수교는 한숨이 절로 나왔다. 무거운 중장비와 자재들을 나르려면 제대로 된 도로가 있어야 하는데 모래 도로는 수송이 불가능해 보였다.

"다른 건설 현장에서는 공사 자재를 어떤 식으로 수송합니까?"

"지역과 공사형태에 따라 천차만별입니다. 여긴 제가 보기에도 현장 환경이 좋아 보이지는 않네요. 바다 수송은 해적들 때문에 어려울 것 같으니 공사도로를 만들어야죠. 여긴 시내랑 가까운 편이라 유목민들의 약탈은 없는 편이니까요."

"모래 위에 공사도로를 만드는 것은 쉽지 않을 듯한데

다른 방법이 없겠습니까?"

"소규모 공항을 만들어 항공기로 수송하는 현장도 있다고 들었는데 공사비가 엄청나게 상승하기 때문에 차라리 수주를 안 하는 편이 나을 겁니다."

수교는 모래를 만져 보았다. 부드럽고 누르면 깊숙이 들어가는 폭신한 모래였다. 스펀지 같은 모래 위를 덤프트럭이 다닐 방법을 찾아야 했다. 바다 해적과 육지 유목민의 위협 속에서 공사를 진행해야 하는 상황이 영화라면 흥미진진한 사건이 되겠지만 현실에서는 암담할 뿐이었다.

수교는 내심 다윗건설이 가진 신도시 건설 노하우라면 이번 수주는 어렵지 않으리라 판단했다. 다윗건설을 비롯해 국내 건설사들이 진행했던 일산, 분당, 동탄 등의 국내 신도시 건설은 해외에서 높이 평가받고 있었다. 문화적인 차이와 중동지역의 특수한 건설규정들을 제대로 이해하고 준수한다면 공사 진행도 문제없다고 생각했다. 하지만 이렇게 사막 한가운데 서서 폭신폭신한 모래를 딛고 서 있자니 생각이 복잡해졌다.

다시 트리폴리로 돌아온 수교는 입찰준비를 위한 회의에 들어갔다.

이번 신도시 건설은 프랑스 설계회사가 이미 설계를 마

친 상태였고, 시공사 선정을 위한 입찰만이 남아 있었다.

"제3세계에서 온 노동자들은 한국 사람만큼 근면 성실하지 않아요. 힘들면 도망가 버리거나 아무리 일을 가르쳐도 숙련되지 않는 경우가 많습니다. 한국 작업자들보다 서너 배 느리게 작업을 한다고 보면 됩니다."

중동에서 십 년 넘게 현장일을 했다는 공사반장이 말했다. 새까맣게 그을린 공사반장의 얼굴은 50대라고 믿기 어려울 만큼 늙어 보였다.

"한국 인력업체를 통해 작업자들을 모집하면 어떨까요?"

수교는 어제 공항에 입국하던 수많은 제3세계 노동자들을 떠올리며 말했다.

"중동 건설현장에서 일하려면 일단 더위에 강하고 이슬람 문화에 익숙해야 합니다. 중동국가에서 이슬람은 단순히 종교가 아니라 법이고 국민을 통제하는 수단이에요. 비숙련된 아프리카나 파키스탄, 인도 등의 회교국가 사람들을 채용하는 이유가 바로 여기에 있습니다. 그리고 무엇보다 리비아 정부에서 현지 인력공급업체를 통해 사람을 고용하기를 원합니다. 건설사업을 통해 고용창출 효과를 기대하는 거죠."

"중동에서는 공사기간을 지키는 일이 무엇보다 중요하다

고 들었는데, 비숙련된 노동자들을 쓰게 된다면 공기를 맞추기 힘들 텐데요."

"그래서 쉬는 날도 없이 공사를 밤낮으로 해야 합니다. 공기를 맞추려면 어쩔 수 없죠."

수교는 입찰준비를 위해 사전에 중동 관련 자료들을 자세히 살펴보고 현지 전문가에게 조언을 받는 등 만반의 준비를 하고 왔다. 하지만 늘 그렇듯이 현실에서는 예기치 못한 문제들이 발생했다.

"참고로 말씀드리면, 여기서 건설현장을 관리하고 감독하는 정부 관리자들은 건설 전문가들이 아닙니다. 그렇다고 그 사람들을 무시해서는 안 돼요. 자존심을 다치게 하면 수천억짜리 프로젝트가 한 방에 날아갈 수 있으니까요. 명예실인이라고 들어 보셨죠? 절대 모욕감을 느끼게 해서는 안 됩니다. 아무리 조심한다고 해도 문화차이 때문에 한국 관리자들이 실수하는 경우가 있습니다. 그래서 이곳 정부 관리자들과 친분이 있는 현지 사람을 건설회사에서 고용하는 겁니다."

3

회의를 마치고 수교 일행은 늦은 아침을 먹기 위해 나왔다. 지사직원은 문밖을 나서자마자 얼른 꽃무늬 양산을 펼쳐 들었다.

"여기서는 양산이 필수예요. 그늘 없이는 5분도 걷기가 어려워서요."

지사직원은 수교의 시선을 느꼈는지 겸연쩍게 웃으며 말했다.

근처에 있는 식당까지 걸어가는 동안 수교는 아랍의 여인들을 볼 수 있었다. 차도르로 철저하게 얼굴과 몸을 가린 여인들이 대부분이었지만, 히잡만 쓰고 다니는 젊은 여인들도 눈에 띄었다.

"여자들을 그렇게 쳐다보시면 안 돼요."

지사직원의 충고에 수교는 아차 하는 생각이 들었고, 여인들에게 던진 시선을 얼른 거두었다. 외국인 남자와 대화를 했다는 이유로 아버지한테 살해당한 여인의 얘기가 떠올랐다. 주로 중동의 전통적 부족마을에서 자행되는 원시적인 악습이지만, 아직도 명예살인이라는 이유로 중동 여인들이 가족들에게 죽임을 당하는 경우가 종종 있다고 했다. 실감할 수 없는 일이었지만 수교는 여인들과 눈길도 마주치지 않도록 조심해야겠다는 생각이 바짝 들었다.

아침 식사를 위해 도착한 가게는 작고 볼품없었지만 음시 맛은 일품이었다.

"공사가 시작되면 이곳 아주머니가 함바집을 운영해 주실 겁니다."

한국 사람을 상대로 민박업을 하고 있다는 한국인 주인 부부는 자신들의 가게를 함바집을 운영하지 않을 때만 임시로 여는 간이식당이라고 설명했다.

"여기에 사신 지 얼마나 되셨어요?"

"중동에서 산 지는 20년 됐고, 이곳에 온 지는 2년 정도예요."

주인남자는 1980년대 중동으로 파견된 건설회사 직원이었는데, 부인이 잠깐 보러 왔다가 함께 눌러앉게 되었다고 했다.

"여기서 5년 죽자고 벌어서 한국에 식당을 하나 차리려고 했어요. 우리 집사람 음식솜씨가 정말 좋거든요. 여기 은행이 불안해서 꼬박꼬박 한국 부모님께 송금했는데 그 돈을 형님 사업자금으로 날리는 바람에 다시 몇 년을 더 있게 되었고, 그러다가 지금까지 살게 됐어요."

주인남자의 말대로 중동에서 벌었던 돈을 고스란히 모

았다면, 당시 가게를 하나 차리고도 남았을 만한 목돈이었을 것이다.

"지금은 여기가 저희 부부에게는 고향이나 마찬가지입니다. 요즘 이곳에 건설붐이 다시 불면서 한국 사람을 자꾸 보게 되니 한국이 다시 그립기는 합니다. 우리 때는 먹고살기 어려워 그저 돈을 벌기 위해 온 경우가 많아서, 이곳 사람들 눈에 한국 사람은 그저 가난한 노동자라는 인상이 강했지요. 지금은 한국기업의 위상이 상당히 높아져서 한국 사람에 대한 이미지도 많이 좋아졌어요."

"지금 한국기업이 중동에 쉽게 진출할 수 있었던 건, 80년대 먼저 진출하셨던 선배님들의 노력과 성실함이 밑거름 되었기 때문이죠."

"우리는 그저 노가다꾼이었는데 무슨……."

식당주인은 수교의 말에 손사래를 치며 아니라고 했지만, 당시 한국인 근로자들이 중동에서 벌어 온 돈은 가족을 먹여 살렸고, 한국을 성장시켰다.

수교는 문득 아버지가 사우디아라비아에서 사 왔던 합체 로봇과 미제 초콜릿이 생각났다. 누나들은 당시 한국에서는 구경조차 힘든 마론 인형을 선물받았다. 한국에 돌아온 이후로 아버지는 본격적으로 술주정뱅이가 되었지만, 수교와 누나들은 아버지가 사우디를 다녀온 이후로 경제적인 어려움 때문에 뭔가를 포기하는 일은 없었다. 수교는 자기 방이 생겼고, 누나들은 대학을 갔으며, 어머니는 가게를 차릴 수 있었던 것이다.

돌이켜보면 수교가 아버지를 그토록 원망했던 이유는 가게 일에 지쳐 들어오던 어머니에 대한 안쓰러움 때문이었는지도 모른다.

4

"나 부장님이 계신 현장에 가려면 차로 꼬박 열두 시간을 가야 합니다. 대중교통이 없는 지역이고, 자동차를 빌려야 하는데 하루 이상은 기다리셔야 합니다. 그래도 가시겠어요?"

지사직원의 말에 수교는 잠시 망설였지만, 이곳까지 와서 나 부장을 보고 가지 않는다면 후회할 것 같았다. 지사직원의 부연설명대로라면 나 부장을 보러 가는 여정은 험난함 그 자체였다. 반정부군이 되어 버린 유목민의 습격은 기본이고, 지역이 바뀔 때마다 정체불명의 군인들에게 검문을 당해 물건과 돈은 죄다 털리고, 결국 차까지 빼앗긴 채 사막을 헤매다가 전갈에게 물려 최후를 맞는다는 결론이었다.

"일단 알아봐 주세요."

수교는 지사직원에게 차편을 알아봐 달라고 부탁하고 시내로 나갔다.

해가 지기 시작하자 시내는 남자들의 도시였다. 저녁 시간에는 여인들의 외출이 사실상 금지되어 있기 때문이었다. 여성인권운동가들이 이 광경을 본다면 여성인권 침해라고 분개할 만한 광경이었지만, 수교가 보기에는 자유롭게 돌아다니는 남자들도 그리 편해 보이지는 않았다. 외출할 수 없는 아내 대신 저녁 찬거리를 사기 위해 시장을 돌아다니며 제대로 사고 있는지, 혹시 빠진 물건은 없는지 아내가 적어 준 메모를 수시로 확인하는 남자들을 보고 있자니, 퇴근 후에 장까지 봐야 하는 이슬람 남자들의 고단함이 느껴졌다.

수교는 두 시간 남짓 돌아다녔지만 아내와 나 부장에게 선물할 물건을 찾지 못했다. 순진에게는 중동 냄새가 물씬 풍기는 물건을 기념으로 선물하고 싶었지만 고급매장으로 갈수록 한국의 백화점과 별 차이가 없었다. 목걸이를 하나 사 들고 매장을 나오자 도로 곳곳은 자리를 펴고 기도를 준비하는 사람들로 분주했다. 하루에 다섯 번 사원에서 들려오는 소리에 맞춰 기도가 진행되었다. 물론 여인들은 낮에도 밖에서 기도하는 법이 없다. 기도 시간이 되면 시내 거리를 벗어나 주택으로 대부분 사라졌다. 여인들이 없는 거리는 왠지 쓸쓸하고 우울한 기분이 들었다. 건설현장이나 군대에서야 익숙한 광경이지만 시내 한복판에서 시커먼 남자들만 북적거리는 광경은 어쩐지 이상했다. 수교는 기도시간이 끝나기를 기다렸다가 숙소로 향했다.

"거의 3년 만이지, 아마?"

나 부장은 눈에 띄게 그을린 얼굴로 수교를 맞았다. 열두 시간을 넘게 덜덜거리는 차를 타고 달려온 수교는 나 부장의 심심한 인사에 맥이 조금 빠졌지만, 한편으로는 마음이 편하기도 했다.

'그리고 보니 해외 현장에는 첫 방문이군.'

나 부장이 있는 현장은 화력발전소를 건설 중이었다. 화력발전소에 들어갈 주요 설비들은 한국에서 제작해 배로 수송했고, 나머지 부분은 이동 중인 배 안에서 작업해 현지에서는 시설을 설치하기만 했다. 화력발전소뿐만 아니라 상하수도 공사, 바닷물을 수돗물로 바꾸는 해수담수화 시설 등 대규모 플랜트 사업들에 수많은 한국기업이 기술력을 무기로 진출해 있었다.

나 부장과 함께 일하고 있는 건축직 직원은 모두 다섯

명이었다. 이곳에 오기 전까지 수교는 유배지로 간 나 부장을 위로차 방문한다는 생각에 사로잡혀 있었기 때문에 그들의 가족적이고 따뜻한 분위기가 뜻밖인 데다 더욱 반갑게 느껴졌다.

"그렇게 황송해할 필요 없어. 많이 먹어."

모래 먼지가 뽀얗게 앉은 테이블에 차려진 저녁상은 조촐하기 그지없었다.

"부담 갖지 말고 드세요. 저희는 늘 이렇게 먹어요."

수교 앞에만 맥주를 내려놓으며 직원이 말했다. 나 부장을 비롯한 현장 직원들은 수교의 당황한 표정을 만찬에 감격한 표정으로 착각한 듯, 다들 음료수를 홀짝거리며 수교의 반응에 만족하고 있었다. 정말 아껴 두었던 음식을 손님에게 아낌없이 내놓았음을 느낀 수교는 이래저래 음식이 목에 넘어가지 않았다.

"자네 지금 이걸 마셔야 하나 말아야 하나 고민 중이지? 무알콜 맥주니까 마음껏 들라고."

"이게 술이라고 해도 여기서는 들킬 일이 없어요. 안심하고 드세요."

이번에는 술과 돼지고기를 금하는 이슬람 문화 때문에 수교가 망설이는 것으로 착각하고 있었다. 병의 모양부터 음료의 빛깔까지 맥주와 다를 것이 하나도 없었다. 무알콜 맥주였지만 수교는 한 모금 마신 후에 양고기를 안주로 먹었다.

"대단한 의리십니다!"

나 부장이 잠시 자리를 뜨자 직원들이 이구동성으로 말했다.

이곳 직원들도 나 부장이 이곳에 오게 된 이유를 알고 있었기 때문에, 수교가 나 부장을 보러 온 이유를 짐작하는 듯했다.

"그것도 차로 여기까지 오시다니…… 목숨 걸고 오신 거네요."

"다들 트리폴리에서 차로 현장까지 이동했던 거 아닙니까?"

수교는 직원들의 반응에 의아해하며 물었다.

"저희는 경비행기로 이동했죠. 워낙 위험지역이라서요. 모르셨어요?"

'아는 척은 다 하면서 사람 겁주더니…….'

수교는 항공편을 말해 주지 않은 지사직원이 원망스러웠다. 모르는 게 약이라고 수교는 다시 차를 타고 돌아갈 생각을 하니 걱정이 앞섰다.

"성 과장님, 제가 한 말 농담인데…… 위험한 건 사실이지만 저희도 차로 이동했어요!"

안색이 바뀐 수교를 보자 막내직원은 미안한 듯 말했다.

5

"내일은 아침 메뉴가 뭐더라?"

"카레라이스요."

"아침부터 목이 칼칼해서 어떻게 먹지?"

"저번에 함바집 아줌마 된장찌개 끓인 솜씨 보니까 그냥 카레가 나을 것 같은데요?"

"여긴 된장이 별로라서 그래. 김칫국은 죽이잖아."

직원들은 끊임없이 먹는 얘기를 했다. 물론 여자 얘기도 빠지지 않았지만 비행기에서 봤던 스튜어디스와 여자 연예인이 전부였다. 수교는 마치 일요일에 군대 내무반에 앉아 고참들의 대화를 듣고 있는 느낌이었다.

"우리 술 한잔하는 거 어때?"

직원 한 명이 조용히 말했다.

"글쎄…… 땡기기는 하는데 말이야."

다른 직원이 수교의 눈치를 보며 말했다. 수교는 밀주를 말하고 있다는 것을 감지했고, 직원들은 수교에게 비밀을 지키고 동참할 것인지 확인하는 눈치였다.

"저도 한잔하고 싶은 생각이 간절했는데 잘됐네요."

수교의 한마디에 직원들은 일사불란하게 움직이기 시작했다.

"여긴 좀 그렇고, 저희 숙소로 가시죠."

"나 부장님은 어디 가신 거죠?"

"현장을 돌고 계세요. 현지인들을 고용해서 밤에 순찰을 서게 하는데 워낙 약탈이 심한 지역이라 숙소에 들어가기 전에 한 번씩 점검하세요."

공사일정을 맞추려면 야간작업을 진행해야 하는 상황이었지만, 며칠 전 자재를 도난당하는 바람에 잠시 야간작업이 중단된 상태라고 했다.

다들 숙소에 다다르자 문 앞에 놓여 있는 바구니에서 다트 핀을 꺼내 차례대로 다트에 하나씩 던지며 들어갔다.

"그냥 심심해서 하는 거예요. 아침에 출근할 때는 다트 핀을 빼서 바구니에 넣고 출근해요."

직원 한 명이 수교의 의아해하는 표정을 읽었는지 말했다.

"자기 안녕, 나 왔어."

막내직원이 방문에 커다랗게 붙어 있는 연예인 사진에 대고 말했다. 막내직원의 방안을 잔뜩 도배하고 있는 여자

연예인의 대형 브로마이드와 게임기 DVD 등은 사춘기 중학생 방을 연상케 했다.

“성 과장님, 게임 좋아하세요?”

막내직원이 수교에게 물었다.

“해본 적이 없어서 모르겠는데.”

“그럼 뭐 좋아하세요? 골프?”

“글쎄…….”

“여기서 생활하려면 취미로 뜨개질이라도 할 줄 아셔야 해요.”

“…….”

잠시 후 직원들은 각자 방에서 술과 안주를 가지고 거실로 나왔다. 직원이 수교에게 술을 따라주며 말했다.

“이번에 새로 오신 함바집 아주머니가 싸대기 만드는 솜씨가 일품입니다. 드셔 보세요.”

“싸대기요?”

“여기서는 밀주를 그렇게 부릅니다. 과일이나 쌀밥과 누룩을 이용해서 만드는데, 제조과정이 나름 복잡해서 저희가 직접 만들지는 못하고 함바집 아주머니나 작업자들이 만든 걸 얻어먹죠.”

“제가 직접 담근 과일주도 있는데 드릴까요?”

“과일주요?”

"싸대기 같지 않고 과일주는 효모만 넣으면 되니까 제조하기가 수월해서 저희가 직접 담가 봤어요."

싸대기로 시작된 술 얘기는 이번에도 그칠 줄을 몰랐다. 다행히 나 부장이 돌아와 슬며시 사리에 앉사 주세는 사연스럽게 각자의 '가족'으로 옮겨갔다.

"따님한테 연락은 자주 옵니까?"

"메일도 오고 동영상도 보내 오고 그래. 집에서 엄마랑 둘이 셀카도 찍어서 보내고 말이야."

"우리 딸내미들은 언제 커서 아빠한테 전화하려나?"

이제 태어난 지 삼 개월 된 쌍둥이 딸을 둔 직원은 지갑에 있는 아이들 사진을 보며 말했다.

"우리 어머니, 다음 달에 칠순이신데 제가 못 가서 엄청 섭섭하실 거예요. 시골에서는 자식들이 부모님 칠순 때 동네 할매, 할배들 모셔다가 회관에서 음식 대접을 하는데, 이때 아들이 어른들한테 술도 따라 드리고 노래도 부르고 춤도 추고 미친 듯이 놀아 줘야 자식 잘 키웠다는 소리를 듣는데 말이죠. 그날 전화나 드려야죠 뭐."

막내직원은 속상한 듯 연거푸 술을 입에 털어 넣었다.

"차라리 연락을 주고받지 않는 편이 낫기도 해. 만날 수 없는데 화상전화하고 메일로 편지 주고받다가 보면 더 보고 싶어지기만 하지."

술기운 탓인지 쌍둥이 아빠는 몸이 옆으로 기울어져만 갔다.

"애들이 아프다고 하면 밤에 잠이 안 와. 마누라 혼자서 두 놈을 데리고 어떻게 할까 싶어서."

"형수님은 씩씩하게 잘 지내고 계실 거예요. 쌍둥이를 두 시간 만에 자연 분만한 슈퍼우먼 아닙니까?"

막내직원이 쌍둥이 아빠를 위로하고 나섰다.

"하긴 저번에 애들 안고 있는 폼을 보니까 나까지 업혀도 끄떡없겠더라."

쌍둥이 아빠 말에 가족에 대한 그리움에 우울해 있던 직원들이 키득거리며 웃기 시작했다.

"이 친구 와이프가 태권도 선수였어. 5년 전까지 현역이었지 아마."

직원들은 가족에 대해서도 서로 상세히 알고 있었다. 오랜 시간을 함께하다 보니 서로의 습관과 성격 그리고 취미처럼 소소한 부분까지도 공유하고 있는 듯했다.

"근데 내일 아침 메뉴가 뭐더라?"

술에 취한 쌍둥이 아빠는 취침자세로 누워 물었다.

"카레라이스요."

아침 메뉴에 대한 얘기만 세 번째 반복 중이었다.

수교는 이들이 관심 있을 만한 새로운 얘기를 제공해야

겠다는 의무감에 사로잡혔다.

"요즘 한국에서 음원에 유튜브까지 차트를 확 휩쓸고 있는 음반이 있는데 누구 노랜지 아세요? 힌트를 드리자면 걸그룹은 아니에요."

"조용필 아니에요?"

"어? 어떻게 알았지? 출국하기 전에 들은 따끈따끈한 소식인데."

"에이…… 벌써 2주 전 얘기잖아요. 요즘 10대들이 조용필 신곡을 듣고 이렇게 노래를 잘하는 가수가 우리나라에 있었다니…… 뭐 그런다면서요? 성 과장님, 크레용팝은 아세요?"

막내직원은 걸그룹의 5기통춤이라는 것을 흉내 내며 물었다. 한국 소식이라면 모르는 것이 없었다. 직원들의 시무한 일상에 한국 소식은 동네 가십거리조차도 위안이 되는 듯했다.

수교는 숙소 밖으로 나왔다. 사막의 밤은 생각보다 시원했고 모래바람도 심하지 않았다.

"중동에 온 소감이 어떤가?"

뒤를 돌아보니 나 부장이 나와 있었다.

"아직은 잘 모르겠습니다. 그저 신기하기만 하네요."

하늘에 가득한 별을 보며 수교가 말했다.

"지금은 사막의 밤이 멋진 것 같지만, 봄에 모래폭풍이 불면 정말 눈을 감고 작업하고 싶은 심정이지. 여름에는 밤에도 더위 때문에 죽을 맛이고…… 성 과장이 보기에 이곳 현장의 문제는 뭐라고 생각하나?"

"외로움을 극복하는 일도 현장문제만큼 큰일이 아닌가 싶은데요?"

수교의 대답에 말이 없던 나 부장이 입을 열었다.

"성 과장, 우리가 불쌍한가?"

"아닙니다. 그런 뜻이 아니라……."

"나는 자네가 더 걱정되는걸?"

"네?"

"우리는 갈 날을 세고 자네는 올 날을 세고…… 허허허."

사실 수교는 자신도 해외 현장에서 근무할 수 있을 거라는 생각을 완전히 잊고 있었다. 지금 있는 해외 입찰팀의 특성상 입찰에 성공하거나 회사의 개발 사업이 성사되었을 때 해당 사업을 추진했던 담당자가 현지로 부임하는 것이 관례였다. 몇 년 전 해외 근무를 신청했던 일도 리비아로 오는 비행기 안에서 문득 생각났을 정도로 수교에게 해외 근무는 낯선 일이 되어 있었다.

지금 해외 현장으로 발령받게 된다면 수교도 가족들과

떨어져 지내야 했다. 회사에서 진행하는 해외 사업지는 치안, 교육, 환경 문제 등으로 식구들을 대동하기 어려운 단신 부임국이 대부분이었다. 다윗건설도 최근 해외 사업이 늘어나면서 해외에서 근무할 인력이 더 많이 필요한 상황이었다. 나 부장처럼 사고 책임의 이유가 아니더라도 수교도 리비아 등의 해외 현장으로 파견될 가능성이 얼마든지 있었다.

이때 건설현장에서 갑자기 총성이 들려왔다. 숙소에 있던 현장직원들도 총성을 들었는지 밖으로 뛰어나왔다.

6

"아무래도 유목민들이 습격한 것 같은데요?"

막내직원이 걱정스러운 얼굴로 말했다. 자재를 훔치거나 현장을 휘젓고 가는 수준이라고 했지만 총기를 소지하고 있기 때문에 긴장할 수밖에 없었다. 잠시 후에 경비를 서고 있던 현지인이 달려오자 통역을 맡고 있는 막내직원이 황급히 내려갔다.

"다친 사람이 있대요!"

다들 현장으로 달려갔다. 피를 흘리고 있는 사람은 현장에서 난동을 부리던 유목민이었다. 10대 후반으로 보이는 사내아이는 옆구리에서 피를 흘리고 있었다. 현지인의 설명으로는 어두운 현장에서 총을 들고 설치다가 골조에 부딪혀 방아쇠가 저절로 당겨져 다쳤다고 했다. 병원까지는 거리가 워낙 멀어서 우선 숙소로 데려가 상태를 확인해 보기로 했다. 다행히 상처는 깊지 않았지만 다친 아이를 어떻게 해야 할지가 고민이었다.

이때 밖에서 웅성거리는 소리가 들렸다. 유목민들이 몰려와 숙소 주변을 에워싸고 있었다.

"다들 여기 있어. 내가 혼자 데리고 갈게."

나 부장은 아이를 데리고 나갈 준비를 했다.

"그러지 말고 같이 가시죠."

"혼자 나가야 위험하지 않아."

"여자들이 드문드문 보이는 걸 보면, 우리를 공격하기 위해서 온 것 같지는 않습니다."

수교의 말처럼 히잡에 차도르를 두른 여인들이 유목민들 사이에 섞여 있었다.

수교는 다친 아이가 걱정돼서 쫓아온 엄마나 친척들이 아닐까 생각했다. 다들 다친 아이를 부축해 함께 숙소를 나왔다. 부족장으로 보이는 사람과 젊은 여인 한 명이 앞으로 걸어나왔다. 여인은 분명 아랍인이었는데 히잡도 쓰지 않았고 복장도 현대적이었다. 그녀는 영어로 자신은 족장의 딸이라고 소개한 후, 부족의 아이들이 현장에 와서 벌인 일들에 대해 사과했다. 아이들이 밤마다 현장에 와서 말썽을 일으키고 있다는 사실을 오늘 알게 되었다는 것이다. 다친 아이는 엄마 품으로 돌아가자 어린아이처럼 울기 시작했고, 엄마는 안도의 한숨을 내쉬면서도 아이의 등짝을 후려치는 것을 잊지 않았다. 족장은 부족의 아이들이 현장을 파손하고 물의를 일으킨 것에 대해 예의를 갖춰 사과했지만 실질적인 손해배상에 대해서는 언급하지 않았다. 이곳 문화에서는 족장이 나서서 진심으로 고개를 숙여 사과했다는 것에 더 큰 의미를 두고 있었다. 다들 돌아갔지만 족장의 딸은 남아서 현장을 관심 있게 둘러보고 있었다. 다른 직원들은 바쁘다는 핑계로 족장의 딸을 상대하는 일을 수교에게 부탁했다.

"물어보는 말에만 대답하세요. 쳐다보지 마시고요. 족장이 마음이 돌변해 성 과장님을 죽이러 올지도 몰라요. 명예살인으로……."

"명예살인은 가족이 해당하는 거 아닌가?"

"외국인 남자와 히잡도 두르지 않고 얘기를 했다는 건, 이건 뭐, 둘 다 죽임을 당할 수 있는 일이죠."

막내직원이 장난으로 한 말이었지만 수교도 족장의 딸

을 상대하는 일이 썩 내키지는 않았다.

"중동 여자들도 남편에게 순종하고 집안에 은둔하며 사는 것을 미덕이라고 생각하지 않아요. 다 남자들이 만들어낸 오해죠. 당신도 그런가요?"

걸치고 있는 옷만큼이나 자유분방해 보이는 그녀의 말과 행동이 수교는 부담스러웠다.

족장의 딸은 외국에서 대학을 나와 현재 방송국에서 PD로 일하고 있었다. 그녀의 아버지인 족장은 다섯 명의 아내에게서 열 명의 자식을 두었다.

"물론 아버지가 반대했다면 저도 어쩔 수 없이 다른 여자들처럼 살 수밖에 없었을 거예요. 저도 이곳 여자니까요."

그녀의 아버지는 오래전부터 유목생활을 접고 정착하는 문제를 고민할 만큼 시대 변화에 민감한 사람이었다. 여자들도 배워야 한다고 생각했고, 그런 아버지의 전폭적인 지원이 있었기에 그녀는 자유롭게 살 수 있었다고 했다. 하지만 그녀의 시도가 있었기에 가능한 일이기도 했다. 수교는 그녀가 다시 보이기 시작했고, 잠시나마 그녀에 대해 선입견을 가졌던 것이 미안해졌다.

그녀는 중동 지역의 여성인권 문제와 아동학대에 대한

다큐멘터리를 제작 중이었다. 촬영지에서 자신에게 폭행과 폭언을 일삼는 남자들을 만날 때마다 솔직히 두렵다고 했다.

"너무 힘들어서 때려치우고 싶은 생각이 들 때마다 이곳을 떠올려요. 정말 생각하고 싶지도 않은 곳이었는데…… 예전에는 이곳이 나를 가두려는 것 같아 도망치고만 싶었는데, 지금은 이곳이 늘 그리워요."

그녀는 보석처럼 반짝이는 별들을 하염없이 바라보며 말했다.

두 사람은 천천히 모래 위를 걸었다. 마치 바다가 펼쳐진 듯 푸른 하늘, 태양처럼 일렁이는 모래언덕, 끝없이 펼쳐진 사막은 잠시나마 현실의 고단함을 잊기에 충분했다. 수교는 신발을 벗고 맨발로 걷기 시작했다. 사막의 척박한 풍경과 고요함 속에서 수교는 편안함을 느꼈다.

두 사람은 잠시 모래 둔덕에 앉아 쉬었다. 수교는 그제야 몰려오는 피곤과 한기에 몸을 움츠렸다.

"괜찮아요? 추운 거 같은데……."

수교가 벗어준 남방을 걸치고 있던 그녀는 수교를 걱정스레 바라보았다. 그리고 자신이 두르고 있던 스카프를 수교의 목에 감아 주었다.

어느덧 새벽 하늘이 밝아 오고 있었다.

수교는 부족으로 돌아가지 않고 트리폴리로 바로 갈 예정이라는 그녀의 말에 자신의 차로 함께 갈 것을 제안했다.

"그건 곤란해요."

간결하고 단호한 그녀의 대답에 수교는 무안해졌다. 지금까지 서로 호의를 가지고 이야기를 나누었다고 생각했기 때문에, 그녀의 거절이 더욱 섭섭하게 느껴졌다.

"저랑 차를 타고 가면 그쪽이 위험해져요. 이곳 남자들은 아직 저에게 호의적인 사람보다는 적대적인 사람들이 많거든요."

"……."

그녀는 입고 있던 남방을 수교에게 건네며 악수를 청

했다.

7

트리폴리로 돌아온 수교는 입찰준비로 하루하루 바쁘게 보내고 있었다.

저녁이 되면 더위에 시차 적응 문제까지 겹쳐 녹초가 되었지만, 밤에는 뒤척이느라 잠을 이루지 못했다.

'우리는 갈 날을 세고 자네는 올 날을 세고……'

나 부장의 말이 자꾸 수교의 귓가에 맴돌았다. 가족과 떨어져 외로워하던 현장 직원들의 모습도 아른거렸다. 그리고 자신의 의지대로 살기 위해 그 누구보다 용감해져야 했던 족장의 딸, 그녀…… 이곳 사막의 나라, 리비아에서의 모든 만남이 일상 속에 묻어 두었던 수교의 꿈을 자극하고 있었다. 그리고 무엇보다 자신을 위해 변화가 필요한 시점이라는 것을 수교는 느낄 수 있었다.

다시 열일곱 시간의 불편한 비행을 견디고 영종도 공항에 내린 수교는 감회가 새로웠다. 아직도 이곳 공사현장 모습이 눈에 선했고, 자신이 완공된 공항에 앉아 있다는 것이 실감 나지 않았다.

길지 않은 파견기간이었지만 산 넘어 산이라는 말이 절로 나오는 힘겨운 공사였다. '이 공사가 과연 끝나기는 하는 걸까?' 했는데, 현재 완성된 영종도 공항은 수익성 차원을 넘어 한 나라의 경쟁력과 지역의 랜드마크라는 새로운 가치창출을 하며 완공에 대한 보답을 하고 있었다.

하나의 건물이 완성되기까지의 과정은 꿈을 현실로 만드는 과정과 닮았다. 사람들은 현실에 안주하지 않기 위해 꿈을 꾸지만, 그 꿈을 이루기 위해서는 누구보다 현실적이어야 한다. 수교는 유학을 결심하며 지금보다 더욱 현실에 충실한 삶을 다짐해 보았다. 새로운 도전에 대한 설렘과 흥분이 그를 벅차오르게 했다.

"자기 나한테 할 말 없어?"

샤워를 마치고 방으로 들어온 수교에게 침대에 누워 있던 순진이 눈을 감은 채 물어 왔다.

"내가 웬만하면 말 안 하려고 했는데, 요즘 수상한 게 한두 가지가 아니야. 회사에 무슨 일 있어요?"

"아냐, 일은 무슨…… 아무 일도 없어."

수교는 자리에 누워 눈을 감았다. 리비아에서 수교는 유학을 떠나야겠다고 결심했지만, 막상 한국에 돌아와 생각하니 막막했다. 순진은 꼬치꼬치 묻기 시작했고, 수교는 어렵게 유학 얘기를 순진에게 꺼냈다.

"가면 되지, 뭘 고민해요?"

"유학을 가면 최소한 몇 년은 있어야 하는데 수입이 없으니 생활하기 어려울 거야."

"전세금 있잖아요. 내가 가지고 있는 돈도 있고."

"미국은 이곳보다 물가가 훨씬 비싸기 때문에 1년도 버티기 힘들 거야."

"생활비는 얼마든지 줄일 수 있어요. 검소하게 살게."

"유학을 다녀온다고 해도 다시 회사에 복귀할 수 있다는 보장이 없어."

"어차피 지금 회사를 정년까지 다닐 수 있다는 보장도 없잖아요. 요즘 평생직장이 어디 있어요? 그건 다녀와서 생각해요."

"미국에 가면 당신 혼자서 보내는 시간이 많을 텐데, 낯선 곳이라 외롭고 힘들 거야."

"친구야 가서 사귀면 되죠. 진짜 별걱정을 다하셔."

순진이 너무 쉽게 오케이를 해버리자 수교는 순진에게 유학생 아내의 생활이 쉽지 않다는 것을 설명한다는 것이 그만 자꾸 비관적인 얘기만 하게 되었다. 마치 수교는 미국에 가려는 순진을 어떻게든 겁을 주어 포기하게 하려는 사람 같았고, 순진은 수교의 협박에 굴하지 않고 자신의 뜻을 굽히지 않는 의지의 한국인 같았다.

"아무튼 쉽지 않을 거야."

수교는 긍정적으로만 생각하는 순진이 걱정스러운 마음에 협박성 멘트로 대화를 마무리했다. 수교는 순진에게 고마운 마음이 들다가도 미국에 갈 생각에 벌써 들떠 있는 그녀를 보고 있자니, 이 여자가 남편의 꿈을 키워 주는 지혜로운 평강공주인지 아니면 속이 없는 철부지인지 헷갈렸다. 수교의 야근과 주말 출근이 없는 낭만적인 유학생활을 꿈꾸는 듯했다.

수교는 회사에 얘기하고 본격적으로 유학 준비를 시작했다.

"아직 모르죠. 공부하다 보면 그다음에 어디로 가야 할지 보이지 않겠어요? 어차피 지금 제가 생각할 수 있는 범위는 정해져 있고…… 그 범위를 넓히겠다고 가는 유학인데, 넓어지고 나면 뭐가 보일까 저도 궁금한데요?"

수교의 대답을 들은 선배와 동료들은 대체로 우려를 표시했다. 하지만 수교가 수년간 건설회사에 몸담으면서 느낀 것이라면, 불확실성은 항상 존재하기 마련이고 아무리 대비하더라도 불확실성 자체를 없앨 수는 없다는 것이었다. 인생도 마찬가지였다. 수교는 굳이 유학이 불확실성을 더 높이는 요인은 아니라고 생각했다. 유학을 다녀온 후에 수교의 사회적인 위치나 경제적인 부분이 크게 좋아지지는 않더라도 물론 그런 것을 바라는 건 아니지만, 새로운 경험만으로도 유학은 충분히 가치가 있다고 판단했다.

며칠 뒤 수교는 이사로부터 호출을 받았다. 이사는 수교에게 놀라운 선물을 제시했다. 사장에게 싫은 소리까지 들어가며 유학지원 결재를 받아 온 것이다. 수교는 이사가 자기를 위해, 부하직원에 대한 인정과 사랑으로 이런 일까지 나서서 해 준 것이 고맙고 감사했다. 회사의 제안은 불투명한 수교의 장래를 보장해 주고 유학자금이 턱없이 부족한 현실을 해결해 줄 수 있었다.

하지만 수교는 퇴사 쪽으로 마음이 기울었다.

'지금껏 내 소신대로 살아온 적이 있었을까?'

지금껏 열심히 살아 왔고 매 순간 최선을 다했다. 일류대를 나와 취직까지 한 번에…… 수교의 인생은 말 그대로 탄탄대로였다. 하지만 등수와 시간차가 존재할 뿐, 누구나 대학을 나와 취직을 하고 누구나 수교처럼 살아가고 있었다.

자신이 새로운 단계로 나아가는 첫걸음으로 유학을 선택했다는 점에서 회사에 다시 돌아온다는 것은 애초부터 고려사항이 아니었다. 게다가 수교는 유학 후 회사에서 요구한 의무복무기간을 다 채울 수 있을는지 확신할 수 없었다. 그리고 무엇보다도 오랫동안 꿈꿔 왔던 유학의 첫 시작부터 자신에게 그러한 부담감을 주고 싶지는 않았다.

살아 있는 물고기는 거센 물결도 역류하며 올라간다. 수교는 역류를 통해 자신이 살아 있음을 온몸으로 느끼고 싶었다.

인생사관학교

1

정오에 인천을 출발한 비행기는 말레이시아 쿠알라룸푸르 공항에 드디어 도착했다. 해가 저물었지만 날씨는 여전히 푹푹 찌고 있었다.

"성 교수님!"

작업복 차림의 현장소장이 수교에게 손을 흔들며 다가오고 있었다.

"이사님, 아니 소장님 오랜만입니다."

이번 쿠알라룸푸르에 시공되는 초고층 빌딩, A타워의 현장소장이 수교를 이곳으로 부른 장본인이었다. 지금은 이사로 진급했지만 부장 시절에 건설산업대학원을 다녔고, 그때 수교가 지도교수였던 인연으로 수교의 현장방문이 이루어졌다.

건설산업대학원 학생들은 대부분 회사에서 임원승진을 눈앞에 두고 있는 사람들이었다. 차세대 건설산업을 이끌어 갈 기대주들답게 수업시간에 이들이 던지는 질문은 날카롭고 또 현실적이었다.

"질문이 있습니다!"

쩌렁쩌렁 울리는 목소리로 소장은 일단 주변의 시선을 한눈에 사로잡았다.

"해외 공사의 어려움이 뭐라고 생각하십니까?"

이 질문에 대한 답이라면 소장을 비롯해 여기 수업을 듣기 위해 앉아 있는, 해외 실무 경험이 많은 학생들이 더 잘 알고 있었다.

'이 질문은 뭐지? 기싸움을 하자는 건가?'

수교는 답변하기에 앞서 질문의 의도가 뭘까 잠시 생각했다.

"가장 큰 문제는……."

수교의 입에서 무슨 말이 나올까 다들 궁금한 표정이었다.

"…… 외롭다는 거? 가족과 떨어져 있어야 하니까요."

수교의 대답에 다들 웃었고, 소장도 수긍하는 표정이

었다.

건설현장은 불확실한 요인들이 많아 신속한 처리를 위해서는 실무경험이 필요하다. 해외현장이라도 기술적인 문제는 국내와 크게 다르지 않았다. 문제는 문화적인 차이를 포함한 현지상황이었다. 예측하지 못한 문제가 발생했을 때 해결할 수 있는 능력을 배가시키는 것이 교육의 목적이기도 했다.

"질문하신 부분은 저희가 앞으로 수업을 통해 풀어 가야 할 내용입니다. 이론이 없는 실무경험은 한계가 있습니다. 실무경험이라면 베테랑급인 여러분이 이곳에 모인 이유기도 합니다. 졸업 후에도 같은 질문을 받게 된다면 제가 직접 A/S 나가겠습니다."

수교의 A/S 선언에 중년의 학생들은 아이들처럼 좋아라 했다.

첫 수업 이후로 소장은 수업시간마다 질문이 많은 학생이었다. 아주 신랄한 질문에서부터 뜬금없는 질문까지 다양했다.

"제가 여기서 공부한 내용을 써먹는 날이 오긴 올까요? 그 전에 회사에서 짤리지 않을까 싶은데요."

"……."

"그리고 A/S는 어디까지 가능합니까? 해외로도 오시는 겁니까?"

"……."

"지접 오실 줄은 몰랐습니다."

현장소장이라는 자리가 누구 마중이나 나올 수 있는 한가한 자리가 아니라는 것을 알기 때문에 수교는 소장의 배려가 고마웠다.

"당연히 제가 나와야죠. 교수님이 오시는데……."

건설산업대학원을 다니던 시절, 소장은 주임교수인 수교에게 깍듯한 학생이었다. 수교는 경험도 많고 나이도 많고 심지어 학교 선배인 소장의 존대가 불편했지만 소장은 교수에 대한 예의를 확실히 지켰다.

"이디시 차니 힌진하고 갈까요?"

"아닙니다, 그냥 가시죠."

"그럼 드라이브 삼아 한 바퀴만 돌겠습니다. 교수님 핑계 삼아 바람 좀 쐴까 했더니 호응을 너무 안 해주시네."

"아…… 그런 건가요?"

"농담입니다. 현장으로 가시죠."

"공사는 잘 진행되고 있습니까?"

이번 공사는 말레이시아 국가 차원에서 진행하는 프로젝트로 말레이시아의 경제발전 한 단계 도약을 위한 상징적

인 프로젝트였다. 비정형적이고 독특한 디자인뿐만 아니라 시공과정에서도 다양한 기술을 필요로 하는 매우 도전적인 공사였다.

"성 교수님께서 직접 A/S를 오셨으니 이제 잘 돌아가겠죠."

"전 놀러 온 건데, 왜 부담을 주고 그러십니까?"

"동남아 전문가 아니십니까? 교수님만 믿겠습니다."

"저야말로 잘 부탁합니다."

수교는 캄보디아 건설산업 CM[60]에 대한 연구 프로젝트를 진행 중이었다. 한국 건설산업의 노하우를 배우겠다며 캄보디아 정부 차원에서 적극 요청한 연구이기도 했다. 캄보디아는 동남아 국가 중에서도 매우 낙후된 나라의 하나였고 한국건설산업보다 20~30년 정도가 뒤처져 있었다.

수교는 캄보디아를 방문해 관계기관, 발주자, 현지업체 및 전문가 등을 인터뷰하고 자료를 수집하는 과정에서, 캄보디아보다 발전된 동남아 국가의 사례 분석의 필요성을 느꼈다. 이번 말레이시아 방문이 바로 그 연장선상에 있었다. 특히 이곳에 진출해 있는 한국 건설사들이 현지에서 느끼는 문제점과 상황들을 구체적으로 파악해 한국-캄보디아 건설산업의 상생 전략에 참고하고자 했다.

"요즘 감리 때문에 골치가 아파요. 악명 높은 영국 감리회사가 아니라서 다행이다 싶었는데, 미국 감리회사도 만만치 않네요."

"미국감리회사면 혹시 터너[61]입니까?"

---

60 건설사업의 수행에서 가능한 한 효율적으로 공사를 진행하기 위한 제일 나은 방법을 찾는 과정. 일반적으로 안전, 원가, 품질, 공정 관리의 4대 관리를 포함한다.

61 Turner Construction Company. 미국의 메이저 건설사.

수교는 유학생활 중에 미국 최고의 건설회사 중 하나인 터너에서 인턴생활을 했고, 학위를 취득한 후에는 정식으로 입사해 1년간 근무했다. 주로 CM사업부에 있었던 터라, 소장이 겪고 있는 어려움의 원인은 대충 짐작이 갔다.

"외국 감리회사들이 한국에서 발생한 대형사고 때문에 시공에 대한 불신이 좀 있습니다."

"바로 그게 문제예요! 설계대로 시공해도 자꾸 재감리에 들어가고 하니까 공사가 계속 지연되고 있어요. 까다로운 감리 때문이 아니라 의심 많은 감리 때문에 힘이 듭니다."

도면대로 시공해도 공정이 까다롭고 난이도 높은 작업들은 재감리에 들어간다고 했다. 문제는 21층에 걸쳐 있는 스카이가든 설치와 헬리포트[62] 그리고 트랜스빔[63] 등 난이도 높은 공사가 한두 가지가 아니라는 것이다.

"저희가 감리규정보다 월등하게 잘할 수 있는 시공들을 눈에 띄게 강조하시면 어떨까요?"

"음……."

"예를 들어 용접 기술은 미국 감리자들이 그렇게까지 정교하게 할 필요가 있느냐고 궁금해합니다."

수교는 터너 근무시절에 친하게 지내던 영국 친구가 했

62 헬리콥터 전용 비행장. 지상의 건축물 옥상에 설치할 수 있다.

63 콘크리트 구조에서 상부의 벽식 구조를 철골구조로 변환시키는 부위의 보.

던 말을 떠올리며 말했다. 미국에서 손꼽는 최고의 기술자들도 손기술에서는 한국인 작업자를 따라가지 못했다.

"음…… 그것도 기싸움에 도움이 되겠네요. 말도 마세요. 우리 공사과장이 말도 안 통하는 감리 상대하느라 하루가 다르게 늙고 있습니다."

현장에 들어서자 소장은 콘크리트 타설 중인 부하직원의 안색부터 살피기 시작했다. 직원은 피곤해 보이는 표정으로 소장에게 고개를 저어 보였다.

"부수고 다시 치는 중입니다."

"그래? 정말 수고한다."

A타워 현장은 프리스트레스 콘크리트[64]로 시공 중이었다. 콘크리트는 사용성이나 모든 면에서 스틸보다 우수한 점이 많지만, 무겁고 품질관리가 어렵다는 단점이 있다. 스틸은 공장에서 강도를 재보고 가져오면 되지만, 콘크리트는 현장에서 섞어서 타설하고, 양생[65] 뒤 실린더 검사[66]를 해 보고 깨뜨려 봐야지만 제대로 됐는지 알 수 있었다.

---

64 장력에 약한 콘크리트의 약점을 극복하기 위하여 미리 장력을 가한 철근을 삽입한 콘크리트.

65 콘크리트 타설이 끝난 다음에 온도, 하중, 충격, 오손, 파손 등의 유해한 영향을 받지 않도록 충분히 보호 관리하는 것을 일컫는 말.

66 콘크리트의 압축강도를 테스트하기 위하여 샘플 콘크리트를 파괴시험하는 검사.

"콘크리트 시험을 본 날이면 부하직원 표정부터 살핍니다. 표정이 좋으면 성공이고 안 좋으면 부수고 다시 쳐야 하는 거죠. 처음에는 실린더 검사 결과가 좋지 않으면 구조에 문제가 없는지 특별검사를 받았는데, 돈 낭비 시간 낭비더라고요."

특히 이곳 현장에서 사용하는 고강도 콘크리트는 시간도 가리고, 재료도 가리고, 돈도 가리고, 사람도 가리는…… 마치 까다로운 여자와도 같았다.

"긴장해서 콘크리트 치고 결과가 좋지 않으면 감독관 인스펙션 전에 알아서 부수고 다시 치고 있습니다."

고난도 공사일수록 시공과정에서 새로운 시도가 요구되었고, 한 번에 성공하기란 하늘의 별 따기였다. 새로운 도전과 시도에서 시행착오란 필요충분조건과도 같았다.

"아참! 아까 그 사람이 우리 공사과장인데 인사를 시킨다는 걸 정신이 없어서 깜빡했네요."

'어쩐지 나이가 좀 들어 보이더라니…….'

보통 콘크리트 타설은 직급이 대리 정도 되는 직원이 담당하는 것이 관례였다. 공사과장이 타설에 직접 나설 정도라면 감리가 얼마나 까다롭게 구는지 짐작하고도 남았다.

수교와 현장사무소로 가던 소장은 공사팀 대리를 만

났다.

"소장님, 엘리베이터를 납품하기로 했던 업체에서 클레임[67]이 들어왔어요. 이미 엘리베이터를 수량대로 다 만들어 놨는데 규격을 바꾸면 어떻게 하냐며 보상해 달라고 하는데요?"

"참 부지런하다. 납품기한이 한참 남았는데 벌써 만들어 놨대?"

한국에서는 보통 시공사 쪽에서 하청업체나 협력업체에 클레임을 걸지만 외국에서는 반대의 경우도 많았다. 한국에서는 시공사의 힘이 워낙 막강하기 때문에 하청업체는 설사 억울한 경우가 있더라도 다음 계약을 위해서 손해를 감수할 때도 있었다. 하지만 이렇게 초고층 건물에 들어가는 엘리베이터, 중장비, 특수한 자재 등을 납품하는 외국 업체들은 전 세계를 상대로 거래하기 때문에 시공사의 계약 위반이나 변경으로 생긴 손실은 소송을 통해서라도 보상받고 있었다.

"일단 만들어 놨다니 어떻게든 보상은 해 줘야겠지. 회의 때 얘기하자."

"저는 회의에 참석하기 어려울 것 같은데요. 스카이가든

67 매매계약당사자의 한쪽이 계약이행을 위반함으로써 다른 쪽이 이 때문에 입은 손해의 배상을 청구하는 것.

설치 때문에 기술자랑 용접 문제로 얘기하기로 했어요."

"끝나는 대로 와."

"용접 얘기 끝나면 첨탑 시뮬레이션 때문에 업체 사람 만나러 가야 하는데요?"

"다— 끝나면 오라고! 알았어?"

"야근 근무조는 어떡하죠?"

"어제 연락하라고 했잖아?"

"아차, 깜빡했어요."

"정신을 어디에다 두고 다니는 거냐?"

"죄송해요. 오라고 할까요?"

"그냥 좀 해라. 그만 좀 물어보고. 밤 9시까지 다들 집합시켜. 알았어?"

대화 내용과 달리 소장의 말투는 느긋했다. 긴장감 없기는 꼬박꼬박 대꾸하던 대리도 마찬가지였다.

2

회의시간도 제대로 전달되지 않는 허술한 보고체계, 주로 기사나 대리급의 업무인 콘크리트 타설을 공사과장이 진행하고 스카이가든처럼 난이도 있는 공사는 대리가 맡는 상황에 수교는 뭔가 뒤죽박죽이라고 생각했다.

하지만 현장사무실에 도착해 공정표와 감리보고서 등을 훑어 보던 수교는 이곳 현장이 허술하게 돌아가는 곳이 아니라는 것을 알게 되었다.

관리직원들은 매일 2교대로, 작업자들은 3교대로 근무하는 만큼 공사는 빠르게 진척되고 있었다. 진행된 공사에 대한 감리보고서만 보더라도 품질관리가 어려운 콘크리트 구조물을 완벽하게 시공하고 있었다.

"공사 속도가 빠르네요?"

"진도를 더 확 빼야 하는데! 그게 내 맘처럼 돼야 말이죠. 보시다시피 팀이 콩가루라……."

초고층 공사를 이 정도의 속도로 진행하고 있다는 것은 팀워크가 좋다는 증거였다. 콩가루 팀으로는 절대 따라잡을 수 없는 공사진도였다.

'특공대를 꾸려서 오셨구먼. 콩가루는 무슨 콩가루 팀이라고……'

"젠장…… 짜증 난다. 짜증 나!"

"너 지금 나 들으라고 한 거냐?"

"제가 감히 어떻게…… 소장님께 욕을 하겠습니까? 그냥 속상해서 혼잣말 좀 했습니다."

"성 교수님 안 보여? 인사해."

"어? 교수님! 안녕하셨습니까! 근데 여기 어떻게 오셨어요?"

"너 A/S 좀 해달라고 모셔 왔다."

육두문자를 시원하게 날리며 들어온 막내직원은 작년에 병역특례로 업체에 들어갔던 수교의 제자였다. 수교가 내심 대학원에 진학하기를 바라던 제자였지만, 실무경험을 해보고 싶다며 병역특례로 업체를 지원했다.

"자네한테 현장은 군대나 마찬가지인데, 소장님께 말투가 그게 뭐야?"

"주의하겠습니다."

"뭐가 문제야?"

"아무것도 아닙니다."

막내직원은 수교의 질책에 입을 다물고 조용히 물러갔다.

"저 친구…… 잘하고 있습니까?"

"잘하고 있죠. 저 친구가 타워크레인[68] 및 양중[69]설비 배치안을 계획했는데, 덕분에 공사진도가 엄청 빨라졌어요."

초고층 현장에서 타워크레인을 통한 양중계획은 공사비

68 건설현장에서 사용되는 기중기. 초고층 빌딩이나 아파트 건설현장에서 많이 사용됨.

69 시공 중인 건축물의 높은 곳으로 소요 자재 및 부품 등을 올리는 행위로, 주로 타워크레인이나 호이스트를 통해 이루어짐.

중의 절반을 차지한다고 해도 과언이 아니다. 저층 건물과 달리 초고층 건물은 모든 자재의 운반이 타워크레인을 통해 이루어진다. 따라서 양중계획은 공기 단축과 공사비를 절감할 수 있는 핵심요소이다. 하지만 고층으로 갈수록 공간이 좁아지는 설계에서는 타워크레인을 한 대 이상 설치한다는 것이 힘들었고, 두 대를 설치한다고 해도 효율적인 운영이 어려웠다.

"두 대가 2미터 간격을 두고 설치되었는데, 서로 부딪치지 않게 크레인 작업 동선을 기가 막히게 계산했더라고요. 문제가 생기면 어떻게든 방법을 찾으려고 하고 바로 수정하고, 고치고…… 정말 뛰어난 놈이에요."

"사실…… 다루기는 좀 어려우시죠?"

수교가 아끼는 제자였지만 성격이 까탈스럽고 욱하는 기질이 있어 현장적응이 쉽지는 않을 것으로 생각했다. 특히 해외현장은 작업자뿐만 아니라 기술자들도 다국적군인 경우가 많았다. 다양한 인종의 사람들이 협력하며 작업해야 하기 때문에 원만한 대인관계는 필수조건이었다. 그나마 수교는 막내직원이 소장의 그늘에 있어 다행이다 싶었다.

"실은…… 얼마 전에 크레인에 달아 놓은 추가 떨어지는 바람에 난리가 난 적이 있습니다. 점심시간에 떨어졌으니 망정이지 지금도 그때 생각을 하면 소름이 확 끼치면서 자다가도 벌떡 일어납니다."

타워크레인에 균형을 맞추기 위해 달아 놓았던 800킬로그램 추가 알 수 없는 원인으로 지상에 떨어지는 사고가 발생했다. 당시 크레인을 관리하던 담당자가 막내직원이었다고 했다.

"책임감이 강한 건 좋은데, 자기가 몇 번씩 확인했다면서 어찌나 자존심 상해하던지……."

막내직원은 추락 원인을 찾겠다며 크레인 기사와 작업자들을 상대로 조사를 시작했고, 그 과정에서 막내직원의 공격적인 말투 때문에 기분이 상한 작업자들이 작업을 중단하고 단체행동에 들어갔다. 사고가 난 것도 모자라 자기 때문에 현장이 중단되는 사태가 벌어지자 막내직원은 죄책감에 몹시 힘들어했다고 했다.

"어쨌든 잘 이겨냈고 지금은 아주 잘하고 있습니다."

유연하지 못하면 부러지는 법이다. 수교는 막내직원이 추락사건에 대한 죄책감을 어떻게 극복했을지 궁금했다.

이때 사무실에 쳐들어온 불청객 때문에 두 사람의 대화는 중단되었다. 이 불청객의 방문은 처음이 아닌 듯 사무실에 있던 직원이 불청객을 보자마자 자리를 피했다. 말레이어로 떠들고 있는 불청객의 말을 수교는 알아들을 수는 없었지만, 심각한 문제는 아닌 것 같았다. 불청객과 소장의 대화가 길어지자 지루해진 수교는 사무실을 나왔다.

"교수님, 왜 나와 계세요?"

지나가던 막내직원이 수교를 보자 다가와 말을 걸었다.

"손님이 찾아오셔서."

"아, 저분!"

불청객은 인근에 사는 주민으로 현장 소음과 먼지로 인한 피해를, 이미 보상도 했고 사과도 할 만큼 했건만, 주기적으로 호소하는 사람이라고 했다.

"공사만 하는 게 현장이 아니더라고요."

"현장을 좀 알겠다는 소리 같은데?"

"교수님께서 엔지니어로만 살고 싶으면 토목 쪽으로 가라고 하신 말씀이 이제 좀 이해가 됩니다."

막내직원은 쑥스럽나는 듯 말했다.

국내만 보더라도 발주처가 한국도로공사나 수자원공사처럼 주로 공기업인 토목 쪽은 공사 외에 신경 써야 할 부분이 많지 않다. 하지만 주로 도심이나 주택가에서 시공하는 건축은 늘 새로운 발주자를 상대해야 하고 외부적으로 발생하는 다양한 문제를 해결해야 한다. 발주자의 개인적인 취향이, 그리고 현장에서 발생하는 소음과 분진으로 인한 민원이 엔지니어들을 괴롭히고 있었다.

"교수님, 이거 차랑 과일인데요, 드시면서 잠시만 기다리세요. 소장님도 불청객도 하품하는 거 보니까 곧 끝나 갑니다."

막내직원은 들고 있던 봉지를 수교에게 건네며 말했다.

"고맙다."

"언제까지 계십니까?"

"2박 3일."

"아…… 네, 그럼 가보겠습니다."

"음, 그래."

막내직원은 인사를 하기가 무섭게 사라졌지만 이상할 것 없었다. 평소에도 남학생들과의 대화는 논문이나 업무 얘기를 제외하면 두 마디를 넘지 않았다. 수교는 오히려 꽃무늬 도시락통과 앙증맞은 물병을 주고받은 이 상황이 더 어색했다.

'저 녀석, 뭔가 달라진 거 같은데……?'

초가집이 빌딩으로 변신하는 확연한 변화는 없었지만 막내직원은 예전과 달랐다. 가랑비에 옷이 젖듯이 자기도 모르게 서서히 변하고 있음을 수교는 느낄 수 있었다.

공사팀 회의가 시작되었다. 직원들의 간단한 업무 보고가 끝나고 엘리베이터 보상문제에 대한 논의에 들어갔다. 문제는 설계변경 때문에 엘리베이터 규격이 바뀌면서 발생했고, 직원들은 시공 단계에서 느닷없이 설계를 변경한 발주자를 성토했다.

"엘리베이터는 이미 제작했다면 보상을 해 줘야지. 설계 변경도 마찬가지야. 누가 어쨌든 시공은 무조건 우리 책임이야."

"……."

소장의 한마디에 직원들은 모두 입을 다물어 버렸다.

"이 업체, 원래 클레임을 상습적으로 겁니다. 제가 터너에서 근무할 때 거래를 한 적이 있는데 기술력은 좋지만 매너가 좋지 않다는 인상을 받았어요."

수교의 말에 소장과 직원들은 곰곰이 생각하기 시작했다.

"그럼 혹시……."

"제품을 다 만들어 놓지도 않고 시비를 건다?"

소장의 말에 수교는 고개를 끄덕이며 말을 이어 나갔다.

"진짜 제품을 다 만들어 놓았는지 실사를 가는 것도 나쁘지 않겠죠."

"6개월 뒤에 설치될 엘리베이터를 벌써 만들어 놨다고 해서 좀 이상하기는 했어요. 나쁜 새끼들……."

"내일 제가 확인하고 오겠습니다."

대리는 당장에라도 뛰어나갈 기세였다.

"내가 다녀오지."

"소장님이 혼자 가시는 건 진짜 위험합니다. 길눈도 어두우시고 영어도 안 되시는데…… 제가 동행하겠습니다."

막내직원도 나섰다.

"군인은 현장이나 지키고 있어. 77층을 1분 안에 올라가는 엘리베이터를 만드는 기술, 그거 아무나 가지고 있는 게 아니야. 우린 그 업체랑 일해야 해. 시비 걸러 가는 게 아니라고. 다음으로 넘어가지. 바람 잡는 일은 잘 진행되고 있는가?"

보통 초고층 빌딩은 바람이 건물에 부딪히면서 소용돌이를 만들어 내고, 건물과 바람의 진동이 맞아떨어지면 건물이 크게 흔들리게 된다. 그래서 바람의 영향을 최소화할 수 있는 설계는 물론, 바람을 잡아 주는 특별한 장치가 들어가게 된다. A타워는 건물의 허리 정도가 되는 특정층 기둥과 슬래브에 고강도 콘크리트를 투입해 바람에 의한 충격을 줄일 수 있는 지지대 역할을 하는 아웃리거 공법[70]을 사용했다. 마치 역도선수가 벨트를 차고 허리로 힘을 받치는 것과 비슷한 원리다.

"며칠 전에 시험 삼아 고강도 콘크리트를 호스로 올려

---

70 초고층 건물에서 횡력(풍하중, 지진하중)에 저항하기 위해 내부 코어와 외부 기둥을 연결하는 강성이 큰 수평부재인 아웃리거를 활용하여 전단벽과 외부 기둥이 횡력을 서로 분담하게 하는 공법.

봤는데 쏘아 올리는 압력 때문에 콘크리트 배합상태가 안 좋아요. 자꾸 문제가 발생하면 등짐으로 실어 올려야 할 판입니다."

공사과장의 한숨 섞인 보고에 대리가 조심스럽게 의견을 제시했다.

"호스의 압력을 조금만 줄여 보면 어떨까요?"

"현재 호스로 콘크리트를 쏘아 올리는 압력은 최적화되어 있는 상태라 여기서 압력을 낮춘다면 콘크리트를 위로 올리는 것 자체가 불가능해."

"……."

"그럼 거푸집에 콘크리트를 부을 때 기포제거기를 동시에 사용해 보면 어떨까요?"

수교의 의견에 식원들이 일제히 수목하자 수교는 더욱 자신감 있는 말투로 부연 설명에 들어갔다.

"A대교 공사 때 침매함 제작현장에서 썼던 방법인데, 간단한 방법이지만 아주 효과적입니다. 기포제거기로 배합을 바로잡을 수 있을 겁니다."

"음…… 이미 시도해 봤는데 분리 상태가 심해서 기포제거기로는 회복이 안 되더라고요."

공사과장은 기포제거기뿐만 아니라 콘크리트 배합 상태를 유지하기 위해 지금까지 시도했던 여러 가지 방법들을 상세히 수교에게 설명해 주었다.

"호스의 끝 부분을 레미콘 차량 몸체처럼 만드는 건 어때요? 분리된 콘크리트가 다시 혼합돼서 나오게 말이죠."

"레미콘 차량을 미니어처로 만들어 쏘아 올린 콘크리트를 즉석에서 한번 돌려 주면 되겠네."

"왜? 타워크레인으로 레미콘 차를 들어 올려서 거푸집에 직접 쏟아붓지."

현장에서 발생한 문제를 가지고 농담을 주고받을 수 있다는 것은 여유가 있고 즐겁게 일하고 있다는 증거였다. 소장의 욕설과 고성이 난무하던 현장회의를 기억하고 있는 수교에게 이 팀의 분위기는 부럽고 보기가 좋았다.

"물을 더 넣으면 유동성[71]은 좋아지겠지만 강도가 낮아지니, 콘크리트 배합을 달리해서 계속 실험해 보겠습니다."

"그래, 고생스럽겠지만 2주 안에 해결하도록 해봐."

소장은 부드러운 음성으로 격려했지만, 공사과장은 2주 안이라는 마감일에 긴장하는 기색이었다.

소장은 인간적이고 관대한 사람이었다. 하지만 선이 분명한 사람이기도 했다.

---

71 혼합한 콘크리트의 점도가 낮을수록 유동성은 높아지고, 유동성이 어느 정도 확보될 때 시공하기가 쉬워짐.

회의를 마치고 늦은 저녁을 먹기 위해 식당으로 걸어가는 중에도 현장 얘기는 계속 이어지고 있었다.

"근데 거푸집 말이야. 크기 조절이 생각만큼 잘 안 되는 거 같던데?"

공사과장의 말에 담당기사는 심각한 표정으로 말했다.

"그럴 리가 없는데…… 제가 내일 다시 확인해 보겠습니다."

이번 공사를 위해 거푸집을 층마다 모양을 달리할 수 있도록 특수제작했다. 마치 허리조절이 가능한 벨트처럼 거푸집의 굵기 조절이 되게끔 다단으로 만들어서, 벨트 채우듯이 한 칸씩 더 채우면 거푸집이 바로 작아지게끔 디자인한 것이다.

"시뮬레이션은 잘돼가?"

이번에는 첨탑 시뮬레이션 담당 대리에게 선배 대리가 물었다.

"아 그거요? 컴퓨터 용량 때문에 잘 안 돌아가서요. 내일 다시 해보기로 했습니다."

"확실하게 준비해. 이번에 제대로 설득하지 못하면 첨탑 시공은 물 건너가는 거야."

첨탑시공에 사용될 공법이 위험천만해 보인다는 이유로 허가가 나지 않았다고 했다. 그래서 시뮬레이션을 통해 다시 설득해 보기로 했고, 설득하지 못하면 첨탑시공은 무산된다. 이 건물의 상징이라 할 수 있는 첨탑이 사라진다면 발주처에서는 이유 막론하고 분명 문제 삼을 것이다.

"중량 때문에 5밀리미터만 삐뚤어져도 안 되는 거 알지?"

"알죠. 한 치의 오차도 없을 테니 나중에 자 들고 재보러 오세요."

"까불긴…… 일 생기면 바로 얘기해."

선배 대리는 첨탑에 문제가 생기면 언제든 달려와 주겠다는 말투였다.

사실 일반적인 현장에서는 보기 드문 광경이었다. 보는 사람에 따라서는 이들이 서로 간섭하는 것처럼 보일 수도 있었다. 하지만 자신의 업무만으로도 매우 힘겹고 벅찬 것이 현장이었다. 그만큼 서로에 대한 유대감이 돈독하다는 증거였고, 개개인의 역량이 뛰어나다는 의미이기도 했다. 소장은 순한 양 떼를 몰고 가는 팔자 좋은 목자가 아니었다.

"교수님, 오늘따라 야경이 정말 좋네요."

업무 얘기로 바쁜 직원들과 달리 소장은 콧노래까지 부르며 밤 산책의 낭만을 즐기고 있었다. 소장의 말처럼 숲과 세련된 빌딩이 어우러진 도심의 야경은 아름다웠다.

말레이시아는 영국 연방국가이자 이슬람교를 국교로 믿는 나라이지만, 다른 이슬람교 국가들보다 타 종교에 대한 배타성이 덜해 이슬람교, 불교, 힌두교, 기독교가 자유롭게 공존하는 다민족 다문화 국가이다.

"여긴 타 민족, 타국인에게 매우 관용적이라 차별을 거의 느낄 수 없다고 들었는데, 소장님이 보시기에 어떻습니까?"

"세상천지에 만인이 평등한 곳이 있을 리가 있나요? 축구에서도 홈 어드밴티지가 있는데."

"하긴 그렇네요."

"다른 나라에 비해 덜하긴 합니다."

"그런가요?"

"실은 거의 차별이 없이요."

"……."

"편견 없는 시선이라는 게 말입니다. 그 힘이 대단해요."

소장은 물끄러미 직원들은 바라보며 말을 이어 나갔다.

"다민족과 다문화의 자유로운 공존이 이 나라의 가장 큰 경쟁력이 될 겁니다. 사람은 믿어 주는 만큼 하게 되어 있다는 거 아닙니까?"

"……."

3

"오늘 현장을 둘러본 소감은 어떠신가요?"

운전 중인 소장은 피곤한 듯 연신 하품을 하며 수교에게 물었다.

"쉽지 않은 공사라 다들 지치고 예민해져 있을 거라 생각했는데 분위기가 좋네요."

"사실 문제도 많고 탈도 많은 공사입니다. 저 친구들이 워낙 잘해 주니까 버티는 거죠. 저녁 식사는 교수님 숙소 근처에 가서 할까요?"

"오늘은 소장님 숙소에서 신세를 질까 하는데요."

수교는 소장의 숙소에 머물며 현장 얘기를 듣고 싶었다.

"저기 그게…… 잠자리가 불편하실 텐데."

왠지 수교의 숙소 방문을 꺼리는 말투였고, 소장답지 않았다.

"소장님만 괜찮으시다면 전 상관없습니다."

"저야 영광이죠. 그럼 차 돌리겠습니다."

"……"

숙소에 도착한 수교는 직원들과 한잔하는 자리에서 소장이 왜 자신의 숙소 방문을 꺼렸는지 알게 되었다.

"네? 다 같이 살고 있다고요? 소장님도 같이?"

"어차피 잠만 자고 나오는데 개인 숙소를 마련할 필요가 없더라고요."

얼마 전까지만 해도 소장을 비롯해 지원 대부분이 가족들과 함께 살고 있었다. 하지만 수개월 전부터 부도설에 시달리고 있던 본사가 자금 압박 때문에 A타워 현장에 대한 공사비 지원을 중단하면서 위기가 찾아왔다. 발주처로부터 계약금만 받은 상태였기 때문에 본사의 공사비 지원이 없다는 것은 공사를 중단해야 한다는 소리나 마찬가지였다.

"아! 그때 소장님이 혼자 멋진 척은 다하셨죠."

대리가 자금압박을 받던 시절을 회상하며 말했다.

"사실 저희는 나중에 알았어요. 소장님 가족들이 한국에 들어갈 때도 사모님 연세가 있으시니까 그런가 보다 했어요. 생활비 때문이라고는 꿈에도 생각 못했죠. 저희 월급은 꼬박꼬박 넣어 주셨거든요."

"소장님이 미리 말씀해 주셨더라도 우리는 애들이 학기 중이라 바로 보낼 수는 없었겠지. 난 지금도 감사하게 생각해."

"그럼 소장님은 공사비도 없이 어떻게 유지해 오신 겁니까? 작업자들이나 하청업체들은 대금을 지불해 주지 않으면 바로 일손을 놓아 버렸을 텐데……."

"다행히 중장비 사용이 대부분 끝난 시점이라 팔 수 있는 장비는 죄다 팔아서 자금을 확보했습니다. 불행 중 다행이었죠."

'…… 놀러 오라고 하시더니, 가시방석을 준비하셨군.'

"이제 괜찮습니다! 다 지나간 얘깁니다."

공사과장은 마치 수교의 불편한 속마음을 읽기라도 한 듯 말했다.

"…… 밤낮으로 붙어 있으니 팀워크가 안 좋을 수가 없네요."

"교수님, 그런 얘기는 소장님 계실 때 해 주세요. 저희만 보면 노상 콩가루 팀이라고 얼마나 구박을 하시는지…… 저희가 환상의 스태프라는 걸 소장님도 아실 때가 됐습니다."

수교는 대리의 말에 말없이 웃기만 했다.

'소장님은 이들을 의지하며 공사를 진행하고, 이 팀은 소장님만 바라보며 따라가고 있다.'

소장과 직원들은 함께 어려운 시기를 보내며 진한 동료애로 똘똘 뭉쳐 있었다.

다른 직원들이 먼저 들어가고 막내직원과 대리만 남게 되자, 두 사람은 수교에게 개인적인 고민을 털어놓기 시작했다. 대리는 수교가 늦은 나이에 유학을 다녀왔다는 사실에 유난히 관심을 보였다.

"저는 완전 현장체질이라고 생각했거든요. 공부에는 진짜 관심 없었는데……."

"늦바람이 무서운 법이죠. 도전해 봐요."

"그런데 말입니다. 교수님은 어떻게 유학 가실 생각을 하셨어요?"

"시작이 반이라고 결심하기까지가 어렵죠."

"공부하면서 미래가 불안하지 않으셨어요?"

"유학 간 삼 년 동안, 다음날만 생각하며 살아서……."

"다음날이라뇨?"

"내일 몰라요? 내일 해야 할 일. 내일 제출해야 할 리포트. 당장 내일만 생각해도 앞이 깜깜한데 미래를 생각할 여유가 있나."

"어! 그건 저희랑 비슷하시네요. 충실한 하루하루가 완공을 만든다. 저희 소장님이 남긴 명언입니다."

"앞으로 지금처럼만 살면 되는 겁니다. 그럼 뭐든 할 수 있어요."

"아…… 내일도 모레도 우린 열심히 살아야 하는 거구나."

대리는 투덜거리듯 말했지만, 눈빛은 새로운 도전에 대

한 의욕으로 빛나고 있었다.

수교는 자신의 유학시절이 떠올랐다. 잘 다니던 직장을 그만두고 소신 있게 역류를 선택한 만큼 최선을 다했지만 매일 천국과 지옥을 오가는 생활이었다. 처자식 딸린 늦깎이 유학생이라 힘들고 막막해도 내색할 수 없는 처지였다. 집으로 가는 길에 잠시 강가에 앉아 눈물을 훔치는 것으로 자신을 위로했고, 순진을 따라 교회를 가곤 했다. 하루하루를 열심히 살아 냈고, 그 시간이 결국 지금의 수교를 만들었다.

4

다음 날 수교는 말레이시아 정부 공무원과 현지 건설 전문가들을 만나러 갔다.

동남아시아 건설시장에는 프로젝트 베이스로 활동하는 영국계 QS[72]들이나 서구 출신의 엔지니어들이 많았다. 이러한 활동이 가능한 이유는 프로젝트의 계약방식이나 관

---

72 Qauntity Surveyor. 영국 RICS(Royal Institution of Chartered Surveyors, 왕립 서베이어협회)가 양성하는 사업예산관리 전문가를 의미한다. 프로젝트 초기 단계에서부터 참여하여 적산 및 견적 업무와 사업예산 계획수립 및 관리 등의 활동을 함.

리방식 그리고 엔지니어링의 기술기준 등이 영국계 혹은 서구 중심으로 진행되기 때문이다. 말레이시아는 동남아시아 국가 중에서도 한국 건설사의 진출이 활발한 나라인 만큼, 한국의 CM 및 엔지니어링 인력의 동남아 진출기반을 다지기 위해서는 한국 건설사들의 현지 진출 전략에 대한 이들의 반응을 구체적으로 알아볼 필요가 있었다.

수교가 일정을 마치고 숙소로 돌아와 보니 온종일 일에 시달린 직원들은 이미 곯아떨어져 있었다. 막내직원만이 조용히 누울 준비를 하고 있었다.

"교수님, 늦으셨네요?"

이때 소장이 부엌에서 쟁반에 음식을 차려 내왔다.

"어? 소장님 안 주무셨어요?"

막내직원이 재빨리 일어나 소장이 들고 있던 쟁반을 받아 들었다. 쟁반에는 고기볶음과 대접에 수북이 담은 밥이 놓여 있었다.

"야, 이거 옛날 생각 나네요. 어릴 때 시골에서 농사철에는 어른들이 너무 바쁘니까 세숫대야만 한 양푼에 고추장만 넣고 비벼서 식구들이 다 같이 먹곤 했는데."

시장이 반찬이라고 수교와 막내직원은 소장이 준비한 밤참을 맛있게 먹었다.

"자, 다들 일찍 자자고."

다들 자리에 눕자 잠깐 침묵이 흘렀다.

"소장님"

"왜?"

"제 꿈 꾸세요……."

"그래, 너도 내 꿈 꿔라."

막내직원과 소장의 대화가 듣기 민망한 수교는 이불을 머리끝까지 끌어올리다가 문뜩 어제 막내직원이 했던 말이 떠올랐다.

"저 때문에 현장이 중단된 적이 있었어요. 소장님이 작업자들을 간신히 설득해서 오후에는 다시 작업에 들어가기는 했는데…… 그날 작업 끝나고 소장님이 저를 따로 부르시는 거예요. 난 이제 죽었구나 생각했는데, 계단을 같이 걸어서 올라가자고 하시는 거예요."

"무슨 계단?"

"현장 계단이요. 그때가 아마 40층까지 올라간 상태였을 거예요."

"그래서?"

"한 계단 한 계단 올라가면서 하시는 말씀이……."

막내직원은 그때 생각에 감정이 복받치는 듯 잠시 말을 잇지 못했다.

"…… 막내야, 이거 네가 만든 계단이야. 이것도…… 또

이것도…… 소장님 이렇게 말씀하시는데 저도 모르게 울컥해서, 그날 저 엄청 울었습니다."

역시 사람을 변하게 하는 건, 충고를 가장한 비난보다는 따뜻한 위로와 격려였다.

서로에 대한 배려와 온화한 리더십이 있는 이곳, 말레이시아 A타워 현장은 단순한 시공현장이 아니라 인생사관학교 같은 곳이었다.

말레이시아 텔레콤타워

개요

대우건설이 1995년 7월 12일에 당시 기준 2억 4,000만 달러에 수주한 말레이시아 최대 규모의 초고층 첨단 인텔리전트 빌딩이다. 말레이시아의 수도인 쿠알라룸푸르 시의 잘란 판타이바루에 있는 국영 통신공사 부지 약 1만 평에 건설되었으며, 연건평 약 8만 5,000평, 지하 4층, 지상 77층(건물높이 310미터) 규모의 오피스 건물이다. 텔레콤타워는 말레이시아 선진국 진입을 상징하는 '비전 2020'을 표현한 건물로, 말레이시아 유명 조각가인 나팁 모히딘의 작품을 인용하여 말레이시아의 지속적 성장을 상징하는 죽순을 형상화한 것이다.

공사 뒷이야기

공사 당시 국내 초고층 기술의 한계 및 국내외 여건 때문에 수많은 난관을 겪었다. 건물의 형태가 곡선형으로, 각 단면이 점진적으로 변화하면서 이에 따른 시공상 어려움이 많았다. 또한 77개층 공사를 30개월 내에 완료해야 하는 촉박한 공기도 도전과제 중 하나였다. 그리고 공사가 시작되던 1996년, 쿠알라룸푸르 내에 수많은 건설공사가 동시에 진행되면서 기능인력확보 또한 쉽지 않았다. 이러한 어려움들이 산재해 있었지만 당시 초고층 건설이 건축의 새로운 시장 개척으로 여겨지면서 도전과제로 인식되어, 공사인력 모두가 최선의 노력을 기울였다. 수많은 난관을 극복해 내면서 2002년 말 무사히 준공하였고, 이 성공을 발판으로 대우건설이 말레이시아에서 최고의 건설업체로 부상할 수 있었던 큰 프로젝트였다.

데자뷰

/

수교는 두 달째 '논문작업 중'이라고만 적어 내고 있는 석사과정 학생의 프로그래스 리포트(progress report)에 코멘트를 적고 있었다.

'이제는 때가 된 것 같으니, 나에게도 보여 주기 바란다.'

학생들은 프로그래스 리포트에 현재 작성 중인 논문이나 수행 중인 연구과제의 진행 상황을 적어 냈고, 신입생들은 일주일간 읽었던 책이나 논문의 소감을 제출했다. 프로그래스 리포트는 매주 제출하는 학생들도 힘들었지만, 일일이 읽고 코멘트를 해 줘야 하는 수교에게도 부담스러운 일이었다. 하지만 점점 좋아지는 학생들의 논문을 보면서 보람을 느꼈고 그것으로 만족했다.

제출성적이 저조한 학생들을 상담하다 보면 구구절절 사연이 많았지만 그저 게으름뱅이들의 변명일 뿐이었다. 손이 있고 일주일간 공부한 것이 있으면 쓸 수 있는 것이 프로그래스 리포트였다. '논문작업 중' 학생은 석사 4학기였고, 졸업 논문 심사가 3일밖에 남지 않았음에도 지도교수인 수교에게조차 내용을 공개하지 않고 있었다. 세상을 깜짝 놀라게 할 논문을 비밀리에 작성 중이라면 다행이지만, 마감이 임박해서 공개되는 이들의 논문은 대부분 부실하기 그지없었다.

연구는 벼락치기가 가능하지 않았다. 수교는 프로그래스 리포트를 통해 꾸준한 공부와 근성 있는 노력만이 좋은 연구자가 되는 길이라는 것을 학생들에게 밀해 주고 싶었다.

수교는 프로그래스 리포트 제출 성적을 살펴보다가 제출이 저조한 베짱이 학생이 눈에 들어왔다. 바짝 긴장해서 연구실 생활을 해야 할 신입생이 한두 번밖에 제출하지 않았다는 것은 문제가 심각했다. 면접 때 성적도 우수하고 학업에 대한 의지도 강한 편이라 기대를 하고 있었는데, 대학원에 진학하자 공부에는 흥미가 없는 사람처럼 굴었다. 수교는 베짱이 신입생을 불러서 개인면담을 해야 할지 아니면 시간을 두고 지켜봐야 할지 생각했다.

수교는 담배를 꺼내 물었다. 오늘처럼 연구실에만 있는 날에는 담배를 자주 피우게 된다. 쉬는 시간을 가지기 위해서다. 어제 배달된 책 한 권이 수교 눈에 들어왔다. 같은 발신인으로부터 벌써 세 번째 책이었다.

"난 이제 놀 거라니까!"

교수는 은퇴와 동시에 모든 대외활동을 중단하겠다고 선언했다. 보통은 은퇴 후에도 건설업체 고문이나 초빙 교수 등으로 자리를 옮겨 활동을 유지했지만, 교수는 은퇴와 함께 사라졌다.

그 후 교수가 지방으로 이사 갔다는 소식이 들렸고, 에베레스트에 도전하기 위해 훈련 삼아 설악산과 지리산을 누비고 다닌다는 소문도 있었다. 하지만 몇 개월 뒤에 교수는 수교에게 집필한 책을 보내왔다. 지리산 종주는 고사하고 동네 산책도 하지 않은 채 칩거하며 썼을 책을 받아 보는 것이 수교는 아쉬웠다. 그러나 교수가 보내온 책은 건설 관련 전문 서적이 아닌 시집이었다. 그 후로도 수교는 두 권의 시집을 더 받아 보았다. 교수는 마치 젊은 시절, 마음속에 시를 잔뜩 담아 두었다가 나이가 들자 기다렸다는 듯 시를 쓰는 사람처럼 무려 세 권의 시집을 냈다.

시집을 손에 든 채 수교는 연구실 책장을 천천히 둘러보았다. 다양한 장르의 소설과 시, 그리고 교양서적들이 전공

서적만큼이나 가득 꽂혀 있었다. 교수는 수교에게 연구실을 물려주며 책을 알아서 처분해 달라고 부탁했지만, 수교는 모든 걸 그대로 두었다. 그래서 가끔 연구실을 뒤적거리다 보면 수교가 학창시절 제출한 과제물이나 그 당시 사진들이 발견되기도 했다. 교수가 축구 경기를 마치고 찍은 사진을 보고 있자니 교수에 대한 기억이 새록새록 솟아났다.

수교가 대학을 다니던 시절, 건축학과 축구팀이 총장배 축구시합에서 4강에 진출하는 쾌거를 이룬 적이 있었다. 오합지졸팀이 이루어 낸 기적에 학과 전체가 흥분했고, 다들 열심히 응원했다. 결국 경기에 패하고 말았지만, 이날 경기에 교수가 선수로 뛰고 있었다는 사실에 다들 깜짝 놀랐다. 주장의 지시에 따라 일사불란하게 움직이던 선수 중에 교수가 끼어 있있던 것이다. 학생들과 스스럼없이 어울려 축구장을 누비던 교수는 이제 시를 쓰고 있었다. 수교는 예나 지금이나 교수는 여전히 변함이 없다는 생각이 들었다.

빳빳한 새 책을 힘을 줘 눌러 펴는 것이 어쩐지 내키지 않아서 수교는 조심스럽게 몇 장을 넘겼다. 눈으로 시를 훑어 내려가려니 뿌듯해하는 교수의 얼굴이 떠올랐다. 퇴근 후 잠들기 전에 조금씩 읽어야겠다고 생각하는데 노크소리가 들렸다.

2

불이 꺼져 있고 문이 잠겨 있는데 노크를 한다는 것은 수교의 생활패턴을 짐작하고 있는 사람의 방문이었다. 수교는 방문객과 불청객을 구분하여 상대하고 있었다. 불을 켜고 문을 열어 놓았을 때는 누구든 환영이었다. 하지만 집중해서 해야 할 일이 있거나 잠시 졸고 싶을 때는 불도 끄고 문도 잠갔다. 수교의 예상대로 익숙하면서도 어딘지 낯선 얼굴이 문틈으로 나타났다.

"자네는…… A였던가?"

이름은 가물가물한데 기억은 비교적 선명했다. A는 수교가 교수가 되고 나서 처음 가르쳐서 졸업시킨 이른바 첫 제자들 중 한 명이었다. 모든 것의 처음은 아무래도 잘 잊히지 않는 법이었다.

A는 수업시간보다 그 외의 시간에서 더 눈에 띄는 학생이었다. A는 건축설계[73] 전공으로 들어왔지만 적성에 맞지 않아 건축공학[74] 수업을 수강하며 전과를 준비했다. A는

---

73 인문학적 소양을 바탕으로 건물의 설계와 건축의 역사 및 이론을 연구하는 분야.

74 건축의 공학적인 모든 부분을 연구하는 분야로서, 안전한 설계 및 시공을 위한 구조설계, 건설 기술을 연구하는 건축시공 및 관리, 건축물에서의 빛, 음,

전과가 가능한 3학년이 되자 공학으로 전과를 신청했지만 경쟁자가 몰리는 바람에 실패하고 졸업 후에 설계사무소에 취직하게 되었다.

"회사 들어간 지 얼마나 됐지?"

"2년 되어 갑니다."

"그렇군. 아무튼 반가워."

첫 제자로 기억하고 있다뿐이지, 스승의 날이나 명절처럼 특별한 날도 아닌, 평일에 찾아올 만큼 애틋한 관계는 아니었다. 대학원 진학을 위해 찾아온 것이 아닐까 생각해 보았지만, 회사생활에 관해 이야기를 나누다 보니 A는 지금 주어진 일에 만족하고 있었다.

10분 정도 지나자 더는 할 말이 없는지 뜬금없이 다른 친구의 얘기를 꺼냈다.

"혹시 B를 기억하십니까?"

B 역시 이름으로는 흐릿하지만 A의 추가 설명을 듣고 나니 점점 선명히 떠올랐다. 진지하게 수업을 듣던 A의 옆에서 산만할 정도로 설쳐대던 B의 모습이 기억나면서 수교는 웃음이 났다. 이상하게도 둘은 그렇게 달랐으면서 늘 함께 앉아 있었고, 그래서 더 기억에 남았다.

열 등을 연구하는 건축환경 분야로 나누어짐.

"자네들 아직도 연락하고 지내나?"

"졸업하고 자주 못 보다가 요즘에는 일 때문에 자주 보는 편입니다."

서울 중심가에 대형 쇼핑몰이 들어설 예정인데 A가 다니는 설계사무소와 B가 다니는 시공사가 함께 컨소시엄을 결성해 프로젝트를 진행 중이라고 했다.

A가 말하는 대형 쇼핑몰 공사는 수교가 설계심의를 맡은 공사이기도 했다. 사업설명을 위해 컨소시엄에 있는 설계사와 시공사가 품앗이해서 교수들을 찾아다니는데, A는 사업설명을 위한 방문은 아닐 것이고, 수교의 제자라는 이유로 인사차 보내졌을 것이다. 일종의 로비였지만, 교수 입장에서는 제자의 방문이 심의에 큰 영향을 미치지는 않았다.

"어제도 만났는데 회의 분위기가 너무 냉랭해서 서로 인사도 제대로 못 하고 헤어졌습니다."

"뭐가 잘 안 되는가?"

"설계하면서 시공성[75]까지 고려하기는 어려우니까 시공사한테 검토를 부탁했거든요. 그때는 알아서 하라고 해놓고 인제 와서 설계를 바꾸자고 하고 있습니다."

---

75 구조물이 건설될 때의 용이성 및 효율을 정의하는 개념.

설계사와 시공사 간의 지겹도록 되풀이되는 갈등 중의 하나였다. 시공을 위해 설계 검토를 하다 보면 현실적으로 시공이 어려운 부분들이 발견된다. 외관이 특이한 건물일수록 더욱 그랬다. 컨소시엄이지만 사실상 시공사가 공사를 관장함에 따라 공기단축과 품질관리, 안전 등등의 이유로 설계변경사항이 생기기도 했다. 건물을 작품으로 생각하는 설계사는 시공과정에서 설계가 변경되는 것을 작품을 망치는 것으로 생각하여 불만이 많았다.

"이런 얘기를 B와 해본 적이 있나?"

"각자 회사의 입장이 있으니까 눈치 보느라 말은 하지 않았지만…… 물론 시공사의 입장도 이해합니다. 시공성 따지고 절차 따지다 보면 현실적인 어려움이 많겠죠."

A는 수교에게 상대방을 이해하는 것처럼 말했지만 잘 들어 보면 그렇지도 않았다. 융통성 있는 사람처럼 보이기 위해 애를 쓰고 있지만 실제로는 수교가 자신의 입장에서 이야기를 해 주기를 바라고 있었다.

"사실 B의 생각은 저와 다른 것 같더라고요. 약속한 시일 내에 완공을 하기 위해서는 설계변경도 어쩔 수 없는 거라고 하는데, 시공사 입맛에 맞게 다 바꿔 버리면 설계사가 무슨 필요가 있겠어요?"

"지구를 지키기 위해서는 서로 조금씩 양보해야 하지 않을까?"

"……."

수교가 속 시원한 답변을 내놓지 않자, A의 얼굴에 서운함이 스치고 지나갔다. 문득 수교는 교수에게 조언을 얻고자 이 방에 찾아오던 시절이 떠올랐다. 교수는 한 번도 수교의 고민에 대해 바로 답을 주지 않았다. 해석이 필요한 모호한 답을 하거나 오히려 수교에게 질문을 하곤 했다.

선생이라는 위치는 의무사항이 많은 자리이다. 부모가 자식을 보호하고 훈육해야 할 의무가 있는 것처럼, 누군가의 선생으로 살아가는 이상 평생 벗어날 수 없는 의무와 책임이 따른다.

언젠가부터 수교도 학생들에게 답을 가르쳐 주기보다 스스로 해결할 수 있도록 방법만을 제시했다. 아이가 스스로 걷기를 바란다면, 넘어진 아이의 손을 잡아 줄 것이 아니라 일어날 때까지 곁에서 응원하는 인내심이 필요한 것이다.

"교수님 시간 괜찮으시면 식사라도 함께 하시죠."

"수업이 있는데……."

"기다리고 있겠습니다. 다녀오세요."

A의 직장상사는 법인카드를 손에 쥐어주며 교수에게 확실하게 눈도장을 찍고 오라고 당부했을 것이다. 하지만 A는 자신의 손에 들린 카드의 의미는 모르는 듯, 그저 스승을

대접할 수 있는 이 상황이 뿌듯한 눈빛이었다.

"수업을 청강해 볼 텐가?"

"네?"

A에게 권유하듯 말했지만, 이미 수교의 눈빛은 A에게 수업에 들어오라고 강요하고 있었다. 수교의 무언의 압력이 부담스러운 듯 A는 시선을 피한 채 변명에 들어갔다.

"어쩐지 어린 후배들과 앉아 있기가 쑥스러운 생각이 드네요."

"대학원 수업이라 풋풋한 학생들만 있는 건 아니야."

"……."

3

수교는 학생들에게 A를 자신의 첫 제자라고 간단히 소개한 후에 수업에 들어갔다. 건축공학 중에서 '건설관리'[76]를 전공하는 학생에게 건설사업의 비용 측면에 대하여 전반적인 지식을 가르치는 수업이었다.

"자, 오늘은 발주방식에 대해 수업할 텐데……."

---

76 'CM'과 동일.

수교가 질문을 던지려고 강의실을 한번 훑어보자 다들 약속이나 한 듯 수교의 눈을 피하기 시작했다. 심지어 청강하는 A조차도 수교의 시선을 피했다. 수교는 맨 앞줄에 앉아 있는 학생을 지목했다.

"발주방식이란…… 사업의 계약방식……."

희생양이 된 학생은 자신이 없는지 말끝을 흐렸다. 수교의 독려에 힘입어 희생양은 겨우겨우 말을 이어서, 일단 문장을 마무리 짓는 데 성공했다.

"오케이, 베리 굿! 이 친구가 말한 것처럼 발주방식이란 발주자와 수주자 간의 계약 및 낙찰방식을 포함하는 개념인데, 좀 더 엄밀하게 말하자면 건설사업 참여자들의 책임과 권한을 규정하는 조직구조를 의미하기도 합니다. 누가 묻더라도 명색이 CM 전공자면 이 정도는 말할 수 있어야겠지?"

희생양은 수교의 얘기에 얼굴이 잔뜩 상기된 채 고개를 푹 숙였다.

"발주방식은 여러 종류가 있는데 그중 DBB(Design-Bid-Build)[77]와 최근에 적용사례가 증가하고 있는 DB(Design-

77 프로젝트 발주방식 중 하나로, 설계–입찰–시공 과정이 각각 독립적으로 이루어지는 방식을 말함.

Build)[78] 방식에 대해 알아보도록 하겠습니다. DBB 방식은 설계 완료 후에 입찰을 통해 시공사를 선정하는 전통적인 설계·시공 분리발주 방식입니다. 따라서 현장조건이 변하거나 설계오류 때문에 변경사항이 발생하면 이를 처리하기 위한 추가적인 비용이 발생한다는 단점이 있죠. 이를 보완하기 위해 대안으로 설계와 시공을 한 회사가 책임지도록 하는 일괄발주 방식인 DB 방식이 등장하는데 발주자 입장에서 사업진행이 더 효과적일 수 있는 특징이 있습니다. 하지만 DB 방식이 DBB 방식의 대안으로 등장했다고 해서 항상 더 나은 방식이라고 할 수는 없습니다. 왜 그럴까?"

"……."

"뭐, 답은 간단합니다. DB 방식도 단점이 있기 때문이죠."

수교의 시크히 낭연한 대납에 학생들의 반응은 썰렁했다.

"두 방식 모두 장단점이 있고, 그러니까 쌤쌤인 거죠."

"……."

학생들은 수교의 궤변 같은 설명이 이해가 되지 않는다는 표정이었지만, 수업의 집중도는 올라가고 있었다.

"지금 추진하고자 하는 사업의 특징을 제대로 파악하는 것이 우선입니다. 발주방식만 놓고 장단점을 비교하는 것은

78 프로젝트 발주방식 중 하나로, 설계와 시공을 하나의 주체가 일괄적으로 수행하는 방식을 말함.

단순 저울질에 불과하다는 거죠. 사업에 적합한 발주방식을 적용한다면, 경우에 따라서는 장점이 극대화됩니다. 이렇게 되면 단점은 의미가 없게 되죠. 왜? 단점이 약점이 되지 않으니까."

수교의 부연설명에도 학생들은 아직 뭐가 뭔지 모르겠다는 표정이었다.

"단점이 약점이 되지 않는다는 것이 무슨 의미입니까? 단점이 단점이 아니라면 단점이 없는 거 아닌가요?"

맨 뒷자리에 앉아 있던 남학생이 자다 깬 얼굴로 손만 살짝 든 채 말했다. 수업을 듣고 있는 학생들 대부분이 수교 연구실 학생이었고, 지금 질문을 하는 남학생도 마찬가지였다. 남학생은 만성피로에 시달리고 있는 중년 아저씨 같은 비주얼과는 달리 가끔 도트는 소리를 했다. 문제는 호감을 느끼는 여학생과 함께 듣는 수업에서만 질문을 한다는 것이다.

"내가 질문을 하나만 하지. 자네 이상형을 말해 봐."

"저는 아담하고 귀엽고 깜찍한 여자가 좋습니다."

수교의 뜬금없는 질문에 익숙한 듯 남학생은 당황하는 기색 없이 자기가 좋아하는 여학생의 특징을 고스란히 말했다.

"다른 사람도 말해 볼까?"

이번 질문에 대해서만큼은 다른 학생들도 적극적이었다.

"저는 키가 크고 덩치가 있는 여자가 좋습니다."

"너무 마른 남자는 별로예요. 제가 뚱뚱해 보이잖아요."

누구나 잘생긴 남자와 예쁜 여자에게 호감을 느끼는 것은 사실이지만, 취향은 다른 문제였다. 만약 모두가 미남미녀만을 선호했다면, 인류는 전쟁이나 지구 온난화가 아닌 종족 보존의 실패로 이미 위기에 처했을 것이다.

"이상형은 개인의 취향이지만, 발주방식은 객관적인 판단이 필요하지 않나요?"

만성피로 남학생은 아담한 여학생을 의식한 듯 목소리를 더 낮게 깔았다.

"사업마다 특징이 다르고 상황도 천차만별인데, 객관적으로 좋은 방식이라는 게 의미가 있을까요?"

만성피로 남학생의 말에 반박하는 다른 남학생도 역시 외국에서 석사를 마치고 박사과정을 밟고 있는 수교 연구실 학생이었다. 두 사람은 계속 논쟁을 이어 갔지만, 두 사람의 질문공방이 내용만큼 진지해 보이지는 않았다. 두 사람이 아담한 여학생을 사이에 두고 경쟁 중이라는 얘기를 들어온 터라 그저 아담한 여학생에게 잘 보이기 위해 아웅다웅하는 정글의 새끼 호랑이들처럼 귀여울 따름이었다. 어쨌든 토론을 가장한 유치한 공방을 아담한 여학생이 관심 있게 지켜보고 있으니 두 사람은 일단 성공이었다.

"토론은 이쯤에서 끝내고…… 최근에 대형 쇼핑몰 공사에서 설계단계에서 발주방식을 DBB에서 DB 방식으로 바꾼 사례가 있습니다. 쇼핑몰 부지에서 장사하던 상인들과의 이주 협상이 너무 늦어지는 바람에 공사기간이 촉박해졌고, 마감을 지키기 위해서는 빠르게 공사를 진행할 수 있는 발주방식과 공법이 절대적으로 필요했던 겁니다. 그래서 DB 방식으로 다시 발주하고 설계와 시공을 동시에 진행하는 패스트트랙[79]으로 공사를 진행했습니다. 건설은 불확실한 요인들이 늘 잠재해 있기 때문에 이 경우를 특별한 케이스로 보기는 어렵습니다. 그만큼 사업의 전반적인 상황과 특징을 정확히 파악하는 것이 중요하다는 얘기이기도 합니다. 인생의 동반자를 결정할 때처럼 신중하되 내 사정을 확실하게 고려해야 하는 거죠."

말을 마친 수교는 칠판의 가운데 여백에 DB라는 글자를 크게 썼다.

"어쨌든 우리나라는 공공공사 부문에서 DB 방식 사용이 증가하는 추세인 만큼 DB 방식의 특징을 좀 더 알아보도록 합시다. DB 방식은 설계와 시공이 한 회사에서 일괄

---

79 fast track. 설명은 이 책 53쪽 각주 19 참조.

적으로 이루어지기 때문에 비용이 확정적이고, 설계 시공사 간의 갈등 및 충돌에 의한 비용발생이 감소합니다. 즉 비용효율이 높아지는 거죠. 비용효율이 높아지면 DB 방식의 성과가 증가하고, 발주자 입장에서는 DB 방식으로의 공사수행에 대한 기대감이 증가하게 되면서, 이는 곧 DB 방식의 프로젝트 수를 증가하게 하는 요인이 됩니다. 따라서 DB 방식의 프로젝트 수가 증가할수록 DB 방식으로 입찰에 참여하는 팀도 자연스럽게 증가해야 됩니다. 그런데 현실에서는 DB 입찰에 참여하는 팀의 수가 DBB 입찰에 참여하는 팀의 수보다 현저히 작습니다. 왜 그럴까요?”

수교의 질문이 끝나기가 무섭게 만성피로 남학생이 답을 했다.

“설계와 시공을 동시에 감당할 수 있는 업체가 많지 않아서 아닐까요?”

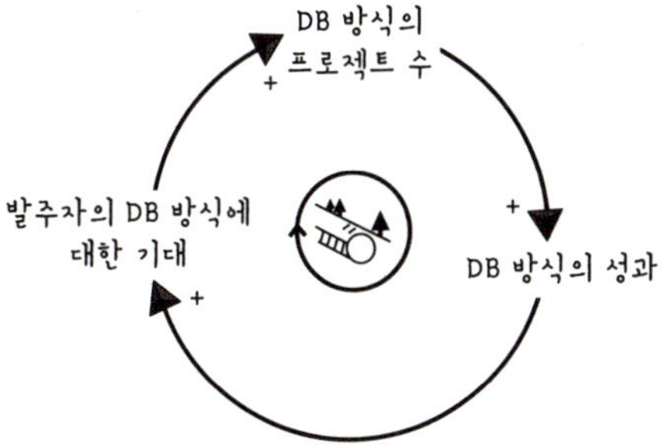

"맞습니다. 규모의 부담감 때문입니다. 중소업체들이 규모 때문에 입찰에 참여할 엄두도 못 내니 대기업끼리 경쟁이 된 셈이지요. 이 상황에서 입찰할 때 중요한 것이 뭘까요?"

"……."

"누가 대답을 좀 해 보지?"

"……."

"DB 방식으로 일하고 있는 선배님이 대답해 볼까?"

갑작스러운 질문에 A는 당황한 기색이었지만, 후배들 앞에서 체면을 구길 수 없다고 생각했는지 답변에 들어갔다.

"독창적인 설계로 승부해야 하지 않을까요? 시공능력이나 실적 차이는 크게 나지 않는 대기업들끼리의 경쟁이라면 더더욱 설계로 눈을 끌어야 하지 않겠어요?"

건축설계자로서의 소신이 담긴 답변이었다.

"네, 맞습니다. 박수!"

수교의 박수 유도에 학생들은 A에게 박수를 보냈다.

"입찰자 입장에서의 전략은 당연히 설계 차별화를 시도합니다. 그러다 보니 튀는 설계들이 많아지는 경향도 있지요. 자 그럼 현실은 어떨까요?"

"……."

"문제는 아쉽게도 설계도 변별력이 없다는 것입니다. 아

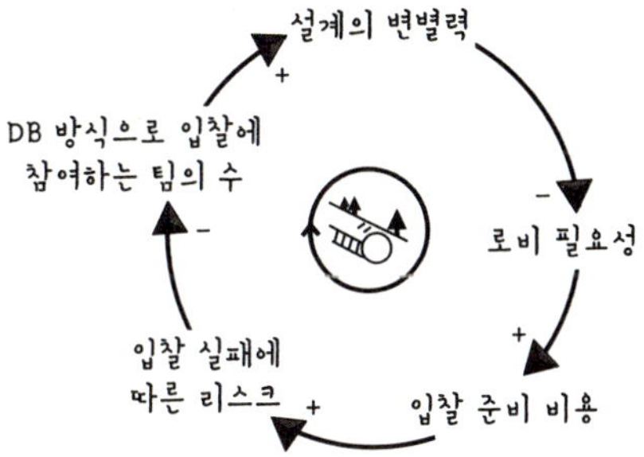

까 말한 것처럼 시공능력이나 실적 차이가 없으므로 다 같이 눈에 띄는 설계로 경쟁하게 되고, DB 참여업체가 많지 않다 보니 설계도 변별력이 없어진 겁니다. 그래서 DB 입찰자들은 로비에 의존하게 되고, 이것은 입찰비용과 입찰실패에 따른 리스크를 크게 하여 다시 DB 방식으로 입찰에 침여하는 팀의 수가 줄어들게 된 겁니다. 악순환인 거죠. 이 흐름을 끊기 위해서는 대안이 뭘까요?"

수교는 학생들을 훑어보다가 두 남학생의 관심 대상인 아담한 여학생을 지목했다.

"설계 변별력을 확보하기 위해 설계 요건을 더욱 강화하면 될 것 같습니다."

"음……."

A가 아담한 여학생의 대답에 문제를 제기했다.

"그건 결과적으로 입찰 준비 비용을 늘리는 결과를 가져

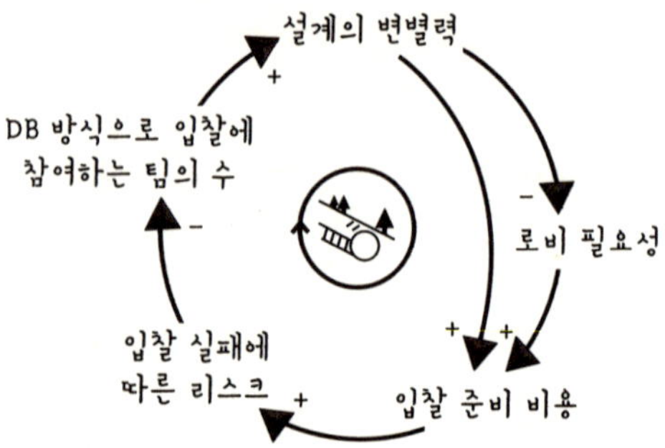

왔습니다."

"네, 그렇습니다."

수교는 A의 답변을 인정하며 다시 그림을 확장시켜 갔다.

"이건 다시 DB참여 리스크를 크게 하는 요인이 되겠죠?"

잠시 쉬고 있던 만성피로 남학생이 다시 의견을 냈다.

"그럼 로비의 가능성을 원천봉쇄하는 것은 어떨까요? 가령 심사위원 풀(pool)을 엄청 크게 하는 거죠. 한…… 만 명 정도."

"아주 좋은 의견입니다. 자 모두 박수!"

수교의 박수 유도에 학생들은 다시 일제히 박수를 쳤다.

"그런데…… 과연 결과는 어떨까요?"

수교는 말을 이어갔다.

"동물의 왕국에서는 승자독식을 하지요. 실제 산업에서

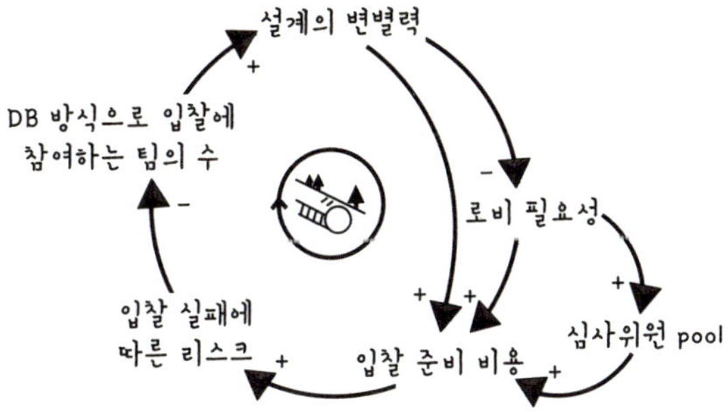

도 그런 일이 벌어집니다. 심사위원진이 많으면 많은 대로 일은 진행됩니다. 즉 전사적 영업모드로 진입을 해서 그 결과 입찰준비 비용 및 리스크를 더 크게 만들죠."

"……."

"시스템적 사고가 중요한 이유가 바로 이겁니다. 규제와 제도는 문제를 해결해 주지 못합니다."

"…… 그럼 어떻게 해야 합니까?"

"그건 다음 주까지 여러분이 생각해 오세요."

4

수교가 칠판을 지우려는데, 갑자기 학생들이 필기 중이라며 만류했다. 수교도 학생 때는 수업 내용을 꼼꼼히 받아적는 편이어서 학생들의 입장이 이해가 안 되는 것도 아니었지만, 막상 교수가 되어서 학생들을 보니 필기가 가장 중요한 것만도 아니라는 생각이 들었다. 학생들이 수교의 SD모델을 따라 그리는 모습을 물끄러미 보다가 생각이 거기에 미치자 수교는 학생들에게 해 주고 싶은 이야기가 생각나서 입을 열었다.

"오후 시간이라 다들 졸릴 텐데도 수업에 집중해 줘서 고마운데 필기까지 열심히 하는 모습들을 보니까 기특하네. 그렇지만 오늘 발주방식에 관한 수업을 들으면서 DB와 DBB의 차이점에만 주목하지 않았으면 합니다."

뜬구름 잡는 듯한 수교의 말에 학생들이 멍하게 수교를 올려다보았다. '오늘 그거 말고 대체 더 배운 게 뭐가 있다고?' 하는 표정이었다.

"물론 오늘 배운 것들에 대해서 자세히 알고 설명할 수 있다면 아주 좋을 거예요. 그렇지만 그리하지 못하더라도 이 내용은 필요할 때 찾아보면 금방 알 수 있는 것들이죠. 앞으로 연구자가 될 여러분이 지식을 통째로 암기하고 있는 것 자체는 큰 도움이 되지는 않을 겁니다. 대신에 저는 오늘 여러분이 세상 대부분의 문제에서 완벽한 답이라는 건 없다는 것을 알고 갔으면 좋겠어요. 발주방식을 선택하는 과정에서도 마찬가지였죠. 최적의 답을 찾아가는 방법은 있을지 몰라도 궁극의 정답이라는 건 존재하지 않아요. 그동안 여러분은 A, B, C, D 중 하나의 정답을 고르는 것에 익숙해져 있었을 겁니다. 물론 그 문제들은 대체로 하나의 완벽한 답이 존재하도록 만들어졌죠. 그러니 여러분이 앞으로 현업에서나 연구하면서 보게 될 학문의 영역에서 그런 단순한 문제는 찾기 어려울 겁니다. A가 맞을 수도 있고 C가 맞을 수도 있어요. 여러분이 A라고 생각한다면 A가 답이 될 수 있도록 여러분의 논리를 튼튼하게 만드시고, 다른 사람이 B가 답이라고 하면 무조건 받아들이지 말고 반박하려고 노력해 보세요. 다른 사람이 만든 답을 쉽게 받아들이고 거기에 안주하는 이상 결코 여러분의 답을 만들 수 없습니다. 어떠한 발주방식도 완벽하지 못하듯이 여러분이 연구할 때도 모든 것에 대해 의심하고 또 의심했으면 좋겠습니다. 완벽한 연구라는 것도 어차피 없을 테니까요. 그리고…… 결국 본질은 하나인데, 이해관계에 따라 다른 시각을 가진다는 그 사실을 인지하고 자신의 의견에만 파묻히지 말았으면 합니다."

말을 마친 수교는 지나치게 오래 얘기를 한 것 같아 민망했다. 이럴 때는 강의실을 얼른 나오는 것이 상책이다 싶어 서둘러 나오려는데 수업을 듣고 있던 A가 수교에게 얼른 다가왔다.

"교수님, 오랜만에 수업 잘 듣고 갑니다."

"오랜만에? 자네는 처음 듣는 것 아니었나?"

"하긴 이렇게 집중해 보긴 처음인 것 같기도 하네요. 아무튼 수업 마지막에 해주신 말씀은 꼭 저한테 하시는 말 같기도 하고…… 연구자에게만 해당하는 말은 아닌 것 같습니다."

"아까 밥 산다고 했지? 다들 주목, 선배님께서 밥 사신다고 하니까 다들 따라가라고."

수업을 듣던 학생들은 환호성을 지르기 시작했다.

"오늘은 후배들에게 선배 노릇 한번 제대로 해보라고. 난 다음을 기약하세."

학생들과 A를 붙여 주고 방으로 돌아온 수교는 뿌듯한 기분이 들었다. 잠시 후 노크소리가 들리고 만성피로 남학생이 찾아왔다.

"교수님, 저번에 말씀하신 주제로 논문 쓰겠습니다."

"주제 마음에 안 든다고 하더니 갑자기 왜 마음이 바뀌었지?"

"교수님이 이끄시는 대로 따라가는 것도 나쁘지 않을 것 같아서……."

"아무 생각 없이 나에게 몸을 맡겨 보겠다는 건가?"

만성피로 남학생은 피식 웃었다.

"가 봐. 마감은 다음 달까지다."

"교수님, 오늘 회식에 참석하십니까?"

"아니, 다들 갔냐?"

"1시간 후에 출발하기로 했습니다."

"그래? 그럼 우리 족구나 한 판 할까?"

만성피로 남학생은 아차 하는 표정이었다.

"이미 선배님이랑 몇 명 학생들은 식당으로 이동했기 때문에 족구를 하기에는 인원이 부족할 거 같은데요?"

"그럼, 연구실에 있는 선수들 오라고 해. 회식기념으로 실내운동이나 하지. 5분 뒤에 내 방으로 집합하라고 해."

수교는 수개월 전부터 학생들과 소통도 할 겸, 방에 턱걸이 기구를 설치했다. 수교에게 볼일이 있어 찾아오는 학생들은 할 수 있는 만큼만, 물론 최선을 다해 턱걸이를 한 다음 용건을 말하게 했다.

터미네이터처럼 표정 하나 변하지 않고 거뜬하게 목표를 달성하는 학생도 있었지만, 대부분은 턱걸이를 붙잡고 버둥거리다가 서너 개를 간신히 하는 수준이었다.

"저는 원래 턱걸이는 취약입니다. 족구는 자신 있는데……."

"제 몸무게 때문에 턱걸이 기계가 파손될까 봐 우려됩

니다."

"교수님 저는 아까 한 번 했는데요. 한 번만 봐주시면 안 될까요?"

수교는 이유 불문하고 찾아오는 학생들에게는 무조건 턱걸이를 시켰고, 틈틈이 턱걸이 대회도 개최했다. 지금은 100개씩 하는 학생들이 수두룩해졌다. 마음 같아서는 연구실 내규로 박사과정 졸업요건에 턱걸이를 넣고 싶었다.

'우리 등산이나 갈까?'

수교는 문득 교수에게 자문을 받기 위해 처음 이 방을 찾아왔던 일이 생각났다. 교수는 수교의 질문에는 관심이 없는 듯 등산을 가자고 했었다.

'이러다 나도 은퇴하고 시 쓰게 되는 거 아니야?'

홈커밍데이

1

노크소리와 함께 연구실 실장이 수교 방에 들어왔다. 실장은 평소 표정변화가 거의 없는 편인데 얼굴이 백지장처럼 변한 것을 보니 뭔가 심상치 않은 일이 벌어진 것 같았다.

"교수님 어떡하죠? 학군단 운동장이 예약되어 있어요."

"벌써? 어디서?"

"3월 초에 철학과 연구실에서 예약을 했답니다."

"음……."

"교수님, 죄송합니다."

실장은 힘없는 목소리로 대답했다.

"실장이 미안할 건 없지. 모든 일에 해결책은 있는 법이니까……."

실장이 수교의 말에 눈을 반짝거렸다. 수교는 실장의 빠른 표정변화가 재미있었다. 책임감이 강한 편이라 속을 많이 태우고 있다는 증거였고, 수교가 남학생이 대부분인 연구실에 여학생을 실장으로 선택한 이유이기도 했다.

"전통이 깨지면 되지 뭐……."

수교의 말에 혹시나 하고 기대했던 실장은 무거운 표정으로 방을 나갔다.

수교는 안절부절못하는 실장 때문에 내색은 안 했지만 걱정이 됐다. 지난 30년간 학군단 운동장에서 행사를 개최해 왔고, 어느 순간부터 '홈커밍데이는 반드시 5월 5일에 학군단 운동장에서 개최해야 한다'는 불문율이 있었다.

학군단 운동장처럼 운동장과 잔디밭이 바로 이어져 있는 경우는 흔하지 않았다. 아빠들이 운동장에서 경기하는 동안 엄마들은 잔디밭에 설치된 천막에 앉아 담소를 나누었다. 그리고 운동장에 있는 아빠와 잔디밭에 있는 엄마 사이에서 아이들은 맘껏 뛰어놀 수 있는, 홈커밍데이에 최적화된 장소가 학군단 운동장이었다.

철학과 연구실에서 운동장 예약 외에 지금껏 아무것도 준비된 것이 없다면 행사가 흐지부지될 확률이 높았다. 홈커밍데이는 수십 년을 준비해 온 수교네 연구실에서도 매년 두 달 넘게 준비해 오는 행사였다. 희망이 있었다.

수교는 홈커밍데이 참석자 명단을 들춰보았다. 매년 참석하는 동문들의 명단은 비슷했고, 새로운 참석자들은 아이가 어린 동문들이었다. 5월 5일 아이들에 대한 의무를 다함과 동시에 아빠들의 놀이도 가능한 홈커밍데이는 젊은 동문들에게 인기 있는 행사였다. 문제는 행사성격이 명확해지면서 미혼자나 나이가 지긋한 동문들은 참석하기를 불편해한다는 것이었다. 아이와 아내가 없는 동문들은 교수와 인사를 나누고 나면 행사 내내 서성거리기 일쑤였다.

참석 명단을 읽어 내려가던 수교의 눈길이 한곳에 머물렀다.

'도도희, 한국건설기술연구원 선임연구원.'

오랜만이었다. 오래전 첫사랑을 다시 만난다고 생각하니 수교는 왠지 모를 설렘으로 가슴이 먹먹해졌고 얼굴까지 상기됐다. 지금은 얼굴조차 희미할 정도로 도희에 대한 감정은 잊었다고 생각했는데, 다시 보게 된다고 생각하니 긴장이 됐다. 사실 매년 참석자 명단을 확인할 때마다 그 이름을 살피곤 했다. 도희가 어떻게 변해 있을지 궁금했다.

지난 과거는 추억이라는 이름으로 미화된다고 하지만 수

교의 기억 속에 도희는 괜찮은 여자였다. 무슨 이유 때문에 헤어졌는지 기억이 나지를 않았고, 그녀가 좋았던 기억만이 남아 있었다.

'과연 어떻게 변해 있을까…… 어떤 모습일까…….'

2

화창한 날씨였다.

수교는 혼자 가려니 허전하고 흥이 나질 않았다. 순진과 아이들은 작년 8월부터 미국에 머물고 있었다. 수교는 조기유학이 유행처럼 번질 때도 가족과 떨어져 사는 것이 내키지 않아 아이들의 유학은 생각조차 해본 적이 없었다. 아내가 아이들을 서너 개가 넘는 학원으로 돌리는 것도 내심 맘에 안 들었지만, 아이들 교육과 관련해서는 대학교수인 수교도 학원강사들에게 권위가 밀리고 있었다.

"이번 과외선생은 6개월 안에 상위권으로 만들어 놓겠다고 장담하더라고요. 6개월이라고 하니까 왠지 믿음이 가는 거 있죠? 진짜 실력을 키우려면 그 정도 시간은 필요하다는 거야."

"6개월 뒤에도 성적이 안 오르면? 환불이라도 해 준대?"

"에이…… 오르겠지. 1등 엄마 있지? 그 엄마가 그러는데 4개월 정도가 지나면서 애 성적이 뛰기 시작했다는 거예요."

하지만 딸아이의 성적은 6개월이 지나도 요지부동이었다. 학교 성적만으로 아이를 판단하는 것은 어리석은 일이지만, 변함없는 성적이 수교도 신경이 쓰이기는 했다.

"세상에 공부만 잘한다고 해서 만사형통은 아니니까 조급하게 생각하지 말자고."

"당신은 고등학교 때 네 시간 이상 자본 적이 없다며?"

"내가 그랬대? 내가 모르는 나의 진실을 알다니……."

"아, 몰라! 당신이 이렇게 방해한 건 모르고 우리 애들이 공부 못하면 다 나 때문이라고 생각할 거 아냐!"

수교가 교수가 되면서 순진은 아이들이 공부를 못하면 사람들이 엄마 탓을 할 거라는 강박관념이 있었다. 자식교육에 대한 두 사람의 은근한 신경전은 딸아이의 폭탄선언 때문에 흐지부지 끝나고 말았다.

"학교 다니기 싫어요."

"뭐? 학원 다니기 싫어?"

"아니, 학교가 싫다고!"

"뭐?"

"학교 관둘래."

"너 학교 안 가면 뭐 할 거야? 살림할래?"

"유학 보내줘요."

순진과 딸아이는 다투기 시작했고 수교는 누구의 편을 들 수도 없었다. 각자의 입장에서 보면 모녀는 구구절절 옳은 말만 하고 있었다.

수교는 무작정 유학을 결심했던 과거 자신의 모습이 떠올랐지만 딸아이는 너무 어렸다. 어려서 유학을 나간 아이들은 대부분 성인이 되어서도 외국에서 정착을 했다. 지금 유학을 보냈다가는 평생 이산가족으로 살 수 있겠다는 생각이 들어 수교는 보내고 싶지 않았다. 물론 아이가 유학을 가고 싶은 이유가 명확하지 않은 것도 반대 이유였다. 하지만 아이는 유학에 대한 의지만큼은 확고했다. 그렇게 수교는 기러기가 되었다.

수교의 예상대로 철학과 연구실은 행사를 취소했다.

"거긴 왜 취소했대?"

수교는 재정 확보에 실패했거나 준비 소홀로 행사가 무산되었을 거라 짐작하며 실장에게 물었다.

"동문 명단이랑 연락처 확보단계에서 흐지부지됐나 봐요."

"음……."

새로운 일을 시작하고 전통을 만들어 나가는 것은, 결코

쉬운 일이 아니었다.

학군단 운동장에서는 천막을 치고 물건을 나르는 등 행사 준비가 한창이었다. 학생들은 선배들을 만난다는 설렘보다는 행사를 문제없이 끝내야 한다는 책임감으로 가득 차 있었다. 게임에 사용할 물풍선을 준비하던 학생들은 서로에게 물풍선을 던지고 물총을 쏘며 놀기 시작했다. 수교는 매년 행사를 치르며 느끼는 거지만 학생들에게는 준비하며 자기들끼리 노는 이 시간이 가장 즐거워 보였다. 행사 시간이 가까워지자 멀리서 어슬렁거리며 베짱이 신입생이 나타났다. 홈커밍데이가 있는 날에는 나이 많은 박사과정생들도 새벽부터 나와 준비를 도왔다. 베짱이는 실장에게 혼나면서도 별생각이 없어 보이는 표정이었고, 수교와 눈빛이 마주치자 당황하는 기색 없이 공손히 인사를 했다. 수교는 아무래도 베짱이를 한번 불러서 면담을 해야겠다고 생각했다.

3

"어이, 성 교수. 오랜만이네."

사모님과 손을 잡고 나타난 교수는 수교에게 반갑게 인

사를 했다. 정장차림으로 나타난 두 사람의 모습이 의외였다. 평소 같으면 청바지에 티셔츠 차림으로 왔을 텐데 잔디밭에 앉아서 하루를 보내기에는 복장이 불편해 보였다.

"오늘 저녁에 행사가 좀 있어."

어떤 행사인지 말하지 않았지만 수교는 교수가 참석해야 하는 중요한 행사일 거로 생각했다. 몇 년 전에는 딸이 5월 5일에 결혼한다고 해서 완강히 반대하여 다른 날로 바꾸었을 만큼 교수는 홈커밍데이에 애정을 가지고 있었다.

오랜만에 만나 서로의 안부를 주고받는 동문들 때문에 행사장은 소란스러웠다. 개회사를 시작으로 행사는 차질없이 진행되었고, 올해도 학생들이 열심히 준비한 탓에 호응도 좋고 다들 만족해하는 분위기였다. 수교는 다들 즐거워하는 모습에 올해도 무사히 끝나겠구나 안도했다.

이때 용달차 한 대가 뿌연 먼지를 일으키며 행사장을 향해 오고 있었다.

"여기가 학군단 운동장 맞나요?"

"그런데요. 무슨 일이시죠?"

"꽃배달 왔습니다."

홈커밍데이에 화환이라니, 황량한 운동장 구석에 내려져서 덩그러니 서 있는 화환은 어색하기 그지없었다. 수교는 화환 앞에 쓰여 있는 메시지를 확인했다.

'홈커밍데이를 축하합니다. 골리앗건설 나영웅.'

수교는 실소를 터뜨렸다. 누가 이런 자리에 분위기 맞지 않게 화환을 보냈나 생각했는데, 참 영웅다웠다. 영웅은 매년 홈커밍데이 때마다 골리앗건설 이름으로 찬조금을 보내왔다. 자기밖에 모르던 영웅이 이제는 따로 연락하지 않아도 홈커밍데이를 할 때가 되면 비서를 통해 연락이 왔다.

'나영웅도 나이가 들었나 보네…….'

수교는 회사에 다니고 있을 때만 해도 라이벌 의식을 느꼈고 서로 성격이 정반대라 친해질 일은 없을 거라 생각했는데, 이제는 고향 친구들보다도 영웅이 가깝게 느껴지고 편했다. 요즘도 두 사람이 개인적으로 만나는 일은 거의 없었지만, 안부를 주고받을 필요조차도 없이, 서로의 근황은 늘 어딘가로부터 들려왔다.

수교가 잠시 생각에 잠긴 사이에 화환은 아이들의 놀잇감이 되어 있었다. 아이들의 고사리 같은 손에 꽃을 빼앗긴 화환은 순식간에 초라해져 버렸다. 심지어 학생들이 보기가 흉하다며 운동장 외곽으로 화환을 치워 버렸고 영웅이 보낸 화환은 그렇게 일생을 마감했다.

"애들이 달려드니까 화환 하나 망가지는 건 순식간이네

요."

수교는 낯익은 목소리에 천천히 고개를 돌려보았다.

"아……!"

도희였다. 정확히 말하자면 수교의 기억 속에 첫사랑 도희와 비슷하게 생긴 아줌마가 편안한 표정으로 웃으며 서 있었다. 어제까지만 해도 도희를 만나게 되면 긴장하고 있는 자신의 모습을 들킬까 봐 노심초사했는데, 걱정했던 감정의 동요는 일어나지 않았다. 오랜만에 친구를 만나는 것처럼 그저 반가웠다.

"오랜만이네."

"선배, 오랜만이네요. 이젠 교수님이라고 해야 하나?"

도희는 수교와 사귈 때도 꼭 선배라고 불렀다. 그 당시에는 남자친구를 선배라고 부르는 도희가 이해되지 않았고 서운하기도 했지만, 지금은 아주 적당한 호칭이라는 생각마저 들었다.

"남편은 같이 안 왔어?"

수교는 궁금하지도 않은 남편의 안부를 물었다.

"해외 근무 중이에요. 내년에 들어와요."

"혼자 애들 키우느라 힘들겠네."

"그렇죠 뭐……."

15년 만이었다. 그동안 서로 연락조차 없었다. 같은 업계에 종사하면서 우연히라도 마주칠 수 있을 것 같았는데, 한 번도 만난 적이 없었다.

"연구실은 어때요? 박사과정을 밟는 친구들이 얼마나 돼요? 정기 세미나는 계속하고 있지요? 내가 마지막으로 참석했을 때가 1116회 정도였던 것 같은데……."

도희는 여전했다. 서로의 사는 모습보다는 연구실의 운영을 더 궁금해했다.

"발표가 끝나고 나면 질문들이 어찌나 날카롭던지…… 세미나 때 교수님들이랑 선배들한테 들었던 지적들이 아직도 귀에 생생할 정도라니까요."

"지금도 연구원이나 교수로 활동하고 있는 선배들이 세미나에 종종 참석하고 있어. 학생들 입장에서는 자기가 연구하고 있는 주제에 대해 여러 전문가의 조언을 받을 수 있는 기회니까 준비도 많이 하고 긴장도 하고 그렇지 뭐."

"학생들을 데리고 산으로 들로 다닌다는 소문이 자자하던데요?"

"……."

"여름방학에는 해비타트도 가고 정기적으로 봉사활동도 다닌다면서요?"

"왜 이렇게 잘 알아? 연구실에 스파이라도 심어 놓은 거야?"

"연구 보고집에서 봤어요. 학생들 너무 괴롭히는 거 아녜요?"

수교는 연구 보고집을 교수나 연구소에 재직 중인 동문들이 관심 있게 보고 있다는 사실은 알고 있었지만 연구실 행사까지 눈여겨보고 있는 사람이 있을 줄은 몰랐다. 어쩐지 도희보다 연구실에 대한 애정도에서 밀리는 것 같아 민망한 생각이 들었다.

"주말에는 학생들도 쉬어야죠. 친구도 만나고 데이트도 하면서 말이에요."

"내 기억에 15년 전에 남자친구 버리고 주말마다 출근하던 여자 실장이 연구실에 있었던 거 같은데……."

"…… 아무튼 원망 듣지 않으려면 조심하세요."

"흐음!"

기척을 알리는 헛기침 소리에 도희와 수교는 돌아보았다.

"두 사람이 같이 있는 걸 보니 옛날 생각이 나는구만."

교수는 수교와 도희 사이에 자리를 잡고 앉으며 말했다.

"난 이만 가봐야겠어. 오늘 행사에 늦었다가는 우리 집 사람한테 두고두고 원망을 듣게 될지 모르거든."

"오늘 중요한 행사라도 있으신 겁니까?"

"뭐, 별거는 아니고 우리 손자 돌잔치가 있어."

"어머! 그럼 얼른 가셔야죠?"

"도 박사가 이러는 거 보니까 사태의 심각성이 느껴지는구먼."

"아드님이 7년 만에 어렵게 낳은 아이라고 들었는데…… 할아버지가 지각하시면 안 되죠."

"그런 거야? 주인공은 우리 손자인데 내가 좀 늦는 게 그렇게 문제가 되는 건가?"

교수는 잘 모르겠다는 표정으로 부인과 천천히 운동장을 빠져나갔다.

도희는 떠나가는 교수의 뒷모습을 바라보며 말했다.

"교수님이 나를 실장으로 지목했을 때 연구실에서 불만이 많았어요. 대부분 남자만 있는 연구실에서 여자가 잘해낼 수 있을까 회의적이었죠. 시작부터 편견 때문에 힘들었고 오기가 생겨 열심히 했어요. 다른 사람들은 어떻게 생각할지 모르지만 공대 연구실에서 여자가 실장이 된다는 건 획기적인 일이죠. 예전이나 지금이나……."

"칭찬이지?"

"그럼요."

"도희한테 멋진 교수로 보이려면 내년에는 여학생의 비율을 대폭 늘려야겠군."

"실력이 된다면 얼마든지요."

"……."

"여자라고 배려하는 것도 차별받는 거 같아서 별로예요. 참고하세요."

"……."

도희는 여전히 도희다웠다.

4

행사의 마지막 순서로 축구시합이 열렸다. 오전 내내 땡볕에서 행사진행을 하느라 지쳐 있던 학생들의 눈빛에 생기가 돌기 시작했다. 동문들도 나름대로 전투준비를 하고 나왔다.

"어쩜, 남사들은 공만 주면 저렇게 좋아할까?"

"저희 남편도 피곤해 죽겠다면서도 조기 축구회는 빠지는 법이 없어요. 조기 축구회 사람들하고 형님 아우 하면서 얼마나 돈독한지 몰라요."

"남자들은 저렇게 뛰어 줘야 스트레스가 풀리나 봐."

"진화가 덜 돼서 그런가 봐요? 호호호……."

수교는 여자들의 얘기에 깊이 공감했다. 연구실에서 얼굴 보기 어려운 베짱이도 축구 시합이 있는 날에는 귀신같이 알고 참석했고, 그날만큼은 달랐다. 평소 순한 양 같던 남학생도 운동장에서만큼은 카리스마가 넘쳤고, 선후배를 막론하고 반말에 고함 섞인 지시는 기본이었다. 그들은 전투에 임하는 전사들 같았고, 수교도 평소와 다르기는 마찬가지였다.

여자들은 시합 초반에 잠깐 관심을 두는 것 같더니 다시 다른 화제로 이야기를 나누고 있었다. 1년에 한 번씩 만나는 사이인데도 대화는 시종일관 화기애애했다. 남자들은 어색함을 서로 공을 차는 것으로 무마하고 있다면 여자들은 공을 차는 남자들에 관해 얘기하며 친목을 다지고 있었다. 아줌마들의 놀라운 친화력이야말로 홈커밍데이가 가족행사로 무리 없이 진행될 수 있는 일등공신이었다.

축구시합이 끝나기 전까지 자유시간이 주어진 실장은 스탠드에 앉아 쉬는 겸 경기를 계속 지켜보았다.

'저런 투지로 논문을 좀 쓸 것이지…….'

물론 남학생들이 연구실 생활을 소홀히 하는 것은 아니었다. 단지 축구시합이나 게임을 할 때 보이는 투지와 집중력을 연구에서도 보여 준다면, 1년에 SCI급 논문 서너 편은 물론이고 제안서 수주는 따 놓은 당상일 거라는 생각이 든 것뿐이었다.

부상 때문에 시합에 참가하지 못한 남학생이 마치 자기

가 경기에 뛰고 있는 듯 흥분을 감추지 못한 채 경기를 지켜보고 있었다. 경기에 참가하지 못한 것이 억울했는지 끊임없이 떠들었다.

"뛰란 말이야!"

"뭐해! 공 오는 거 안 보여?"

"어! 어! 도와줘! 도와줘! 젠장…… 니가 갔어야지! 뭐 하는 거야?"

"다들 정신 차리고…… 아자 아자 파이팅!"

삑—

후반전이 되자 기세 좋게 움직이던 선수들의 움직임이 현저히 느려졌고 실수도 연발했다. 서른이 훌쩍 넘은 동문들은 지쳐 있었고, 연구실 학생들도 발놀림이 굼뜨기는 마찬가지였다. 팀의 최전방 공격수로 상대팀 골대 앞에서 슛 기회를 노리고 있던 수교가 볼을 잡았다. 공을 잡은 수교는 드리블을 했다. 한 명, 두 명, 세 명, 수교는 상대 선수들을 현란한 드리블로 제치며 마치 삼바 축구의 대명사인 호나우두가 된 기분이었다. 마지막 골문 앞에 골키퍼와 단둘이 남게 된 수교는 옆에 있는 선수들이 다 사라진 것이 아닌가 싶을 정도로 빠른 속도로 질주하며 공을 몰고 갔고 멋지게 왼발슛을 날렸다. 골키퍼가 몸을 날렸지만 공은 그대로 골대 안으로 빨려들어갔다. 주위에서 환호가 터져나왔다.

'아직 죽지 않았구나, 성수교!'

건재함을 보인 수교는 뿌듯했다.

실장은 경기를 끝내고 관중석으로 돌아오는 학생들에게 음료수를 나눠주었다.

"누나도 봤죠? 교수님 완전 좋아하시는 거."

"그래, 다들 고생했어."

"형이 몸까지 날려서 교수님의 공을 막으려고 할 때 조마조마했어요. 진짜 잡을까 봐."

"극적인 승리감을 만끽하시라고 내가 연기 좀 했지. 힘들었다."

"아까 보니까 교수님이 눈치채지 못하신 거 같더라."

"그동안 교수님께 못다 한 효도를 한 기분이다."

"쉿, 그만 떠들고 옷 갈아입고 와. 마무리해야지."

수교가 공을 잡고 질주하는 순간, 학생들은 빠르게 눈빛으로 신호를 주고받고 있었다. 수교가 드리블을 시작하자 다들 적당히 방어하는 척하다가 빠지기 시작했고, 마지막에서는 홍해바다 갈라지듯 수교가 가는 길을 터주었다. 혹시라도 눈치채고 실망할까 봐 골키퍼는 몸을 날려 공을 막는 액션신까지 완벽히 소화했다. 미리 계산된 행동은 아니었지만 수교가 공을 잡는 순간 학생과 동문들은 눈치껏 움직이며 수교의 숫을 도와주고 있었다. 연구실 지도교수인 수교에 대한 일종의 세레모니였다. 경기를 함께 했던 학생들은 자신을 기특하게 생각했고, 수교는 행사가 끝날 때까지 감동과 흥분에 젖어 있었다.

"잘했어. 올해도 성공이야."

5

행운권 추첨으로 행사는 마무리되었고 동문과 가족들은 모두 돌아갔다. 학생들은 남은 음식을 먹으며 행사 정리를 위해 분주하게 움직이고 있었고, 수교는 뒤풀이 장소로 혼자 걸어가고 있었다.

"내년에는 애들만 데리고 참석해요."

작년에 행사를 마치고 돌아가던 길에 순진은 피곤한 얼굴로 수교에게 말했다. 친하지도 않고 편하지도 않은 사람들과 하루를 보내는 일은 제아무리 친화력이 좋은 아줌마들이라고 해도 쉬운 일은 아니었다. 특히 수교가 행사를 주관하는 처지라, 순진은 동문과 함께 온 아내들을 즐겁게 해줘야 한다는 의무감이 있었다.

"애들이 좋아하니까 가는 거지…… 우아하게 웃어야

지…… 교양 있게 얘기해야지…… 힘들어 죽겠어."

순진의 투덜거림이 조금 섭섭하기도 했지만, 여자들이 느끼는 불편함은 당연했다.

후문까지 걸어가는 길은 화사하게 피어난 꽃들과 청명한 기운을 뿜어내고 있는 나무가 어우러져 운치 있고 또 로맨틱했다. 작년까지만 해도 순진과 아이들을 차로 집까지 데려다주느라 느끼지 못했던 아름다움이었다.

이때 도희에게서 문자가 왔다.

'성 교수님, 오늘 수고하셨고 저도 즐거웠어요. 내년에 봬요.'

도희는 수교와 사귀던 시절에 대해 많은 것을 기억하고 있었다. 의외였다. 수교가 도희에 대한 감정을 기억하듯 도희는 수교와 서로 나눴던 대화, 함께 갔던 장소, 수교의 세세한 옷차림까지 기억하고 있었다. 상대방에 대해 많은 것을 기억하고 있다는 것이 애정의 흔적이라면, 수교는 도희를 짝사랑한 것은 아니었다. 서로 다른 방식으로 서로를 좋아했을 뿐.

뒤풀이 장소에 도착한 수교는 술과 안주를 하나 시켰다. 갑자기 비가 내리기 시작했다. 오늘은 비 예보가 있어 실내 체육관을 예비로 빌려 두었고, 실내에서 할 수 있는 프로그램도 미리 짜두었다. 역시 행사 준비는 이래저래 만만치가 않은 것이다.

수교가 비 구경을 하며 자작을 하다 보니 이내 소주병이 비워졌다. 실장에게서 내려오고 있다는 전화를 받은 수교는 빈 술병들을 치워 놓았다. 아무래도 학생들이 오면 주책을 부릴 것 같아 미리 식당을 빠져나온 수교는 무작정 걷기 시작했다. 술기운 탓인지 왠지 쓸쓸했고 외로웠다. 집에 가도 아무도 없으니 갈 곳은 연구실밖에 없었다. 비가 제법 많이 오기 시작했지만 연구실까지 천천히 걸어갔다. 실장한테 전화가 왔다.

"교수님, 저희 식당에 도착했어요. 어디세요?"

"어, 갑자기 일이 생겨서 다시 나왔어. 오늘 수고했고 뒤풀이 살하고 들어가라."

연구실에 도착한 수교는 젖은 옷을 벗고 옷걸이에 걸려 있던 냄새 나는 등산복으로 갈아입었다. 빗소리를 듣기 위해 베란다 문을 열어 놓고 눈을 감은 수교는 취중에 깜빡 잠이 들었다. 추위에 잠이 깬 수교는 잠결에 주변을 두리번거리다가 낡은 액자가 눈에 들어왔다. 젊은 시절 교수가 연구실에서 학생들과 찍은 사진이었다. 지금과 비교도 되지 않을 만큼 작고 허름한 연구실이었다. 추운 겨울 난로 주변에 둘러서서 두꺼운 코트를 입은 채 자세를 취하고 있는 교수와 학생들은 추위에 몸을 잔뜩 움츠리고 있었지만 얼굴만큼은 생기가 가득했다. 초창기에는 연구실을 지원한 학생들이 석박사를 합해도 6명이 안 되는 소박한 인원이었다. 건설기술을 단순시공으로 여겼던 과거에는 이를 학문으로 받아들이는 사람이 거의 없었다. 오히려 이상한 전공이 생겼다며 비웃음을 사기도 했다. 오래된 사진과 추적추적 내리는 빗소리 그리고 어둑한 하늘을 바라보고 있던 수교는 교수의 한마디가 귓가에 맴돌았다.

"연구실은 내 사랑이고 눈물이야. 잘 부탁하네."

교수가 퇴임 직후 연구실 제자들이 마련한 자리에서 수교에게 말했다. 머리가 희끗희끗한 초창기 제자들이 따라주는 술을 거절하지 않고 마신 교수는 평소와 다르게 감성적이 되어 있었다. 하지만 취중진담이라고 했던가, 교수의 이 한마디는 수교에게 그 어느 때보다 간절한 당부의 말처럼 들렸다. 지금도 연구실에 남아 있는 교수의 많은 흔적이 수교를 지켜보고 있는 것 같았다.

세계적인 연구실을 만들겠다는 포부를 가지고 열심히 해 왔지만 수교는 과연 잘하고 있는 것인지 확신이 서지를 않았다. 불이 꺼지지 않는 연구실, 가족 같은 연구실, 그리고 세상에 필요한 인재를 배출하는 연구실……

수교는 학생들 연구실로 향했다. 아무리 늦은 시간이라도 한두 명은 남아 있곤 했는데 다들 행사 뒤풀이에 참석 중인지 불이 꺼져 있었고 문도 잠겨 있었다. 수교는 텅 빈 연구실을 둘러보았다. 학생들은 수업을 제외한 하루 대부분을 연구실에서 보냈다. 틈틈이 졸기도 하고 다른 연구원들과 게임도 하고 혼자 놀기도 했다. 오랜 시간을 연구실에서 보내는 만큼 자리 대부분이 어수선한 듯하면서도 나름의 질서가 있었다. 유난히 더럽고 지저분한 자리가 눈에 띄었다.

'생각하며 살자!'

수교는 모니터에 붙어 있는 문구를 보자 피식 웃음이 나왔다. 수교가 '논문작업 중' 학생에게 프로그래스 리포트에 농담 반 진담 반으로 달아 준 코멘트였다.

깨알 같은 글씨로 한 일을 사방에 적어 놓은 자리가 눈에 들어왔다. 베짱이 자리였다. 항상 느긋해 보이는 모습과 다르게 자리에서는 긴장감이 느껴졌다. 숙제가 하나 생긴 기분이었다.

깜깜해진 하늘에 별을 보며 수교는 생각에 잠겼다. 밤하늘에 별만큼 생각이 많은 밤이었다.

에필로그

1

수교가 A공항에 도착하자 사무국장에게서 기다렸다는 듯 전화가 왔다.

"교수님, 어디세요?"

"아…… 네…… 지금 공항에 도착했습니다."

"어머? 일찍 오셨네요? 6번 체크인 카운터로 오시면 됩니다. 기다리고 있겠습니다."

사무국장의 경쾌한 음성에 수교의 몽롱한 정신이 깨어나는 것 같았다.

수교는 ACPM(건설최고경영자과정) 주임교수를 맡고 있었다. 업계 선배들을 상대하는 것이 부담스러워 사양했지만,

ACPM 주임교수였던 교수의 퇴직으로 자연스럽게 그의 의지와 상관없이 맡게 되었다. ACPM은 건설산업 분야의 최고경영자들이 새로운 건설 환경에 적응할 수 있도록 경영기법과 지식을 전달하고, 경영자로서의 자질을 함양시켜 세계화 시대에 경쟁력 있는 글로벌 리더로 육성하는 데 설립목적이 있었다. 수업은 교육생들의 회사업무와 대외활동 등을 고려하여 주1회 실시했고, 정식 학위과정은 아니었지만 출석률과 과제제출, 토론 등을 평가하여 수료 여부가 결정되었다.

ACPM 수업이 있는 화요일이 되면 강의동 앞은 고급 승용차들로 발 디딜 틈이 없었다. 나이가 지긋한 학생들이 정장을 입고 운전기사까지 대동해 등교한다는 점만 제외하면 여느 대학생들과 차이가 없었다. 다른 학생들보다 오히려 더 성실했고 더 학생 같았다. 수교가 주임교수 역할에 수월하게 적응할 수 있었던 것은 생각보다 까다롭지 않은 학생들 때문이기도 했고, ACPM 설립 때부터 살림을 맡아서 하고 있는 사무국장 덕분이기도 했다.

"지난 주에 사장으로 승진하셨어요."

"부인이 유방암으로 입원 중이라 수업에 참석을 못하셨대요."

"저 회원은 총동창회장 동생분이기도 하세요."

수교는 70명이나 되는 학생들의 직책과 회사명을 일일이 기억하기 어려웠지만, 학생들의 신상명세를 파악하고 있는 사무국장의 도움으로 실수 없이 인사를 나눌 수 있었다.

"지난 5년간 커리큘럼과 강사진 명단입니다."

"작년 결산표와 올해 예산표를 파일로 보냅니다."

사무국장은 수교가 필요하다 싶은 서류들을 타이밍 좋게 챙겨주었다.

"교수님 어서 오세요. 여기서 뵈니까 정말 반갑네요."

사무국장은 수교의 워크숍 참석을 위해 골머리를 앓았기 때문인지 수교를 무척이나 반겼다. ACPM은 골프대회나 등산, 해외 워크숍, 음악회 등 친목 도모를 위한 행사들이 1년을 꽉 채우고 있었다. 수교는 다른 일정과 겹친다는 이유로 워크숍 참석이 어렵다고 했지만, 사무국장이 수교의 일정을 깔끔하게 정리해 주는 바람에 핑곗거리가 없어진 수교는 갈 수밖에 없었다.

"다들 오셨습니까?"

"아직 도착하지 않은 회원들이 계세요. 부부동반이라 그런가 봐요."

학생들은 사회에서 높은 위치에 있었지만, 바쁘다는 이유로 수업이나 행사에 불참하거나 지각하는 일은 드물었다. 조찬 모임도 최소 15분 전에는 전원이 도착할 정도로 근면성실이 몸에 밴 사람들이었다.

"성 교수님 오셨습니까?"

장미건설의 부사장이 수교에게 깍듯하게 인사를 하며 다가왔다. 수교보다 훨씬 나이가 많은 학생이었지만, 수업도 빠지는 법이 없었고 토론 자료나 리포트도 직접 작성할 만큼 모범생이었다.

"제 안사람입니다."

수교는 부사장의 아내를 보는 순간, 실례인 줄 알면서도 머리에서 눈을 떼지 못했다. 조선시대 왕비처럼 과도하게 부풀린 머리에 선물 포장용으로나 쓸 법한 거대한 리본으로 머리를 장식하고 있었다. 업계에서도 강직하고 과묵한 일벌레로 소문난 부사장의 아내라고는 짐작하기 어려운 비주얼이었다.

"성 교수님, 안녕하세요! 말씀 아주 많이 들었습니다. 저희 바깥양반이 말이 없는 사람인데 성 교수님 얘기를 가끔 하세요. 남편이 반한 성 교수님이 어떤 분인가 궁금했는데 이렇게 젊고 근사한 분일 거라고는 짐작도 못 했어요. 저희 멋진 추억을 만들어 봐요. 호호호……."

부사장의 아내는 무척 명랑한 사람이었다. 리본부인이 다른 아내들과 인사를 나눌 때마다 머리에 달린 리본은 금방이라도 날아갈 것처럼 팔랑거렸다. 리본부인이 사람들의 시선을 한눈에 사로잡고 있는 순간 지각생 영웅이 나타났다.

"화환 잘 받았다. 애들한테 인기가 좋았어."

수교는 홈커밍데이 때 영웅이 보내준 화환이 앞다투어 꽃을 뽑아 가는 아이들 덕분에 순식간에 흉물이 되었던 것을 떠올리며 말했다.

"와이프는 같이 안 왔어?"

"애들 보러 갔지. 애들이 지금 캐나다에 가 있잖아."

"부부동반 여행이라 어색했는데 너랑 나랑 파트너 하면 되겠다."

"바쁘지?"

"요즘 아주 죽을 맛이다."

"이라크 주택단지 공사, 골리앗건설에서 수주하게 되었다고 들었는데 문제라도 있는 거야?"

"우리 회사 운명을 걸고 있다."

"우리 학생 중에 두 명이 최종면접에 올라갔다. 우리 애들 먹여 살리려면 잘해. 실직자 만들지 말고."

"워크숍 다녀와서 명단 보내."

"상무님이 힘을 써 주는 건가?"

"일단 선생이 제대로 가르쳤는지 면접을 해 봐야지."

"음……."

두 사람은 대화를 이어가면서 나란히 게이트로 들어갔다.

2

두바이에 도착하자 강력한 땡볕에 여자들은 모자를 뒤집어쓰고 스카프로 얼굴을 감기 시작했다. 이미 두바이 날씨를 경험한 남자들은 여자들의 중무장을 묵묵히 돕고 있었다. 차도르를 두른 아랍의 여인들처럼 눈만 빼꼼히 내놓은 여자들 사이로 무장해제 상태인 리본부인이 눈에 띄었나. 머리가 망가지는 것이 걱정됐는지 잠자리 날개 같은 선글라스만 꺼내 들었다.

"숙소로 이동하겠습니다. 따라오세요."

역시 순식간에 중무장하고 나타난 사무국장의 인솔하에 수교 일행은 대기하고 있던 버스로 이동했다.

늦은 점심을 먹고 차 한잔하며 아내들을 소개하는 시간을 갖기로 했다. 성공한 CEO의 아내답게 우아하고 세련된 사람도 있었지만, 소박하고 평범한 조강지처도 많았다.

"저는 L건설 L상무의 아내 나교양이라고 합니다. 남편이

여행을 가자고 해서 처음에 얼마나 놀랐는지 몰라요. 집에 오면 꼼짝도 하기 싫어하는 사람이 그러니까 걱정이 되더라고요. 단체여행이라는 소리를 듣고 실망했는데, 막상 오니까 아주 좋네요."

"K프레스 K 대표의 와이프 나고민입니다. 저는 어릴 때 결혼을 했는데 남편이 시아버님께 한창 경영수업을 받고 있던 시기라 신혼이 없었어요. 꼭두새벽에 나가서 밤늦게 들어오는 남편 때문에 다투기도 많이 했고 힘들었습니다. 요즘은 제가 놀아 달라고 하면 언제든 달려와 줘서 즐겁게 살고 있어요. 부부여행을 취소하고 여기에 참석했어요. 만나서 반갑습니다."

자기소개라기보다 남편 소개와 부부 변천사에 가까웠다. 평생을 누구의 아내로 살아 왔던 사람들이라 남편을 배제하고는 자신을 설명할 방법이 없었기 때문이다.

리본부인 차례가 되자 리본에 얽힌 사연을 얘기하지 않을까 하는 기대감에 다들 관심 있게 지켜보기 시작했다.

"저희 남편은 정말이지 일밖에 모르는 사람이에요. 잠결에 '쿵' 하는 소리가 들리면 '출근했나 보다' 하고…… 또 자다가 12시가 넘어서 '쿵' 소리가 들리면 '아…… 퇴근했나 보다' 뭐 이런 식이죠. 그래서 좀 재미없고 심심하다는 생각이 들기도 하지만, 가족을 위해 최선을 다하는 가장이니까 고많죠. 저희 남편이 무뚝뚝해 보이지만 집에서는 웃는 일이 많아요. 제가 즐겁게 해 주려고 노래도 불러 주고, 장난도 많이 치는 편이거든요."

리본부인의 아기자기한 자기소개가 이어지는 내내 부사장은 무념무상의 얼굴을 하고 있었다. 부사장의 표정만 봐서는 왠지 리본부인과 사는 그 남자는 여기 앉아 있는 부사장은 아닌 것 같았다.

다음날 첫 번째 견학장소는 828미터 높이의 세계 최고층 빌딩인 부르즈 칼리파였다. 총 700만 명의 작업자가 동원되고 사용된 철근만 해도 지구 반 바퀴 길이가 되는 건물이었다.

"이제야 여행을 온 기분이 나네요."

한낮 55도를 웃도는 두바이의 여름에 지쳐 있던 여자들도 하늘 높이 우뚝 서 있는 부르즈 칼리파를 보며 연신 감탄했다. 처음에 수교가 두바이로 워크숍을 가자고 제안했을 때 국장을 비롯한 운영위원들 모두가 반대했다. 부부동반으로 가는 워크숍은 볼거리가 많은 관광지인 유럽이나 남태평양의 휴양지로 가는 게 좋다는 의견이었다.

학생들의 반응도 마찬가지였다. 건설업계에 종사하는 사람이라면 한 번쯤 방문했을 법한 곳이 두바이였다. 심지어 공사 때문에 몇 년을 파견 근무한 학생도 있었다. 하지만 수교의 생각은 달랐다. 학생들이 경험한 두바이는 말 그대로 공사판이었다. 사막에 새로운 도시가 완성된 후에, 이곳을 다시 찾은 사람은 없었다. 수교의 예상대로 학생들은 사막에 만들어진 도시를 처음 보는 사람처럼 좋아했다.

부르즈 칼리파는 화려함과 독특한 공간구성, 21세기 바벨탑이라 칭한다 해도 과언이 아닐 만큼 하늘에 맞닿아 있었다.

"사람이 정말 만든 거 맞아요?"

"높다, 높아. 끝이 안 보여."

부르즈 칼리파를 시공할 당시 현장소장이었던 장미건설 부사장이 아무래도 가장 많은 질문과 관심의 대상이 되었다.

"공사기간을 어떻게 보냈는지 생각이 나질 않네요. 어떻게든 기간 안에 완공해야 한다는 생각밖에 없었습니다."

부사장은 모든 질문에 되도록 간단하게 대답했다. 지루해하는 여자들에 대한 배려인지 생각조차 하고 싶지 않은 기억이라서 그런지는 알 수 없었다.

"공사비는 제대로 받은 겁니까?"

"시간이 좀 걸리기는 했지만 결국 계약대로 다 지불받았습니다."

"아이고, 성공하셨네요. 수고하셨습니다."

공사비를 완납받았다는 소리에 그제야 남자들은 부사장의 능력을 인정하는 분위기였다. 남자들은 동종업계의 선수답게 공사비나 계약방식 그리고 수주방법에 대해 크게 관심을 기울였다. 수교는 생생한 초고층 현장 얘기를 잘 들어 두었다가 수업시간에 학생들에게 들려줘야겠다고 생각했는데, 수교의 엔지니어적인 질문들은 비집고 들어갈 틈이 없었다.

여자들 때문이었다.

"근데, 여기 창문들은 어떻게 닦아요? 기계가 닦는 건가?"

여자들은 초고층 빌딩의 수많은 첨단 공법과 비밀 중에서 창문 닦는 비법을 궁금해했다.

"사람이 닦았는데, 창문 청소만 아마 6개월 걸렸을 겁니다."

"어머! 그 사람들 돈 많이 주셨겠어요. 저는 밖을 내다볼 엄두도 안 나는데……."

"담력이 문제가 아니라 높이 때문에 호흡곤란을 호소하는 작업자들이 많았습니다. 나중에는 고산지대에 익숙한 네팔 출신 작업자들이 주로 청소작업을 했습니다."

"어머, 진짜요?"

"해발 수천 미터의 히말라야를 오가던 셰르파족 출신들도 꽤 있었습니다. 산악인 엄홍길 대장 팀에서 셰르파를 했다는 사람도 있었고요."

수교는 히말라야를 오르내리던 사람들이야말로 인간이 만들어 낸 거대한 산, 부르즈 칼리파에 걸맞은 작업자라는 생각이 들었다. 여자들은 공사 중에 있었던 고생담에 관심을 두기 시작했고, 젊은 오빠가 된 기분으로 부사장은 말문을 이어갔다.

"여러 나라 사람이 모인 곳이다 보니까 의사소통이 문제였습니다. 아침조회도 최소 4개 국어로 다시 통역해야 했고, 관리자들끼리 하는 회의에서도 이 사람들이 내 말을 제대로 알아들었는지가 불안하니까 매일 반복적으로 확인할 수밖에 없었습니다."

"그래도 몇 년을 함께 지냈으면 서로 많이 친해졌겠네요?"

"크레인 팀 같은 경우는 가나, 방글라데시, 인도, 파키스탄 등등 여러 나라에서 온 사람들로 팀을 꾸렸는데, 워낙 위험하고 고난도 작업이라 구성원 교체 없이 5년을 함께 했습니다. 처음에는 말도 안 통하고 일도 서툴러서 팀장을 맡고 있던 저희 직원이 고생을 많이 했는데 2년 정도 지나니까 팀워크가 매우 좋아졌어요. 크레인 설치나 해체작업은 수백 미터 상공에서 이루어지니까 사소한 실수도 용납이 안 되는 일인데 사고가 단 한 건도 없었거든요. 우리 직원이 다른 프로젝트가 있으면 그 팀을 모두 데려가고 싶어 했고 실제로 1년 정도 있다가 해외수주가 됐을 때 함께했던 팀원을 다시 불러 모아서 함께 갔습니다. 공사기간이 5년이 넘는 프로젝트라 아마 팀원들이 원하면 가족들도 함께 데리고 갔을 거예요."

아줌마들은 가난한 제3세계 작업자가 가족들과 함께 잘 먹고 잘살게 되었다는 아름다운 미담에 다들 자기 일처럼 박수까지 치며 감동했다.

아줌마들의 계속되는 미담 요청에 부사장이 시달리는 사이, 심심해진 남자들은 눈치를 보며 슬슬 자리를 빠져나가기 시작했다. 남자들이 다들 나가버리자 화제는 남편 없이 아이들을 홀로 키워야 했던 여자들의 고생담으로 흘러갔다.

"공사가 시작되고 처음 2년 동안은 휴가를 낼 생각조차 못하더라고요."

리본부인은 회상에 잠긴 표정으로 먼저 말을 꺼냈다.

"제가 연년생 아들만 둘이에요. 그때 애들이 한창 사춘기 때라…… 수험생이기도 했고……."

"세상에! 너무 힘드셨겠어요. 저는 애 낳을 때 남편이 사우디에 있었거든요. 친정어머니가 농사짓고 계셔서 할 수 없이 시댁으로 들어갔는데……."

살인적인 더위와 싸우며 공기를 맞추기 위해 밤샘을 하고 부실한 장비와 현장사고에 시달려 머리가 한 움큼씩 빠지던 남편들은 그저 필요할 때 없었던 무심한 사람으로 아내들에게 기억되고 있었다. 동병상련의 아픔을 가지고 있는 여자들은 순식간에 친밀해졌고, 리본부인의 주도로 단합대회 겸 쇼핑을 갔다.

수교는 ACPM 수업이 끝나고 호프집에서 뒤풀이를 할 때면 학생들이 오랜 친구처럼 서로 편하게 얘기를 주고받던 모습이 신기했는데, 이것도 역시 동병상련의 아픔을 겪고 있는 중년 아저씨들의 동지애였을 것이다. 사실 그 아저씨들도 외로웠던 것이다.

3

남자들끼리 모이자 얘기는 자연스럽게 공사 얘기로 들어갔다.

"너무 힘들 땐 밤에 자려고 누우면 맨날 똑같은 생각을 했던 것 같아요. 이거 왜 지어야 하는 거지? 이런 생각? 두바이로 올 때는 내가 건설인으로 살면서 최고의 경험을 할 수 있는 기회라는 생각했는데, 짓기 시작하니까 '그래, 이렇게 짓기 어려운 거라서 꿈이라고들 말하는구나!' 그런 생각이 들었습니다. 그래서 그때부터는 천장에 건물 조감도를 붙여 놓고 잠들기 전까지 들여다봤어요. 그걸 물끄러미 보고 있으면 돌파해 내야 한다는 의지와 책임감이 다시금 생겨나더라고요."

부사장은 생긴 것만큼이나 책임감이 강하고 추진력도 대단했다.

수교는 저런 의지와 책임감에 아랫사람들은 여럿 죽어났겠구나 하는 생각이 들었다.

부사장이 말을 마치자, 초고층 건물 건설에 참여했던 사람들의 말이 이어졌다.

"세계에서 가장 높은 건물을 짓는 데 참여했다는 것이 건설인으로서 얼마나 자랑스러운 일입니까! 저도 말레이시아 현장에서 일할 때 왠지 모를 애국심이랄까…… 제가 우리나라 건설인의 대표가 된 것 같은 느낌이 들었어요. 멋지게 완성해서 한국인의 저력을 보여 줘야겠다 하는 생각도요. 물론 그때로 돌아가라면 끔찍하지만 한편으로는 건설 역사에 남았으니 여한이 없달까?"

세계 최고층 160층 부르즈 칼리파, 말레이시아 A타워,

쌍둥이 타워 등 세계적으로 주목받고 있는 이 초고층 건물들은 모두 한국기업이 건설했다. 이 중에서 쌍둥이 타워는 발주처가 동 하나씩 한국기업과 일본기업에게 맡겨 경쟁을 시켰다. 이 현장의 공사과장 출신이었던 학생의 말이 계속 이어졌다.

"시공계획이나 공법에서 늘 한 번 더 생각했고 창의적인 방법으로 도전했습니다. 당장 눈앞에 보이는 경쟁이었기 때문에 힘들다고 느낄 겨를이 없었죠."

눈앞에 똑같은 타워가 올라가고 있으니 엄청난 경쟁심리가 발동했을 것이다.

"우리가 일본기업보다 세 달이나 늦게 착공에 들어갔는데 반 달 차이로 먼저 끝냈습니다. 그때 감격이란…… 공사 내내 힘들었는데 다 보상받는 기분이었죠."

건물 위 첨탑 시공 시 일본 측은 감독관에게 거부당해 재시공에 들어갔고, 용접기술을 인정받은 한국은 먼저 완공을 하게 되었다.

초고층 건물은 일반 건물보다 몇 배의 리스크를 안게 되는 고난도 공사였고, 동시에 한계에 도전하고자 하는 인류의 열망을 담은 목표이기도 했다. 초고층 건물이 지니는 상징성과 그 덕분에 파생되는 가치는 어마어마했기 때문에 많은 나라가 초고층 건설 기술 개발과 노하우 축적에 경쟁적으로 참여하고 있기도 했다. 초고층은 사람들이 가지는 욕망의 상징인 동시에 현존하는 건설기술의 집대성이었다. 실용주의자들의 관점에서 볼 때는 겉치레에 집중한 낭비일 수도 있지만, '건설'을 알리는 데는 그 어떤 수단보다 효과가 큰 결과물이었다.

4

"공항에서 죄송했습니다. 우리 아들놈이 영 말을 듣지 않아서 말씨름하느라 늦었어요."

출국 직전까지 공항에 나타나지 않아 사무국장을 애태우던 학생이 사과를 했다. 고등학교 1학년인 아들이 공부에 관심이 없는 것도 모자라 연애에 단단히 빠져 있어 아침부터 한바탕했다는 것이다. 얘기는 자연스럽게 아이들 문제로 이어졌고, 마지막 종착점은 '대화'였다.

워크숍에 참석한 아빠들은 소위 바깥에서 성공한 사람들이었다. 하지만 자신의 성공을 가족을 위한 것으로 생각하고 일에 몰두하는 사이 가족들과 멀어졌다. 어느새 커버린 자식들은 혼자만의 시간과 공간을 주장하기 시작했고, 대화라도 할라치면 모르는 게 많아 엄마의 부연설명 없이는 그나마도 이어나가기 어려웠다. 그래서 섣불리 조언했다가는 더 큰 사달이 났다.

"아빠가 나에 대해서 뭐 아는 건 있고?"

아이들이 이렇게 나올 때마다 너는 나에 대해서 아는 게 있느냐고 따지고 싶은 마음이 굴뚝같지만 망가지는 체면을 생각해 참고 이해하려고 한다. 하지만 서운해지는 마음까지는 아빠들도 어쩔 수가 없었다.

아빠들의 고민은 계속해서 흘러나왔다. 자녀와 대화를 시도했다가 쓰라린 경험을 했던 아빠들의 서러움이 봇물처럼 쏟아져 나왔다.

"우리 애는 중학생인데 몰래 친구들이랑 오토바이를 타다가 사고를 내서 사람이 크게 다쳤어요. 처음에는 아들놈한테 너무 실망해서…… 자존심도 상하고 말입니다. 그래도 애를 바로잡으려면 뭐라도 해야 할 것 같아 주말에 아들이랑 운동을 시작했어요. 아직은 각자 운동하고 집에 돌아오는 게 전부예요. 서로 말 한마디도 안 합니다."

"저는 주말에 가끔 애들이랑 영화도 보고 쇼핑도 하는데, 거기까지는 좋아요. 근데 외식까지 하는 날은 끝이 안 좋아요. 몇 마디 주고받았을 뿐인데 잔소리한다고 애들이 얼마나 싫어하는지……."

"저는 식구들이랑 캠핑하러 다니는데, 엄마랑 애들은 할 얘기가 무궁무진한데 난 회사 얘기밖에 없으니까. 얘기 듣다가 도움이 될까 싶어서 무슨 말이라도 하면, 내가 권위적이라나 뭐라나……."

아빠의 말을 잔소리로만 간주하는 아이들에게는 자신들이 돈 버는 기계 그 이상이 아닌 거 같다며 속상해했다.

"자식들이 이렇게까지 내 마음을 몰라주는가 싶어서 서럽더라고요."

"애가 집에 전화해서 엄마를 찾길래 왜 그러냐고 물었더니 늦을 거라는 거예요. 아니, 그런 얘기라면 나한테 해도 될 텐데 뭐든지 엄마하고만 얘기하려고 하니……. 왕따가 따로 없다니까요."

대화부족에서 시작된 갈등에서 아빠들은 소외감마저 느

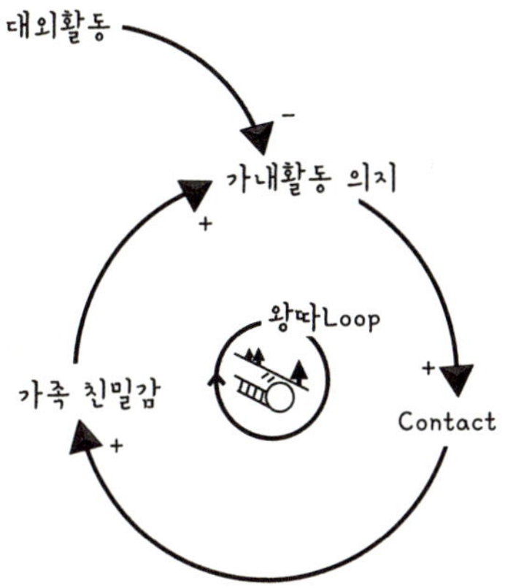

끼고 있었다.

아빠들은 많은 대외활동으로 집에서 가족들과 보낼 시간이 부족하고, 또 그 의지가 부족했던 것도 사실이었다. 그러다 보니 가족과의 친밀감이 줄어들고, 사람인지라 그나마 있던 가내활동의지가 줄어드는 악순환이 반복되고 있었다.

"지금은 경제력이라도 있으니 버티지만 퇴직하면, 어떻게 살아갈지 막막할 때가 있습니다."

"방법이 아예 없는 것은 아닙니다."

암울한 미래를 생각하며 기죽어 있던 아빠들은 수교의 말에 눈이 반짝였다.

"같은 얘기도 아빠의 입지에 따라 잔소리가 될 수도 있고 조언이 될 수도 있습니다. 가족과 친밀감이 형성되어 있지 않은 상황에서는 침묵하는 것도 방법입니다. 당분간 거리를 유지하는 거죠."

"집에 있는 듯 없는 듯 지내라는 겁니까?"

한 학생의 말에 다들 웃었지만 왠지 씁쓸한 표정이었다.

"일종의 신비감 조성이라고 해 두죠. 그리고 원래 되지 않는 게임이라는 것을 인정해야 합니다."

"그게 무슨 소리입니까?"

"가족이 늘어갈수록 가사는 늘어나게 되지만, 경제적으

로는 더 빠듯해집니다. 이 과정에서 엄마는 아이들과 접촉이 늘어나고 더욱 친밀해지게 됩니다. 하지만 아빠에게는 그저 경제적인 부담감만 늘어나게 되죠."

수교의 말에 아빠들은 알 듯 모를 듯한 표정을 지어 보였다.

"예를 들어 아빠가 신혼 초에 1,000원을 벌었고, 지금은 2,000원을 번다고 쳐 보죠. 신혼 초는 비록 1,000원을 벌어도 식구 수가 두 명이고 지금은 2,000원을 벌어도 식구 수가 네 명, 즉 인지되는 아빠의 경제적 역할은 가족 수의 나누기 함수로 가게 되지요. 거기에다 애들 사교육 부담 등을 고려하면 아빠의 유일한 가계공헌인 경제적 역할이 줄어들었다는 얘기고, 그것이 아빠의 가내 입지를 낮추는 시작점이라는 겁니다. 한편 아빠의 가내 경쟁자인 엄마는 식구 수가 늘어날수록 입지는 높아집니다. 왜? 엄마의 전공분야인 가사 역할은 식구 수의 곱하기 함수라는 것이죠. 즉 집안일을 엄마가 하고 그러다 보니 인지되는 역할이 커지고, 거기다가 돈을 집행하잖아요. 그래서 애초에 이길 수 없는 게임이다 이거죠."

수교의 말에 한 학생이 공감한다는 표정으로 말했다.

"하긴…… 제가 얼마 전부터 부모님을 모시고 살고 있는데, 애들 눈에도 엄마의 집안일이 더 늘어나고 힘든 게 보

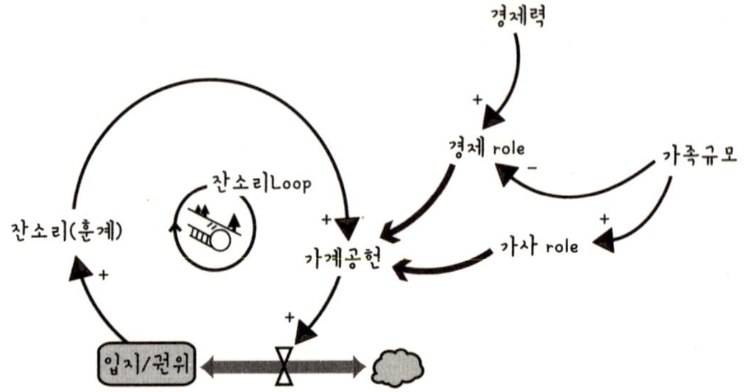

여서 그런가 저랑 마누라랑 말다툼이라도 하면 애들이 똘똘 뭉쳐서 엄마 편만 들더라고요. 엄마가 얼마나 힘든 줄 아냐고……."

"그렇다고 엄마처럼 할 수는 없는 노릇 아닙니까? 아빠 체면이 있지."

"가족들과 대화를 하면 할수록 어긋난다면 말을 줄이고 대신 집안일을 충실히 하는 겁니다. 주말 아침에는 라면도 끓이고, 빨래도 널고 하면서 서서히 집안에서의 입지를 구축하는 거죠."

"저번에 와이프가 갑자기 입원하는 바람에 제가 애들을 며칠 혼자 데리고 있었거든요. 아 근데…… 애들이 확실히 절 다르게 보더라고요."

"그다음은 뭡니까?"

아빠들은 수교에게 다음 행동을 재촉하기 시작했다.

"입지 구축 후에는 측은지심을 유발하는 겁니다."

"아빠의 축 처진 어깨, 아빠의 주름…… 뭐 이런 거 말씀하시는 거죠?"

"난닝구 같은 거 입고 애들 TV 볼 때 싱크대 앞에서 처진 뒷모습을 보여 주며 설거지를 하는 건 어떨까요? 이왕이면 중국 영화에 잘 나오는 하얀 난닝구 같은 거 입고서 말이죠."

누군가의 재치 있는 농담에 아빠들은 웃기 시작했고, 얘기는 한결 가벼워졌다.

해결방법은 간단했다. 물론 말처럼 쉽게 해결될 수 있는 문제는 아니었다. 하지만 노력 없이는 아무것도 얻을 수 없듯이 가족 간의 관계도 때로는 노력이 필요한 것이다.

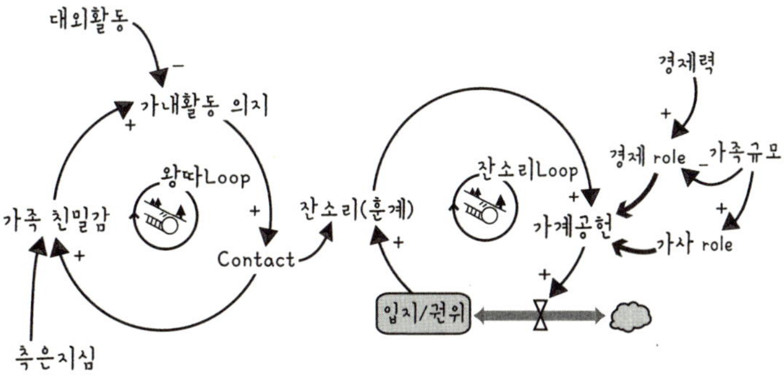

5

"뭘 그렇게 생각해?"

버릇처럼 생각의 꼬리가 흘러갈 무렵, 영웅이 물어 왔다.

여행의 마지막 날 저녁시간이라 자유시간이 주어졌고 짝 없는 수교와 영웅만이 호텔에 남아 있었다.

"생각은 무슨……."

"우리끼리 데이트나 할까? 쇼핑도 하고……."

"난 부르즈 칼리파 전망대에서 야경이나 볼까 하는데, 같이 가든가."

영웅의 실없는 소리에 수교는 피식 웃으며 말했다.

"호호호……."

웃음소리에 뒤를 돌아보니 장미건설 부사장 내외가 외출 중이었다. 부사장은 여전히 무심한 표정으로 리본부인의 얘기를 듣고 있었지만, 두 사람은 여행 내내 그랬던 것처럼 손을 다정하게 잡고 있었다. 오랜 세월을 함께한 부부답게 서로에 대한 신뢰와 친밀함이 느껴졌다.

"사람이란 정말 겉만 봐서는 알 수 없는 거 같아."

영웅은 여행의 마지막을 장식하기 위해 다시 아주 크고 화려한 리본으로 머리를 장식한 리본부인을 보며 말했다.

워크숍에 참석한 학생들은 집에서뿐만 아니라 회사에서도 가장 역할을 하고 있었다. 정글 같은 사회에서 살아남기 위해 누구보다 치열하게 고민하고 때로는 용감해져야 하는 위치에 있는 사람들이었다. 이런 이들이 자신의 역할에 충실할 수 있었던 것은 다 아내들의 내조 덕분인지도 모른다.

어느덧 하루가 저물어 가고 있었다. 세계에서 가장 높은 건물에서 보는 일몰은 기이한 광경을 자아내고 있었다. 지상에서의 저녁노을은 하루가 저물어 가고 있음을 의미하지만, 부르즈 칼리파에서 보는 저녁노을은 오히려 일출에 가까웠다. 어둠이 세상을 잠식해 들어가는 쓸쓸하고 외로운 느낌이 드는 노을이 아닌 어둠을 집어삼킬 듯 밝고 힘찬 빛줄기를 뿜어내는 태양이 일렁이고 있었다.

젊음은 중년의 안정된 현실을 부러워하고, 중년은 모든 가능성이 열려 있는 젊음을 부러워한다고 했던가…….

다음 학기부터 싱가포르 대학 교수 출신인 후임 교수가 온다. 이제 수교는 예전 교수의 위치가 되어 있었고, 어느덧 가능성이 무한한 젊음을 부러워하는 중년이 되어 있었다. 내일의 꿈을 궁금해하고, 또 그 꿈을 향해 달려가는 삶을 잊고 사는…….

일몰이 일출처럼 보이는 광경은 수교에게 새롭게 도전하

고 또 다른 꿈을 꾸기에 늦은 나이란 없다는 응원의 메시지처럼 느껴졌다.

학생들은 건설업계의 불황에 대해 막막해하고 고민하면서도, 새로운 꿈과 목표를 얘기하며 다시 힘을 내고 있었다. 사막에 도시를 건설하고, 바다에 다리를 만들어 세상과 연결하는 꿈같은 일들을 현실로 만들었던 사람들, 이처럼 꿈꾸는 이들이 있기에 기업도 세상도 발전할 수 있는 것이다.

그리고 꿈이 있다는 것, 목표가 있다는 것 그것만으로도 어쩌면 행복한 것이 인생일 것이다.